ちくま文庫

秘本大岡政談

井上ひさし傑作時代短篇コレクション

井上ひさし

筑摩書房

目次

秘本大岡政談

秘本大岡政談

ひほんおおおかせいだん

花盗人の命運は『大明律集解』にあり

一

これより誌すのは奈佐勝英老人、通称又助老人の談話の、そのすべてである。この一年、少ない時でも月に二度、多い時には月に四、五度も、私は浜町河岸入江橋たもとの又助老人の隠居場を訪い、書物にまつわるおもいで話に耳を傾けてきた。そして又助老人の許を辞して帰宅するとすぐ、その一言半句も洩らさぬようにと心掛けながら、中美濃紙を綴じてつくった覚え帳に大急ぎで話の中味を書き留めた。その覚え帳にもう幅一寸の余白もない。又助老人は、それほど多くのことを語ったのである。二冊目の覚え帳をつくるにあたって、私はこう考えた。

「一冊目の覚え帳を、未整理のまま放っておいてはいけない。又助老人の語ったことは与太話や法螺話ではないのだし、それどころか後世の書物好きにはたいへんに参考になるだろうと思う個所も多い。筋道をはっきりと立てて、話の断片を順序よく並べれば、好事家たちにはよろこばれよう。いや、好事家たちのためというよりも、なにより自分自身のためになる。覚え帳を順序立てて書き改めることで、私は書物についての知識をぴったりと身についたものにできるだろう。体系もなく知識をつめこむだけならば、その男は単なる物知りにしかすぎない。体系があってこそ知識は血となり肉となるだろう。覚え帳の中味をしっかりと書き改めること、それが体系を立てるということではないか」と。そういうわけで、私は心の鍛練として、いま筆をとったのである。

物の順序として、又助老人と私とが、いつ、どこで、どのようにして知り合ったか、その要点をまず書き留めておく方がよかろう。ちょうど一年前の宝暦十二午歳（一七六二）の正月二日の正午前、私は初荷が笛や太鼓でにぎやかに練っている麴町十丁目へ出かけた。目当ては田中清兵衛の店である。田中清兵衛といったのでは首をひねる向きもあるだろうが、「唐本屋」と屋号をいえば、書物にまるで縁のない人でもたちどころに「ああ、あれか」とうなずくはずだ。水戸さまの彰考館文庫や紀州さまの南葵文庫、あるいは加賀前田家の尊経閣文庫へは勿論のこと、江戸の御城の紅葉山文庫へも唐渡りの書物を納めている、日本一の本屋の、あの「唐本屋」へ、写本の内職でせっせと貯めた虎の子の三両一分を握りしめ、頭から湯気を立てながら駆けつけたのだった。

「唐本屋」では初売りに、江戸の蔵書家から買い入れた唐渡りの書物の重本や廃本を店頭に並べる。以前、買い入れてあったのをつい忘念して同じ書物をまた買い込んでしまう、当然、一冊は不要になってくる。これが重本だ。そして湿気を吸ってふやけたり、虫に喰われて蟻の巣みたいになった廃本。こういった瑕持ちの書物を、正月二日の初売りに、懐中の淋しい市井の書物好きにびっくりするような安値で提供するのが、この「唐本屋」の恒例となっている。普段は、唐渡りの書物でしこたま儲けているからやはり「唐本屋」もすこしは後ろめたく思い、気が咎めるのだ。そこで一年に一日、この日だけは腰を低くしてみせるのだろう。

「唐本屋」の間口は六間もある。まんなかに一間の、奥への通路を残して、あとは店の土間いっぱいに、汚れた赤い毛氈がびっしりと敷きつめられている。毛氈の上は唐本の山だ。この日を待ちわびつつ腕をさすってきた書物の虫たちが早くも毛氈の縁に坐り、唐本の山を崩しにかかっている。春のやわらかな陽射しのなかにこまかな埃が舞いあがる。書物をめくる音や、さっそく番頭と値引きの談合をはじめる声で、それまで横丁から聞えていた羽根つきの、のどかな音が消えてしまっている。私も負けじと書物の虫たちの間に割って入り、山崩しの仲間入りした。私の手をつけた山には天文学や算学の書物が多い。詩文か律法の書物が目当てだったのですこし気落ちし、ときおり目をあげて奥を見る。奥行も間口と同じく六間ある。正面奥には一分の隙間もなく書棚がしつらえられている。書棚には「二十三両」とか、「十五両」とか記した細引紙をさげた書物が載っていた。

私は旗本の跡継ぎだ。といえばいかにも聞えはよいが、じつは三百石取りの小旗本、それも用人侍一人、若党一人、下男二人、下女三人、合せて七人の使用人があれこれ内職に励み、ようやっとのことで家計を支えてくれているという貧乏世帯である。したがって正面奥の書棚の新品の唐本には、一生、手が届くまいと思われる。やはり安売りの重本や廃本が精々といったところだろう。

懐中にはいつも空ッ風が吹いているのに、書物に狂っているという私の如き男には、御城の紅葉山文庫の書物奉行がもっとも向いているのではないだろうか。紅葉山文庫は上様の御文庫、書物代をおしんだりはなさらぬはずだ。長崎に入る唐本のうちの目星しいものは、みなお買い上げになるにちがいない。書物奉行ならばその一冊一冊を手にとって撫でさすりできよう。書物好きにとってそれ以上の仕合せがあるだろうか。また書物奉行ならばこの「唐本屋」へも堂々と出入りできるだろう。唐本にさがっている細引紙に、百両、いやたとえ千両と記してあっても、ちっとも怯えたりする必要はない。

「上様(おかみ)はこの唐本に御興味をお持ちになるかもしれぬよ」

などと思いつきの台詞をいって田中清兵衛をうれしがらせながら細引紙を脇へのけて、気まま勝手に書物をいじくりまわすことだってできようというものだ。がしかし世の中はまことに皮肉にできている。「書物奉行は二百俵高」ときまっているから、の書物奉行になるには、三百石のわが市川家は御大身すぎるのである。書物奉行の下役の書物同心でも構いはしないが、同心は御家人がなるものと定められており、これはなおいっそう無理な相談である。ほんとうに世の中というやつはうまく行かないものだ。御文庫の書物奉行たちを指をくわえて眺めながら、自分は三百石の家禄に合った大番衆を勤めることになるだろう。

とこんなことを思って唐本の山をかきまわしていると、山の底にちらっと『大明律(だいみんりつ)集解(しゅうかい)』という文字が見えた。明国の名高い律法書だ。私は井上金峨(きんが)という儒学者について唐宋諸家の詩文や宋明の理学を学んでいるが、金峨先生はこれまでに二度ばかり、この書物の話をなさったことがある。

「律法書はあまり好まぬだろうが、折があったら『大明律集解』には一度、目を通しておいた方がよい。文章は平易だし、なによりも卑俗な事件を俎板にのせ、それを明解に法で裁いてみせるのだから痛快で、おもしろい」

ともおっしゃっていた。十二冊を紐で縛ってあるが、天の小口が狐色に焦げている。火事場から持ち出されたものらしい。書帙が失われているのも火に遭ったからにちがいない。紐の下に「一両二分」と記した細引紙が挟んであった。一両二分なら懐中とも釣り合う。これに決めた、と心の内で叫び紐を摑んでその十二冊を引き寄せようとした。ところがびくとも動かない。おや、と思ってよく見ると、真向いからも手がのびて、『大明律集解』をしっかりと押さえている。蜥蜴のように痩せた手である。

「譲ってくださらんか」

渋団扇のような色の老人が私を見据えている。その声の大きなことは、まるで居合抜きの稽古だ。

「いや、私の方が先でしたよ」

その大声にそそのかされて、私もつい強い態度で出てしまった。

「後先をいうなら、わしの方がよっぽど早かったぞ」

老人も尖った肩をそびやかした。そこへ番頭がとりなしに入った。

「籤引きになさいまし、入江橋の御隠居さま。かちあったときは籤引き、これがこの店でのきまりでございます」

こういう例がよく起るのだろう、番頭は左手に紙縒りの束を握りしめている。

「お二人とも、どうぞ奥へ」

番頭は右手の指を鉤にして『大明律集解』の紐に巧みに引っかけ、奥の店框の上にぽんと放り出し、それから老人と私に向き直って、

「ここに紙縒りが十本ございます。当り籤には、お尻に墨で印がついております。そいつを早くお引きになった方に『大明律集解』をお売りいたしますよ」

と馴れた口調でいった。酒臭いのは今朝もしこたま屠蘇延命散を仕込んできたせいだろう。

「お若い方から先にお引きになるがよろしい」

ついさっきまでの見幕は嘘のような、おだやかな口ぶりを、老人はした。このときから私は老人と番頭との間柄にある疑いを抱いた。

思った通り、老人は一度で当り籤を引き当てた。私が空を引いたすぐ後に、老人は墨印のついた紙縒りを引き抜いたのである。

「これはこれは、春から縁起のよいことだわい。今年はずいぶんよいことがありそうだ」

といいながら老人は『大明律集解』を大事そうに抱いて、麴町の通りを半蔵門の方角へ歩き去った。老人と番頭との間に、合図の符号のようなものがあって、番頭が老人に当り籤を引かせたことは見当がついていた。そんなけしからぬ番頭を飼う本屋へ、眠い目をこすりこすり写本をし、辛い思いをして貯えた金を、だれが落してやるものか。「唐本屋」を飛び出すと、私も通りを半蔵門へ向った。老人を追ったわけではない。私の住居は本所だから、どうせ半蔵門の前は通らなくてはならないのだ。

通りは新春の気分に溢れていた。老人の猫背の小さな背中が、小僧をお供につれた年賀帰りの春姿の女のまるい肩や、やはり回礼帰りの主人につきしたがうお供の中間の挟箱や、すし売が肩に高くかついだ荷箱や、猿回しの若衆の女髷や、独楽回しに熱中している子供たちの頭の向こうで見え隠れしている。なんだか私は、紐でからかわれている猫のような気持になってきて、足をはやめて老人の小さな背中に追いついた。老人の背中が紐の端で私が猫。猫がちらちら波打つ紐に跳びつかずにはいられないように、私もまた老人になにかひとつ嫌味をいってやらなければ気がすまないというつもりになってしまったのである。

「番頭はあなたのことを『入江橋の御隠居』と呼んでいましたね」

市川晋太郎と名を告げてから、こう切り出した。

「入江橋というと浜町河岸に架かる橋でしょう。私は本所ですから入江橋を渡っても、さほど遠回りにはなりません。入江橋まで肩を並べて歩かせていただきます」

「奈佐又助と申しますわい」

老人はにやりと笑った。

「どうぞ御随意に」

奈佐とは変った苗字である。それにどこかで聞いたようでもある。だが、そのときは思い出せなかった。

「あの唐本屋へはちょくちょくお出かけになっているようですね。でなければ番頭が『入江橋の御隠居』と呼ぶわけはない。唐本屋の上得意とお見うけしましたが」

「かつては、たしかに上の部のお得意だったかもしれませんな。もう二昔(ふたむかし)も前の話になりますが、その時分はよく買った。わしが店先に姿を現わしますとな、番頭が二人、ひらひらひらと飛んできて、わしの手をとって、お世辞を並べたてながら、帳場の横へ案内してくれたものです。お茶やお菓子は勿論のこと、時分どきにはお膳が出ました。お膳にはきっと銚子がついていた。このごろはどうもそうは行きませんわい。ま、それでも昔のわしを知っている番頭は親切にしてくれますがね。安い掘出し物があれば耳打ちをする、こっそり茶を運んでくる、立読みしているわしの尻にそっと床几(しょうぎ)をあてがう……」

「おや、知っていなさったか」

「それからこっそり当り籤を教えてくれる」

老人は隙間だらけの歯のあいだから息を押しだすように弱く笑った。

「さすがにお若いだけあって目がよろしい」

「目がよくなたって、ああはっきりとやられてはわかりますよ。私が抜いたあと、番頭は紙縒りの束を持ち直しましたが、そのときこれ見よがしにそのうちの一本を上へせり出した。あれと思って見ていたら、あなたはまさにその紙縒りを抜き取った。そいつがやっぱり当り籤でした。あんまり無器用すぎます」

「どうしてもこいつが欲しかったのじゃ」

老人は左手で抱きかかえた『大明律集解』をいとしそうに右手でそっと撫でた。それからその右手を頭にやって、

「この白髪頭に免じて許してくだされ」

と神妙な物言いになった。

「もしも、私がまぐれで真ッ先に当り籤を引いたらどうしましたか」

「あなたを追いかけましたろうなあ。そうして土下座でもなんでもして譲ってほしいと頼んだことでしょうて。この書物にはなつかしい思い出がある。なにしろわしはこの書物によって、書物奉行としての一番手柄を立てたのですからな」

すぐ横の明地で、笛や太鼓や摺鉦のにぎやかな太神楽のお囃子がおこった。たがいに向い合った二人の老人が、六、七本の撥棒を空高く投げ上げたり、指に引っかけて風車のように回したりしながら、撥の曲芸を見せている。笛を吹く若者は右肘に棒を乗せている。何の支えもなく肘の上に立っている棒の先には筒形の竹籠がついており、若者は巧みに竹籠を揺りながら、数個の糸鞠を筒の一方の縁で受けとめ、受け止めては筒を通してもう一方の縁から宙へ投げあげる。それまで辻宝引の香具師のまわりに集っていた子供たちがわーッと歓声をあげて老人と私とを押しのけ、太神楽の方へ走って行った。私は、といえば曲鞠に見とれているどころではない。曲鞠使いより、何層倍も凄い人がすぐ目の前にいるのだ。

「するとあなたが、名書物奉行の名をほしいままにした、あの奈佐勝英どのでしたか。そうですか。そうだったのですか」

「名奉行だったかどうかは議論の分かれるところですが、まあ、稀代の書物狂い奉行であったことだけはたしかですわい」

「又助と名乗られたので気がつきませんでした」

「又助が通称なのですよ。マタスケの音をもじって、さるお方などはオタスケ、すなわちお助け奉行などと、褒めるのが半分、からかうのが半分でお呼びくださったものです。そのさるお方というのが……、おっと立ち話では二人とも風邪を引く。わしの隠居所で若水で入れた福茶（ふくちゃ）でも飲みながらお話しましょうかな。この『大明律集解』にわしがなぜそうこだわっているのか、さきほどのいかさま籤引きのお詫びに、事の一部始終をすっかり打ち明けましょうよ。いかさまを見破られたまま、なんの釈明もせずに右と左に別れてしまうのは年明け早々、なんだか気色がよくない。いかがですかな、本所へお戻りになるのでしたら、ちょっと入江橋にお寄りになっても、そう遠回りになるというわけでもありますまい」


老人は私の言葉を盗（と）ってこう誘った。勿論、私に否やのあろうはずはない。それどころか、寛永十酉歳（とりどし）（一六三三）に御文庫が設けられて以来今日までの百三十余年間で最高の名書物奉行とうたわれているこの老人から、書物についての話を聞くことができると知って、嬉しさのあまり身体全体がかっと火照（ほて）ってしまったぐらいだった。それに老人の口走った「さるお方」とはいったい誰なのか、それを聞かないうちは本所へは帰るまいとも心を定めて、ちょこまかと早足で歩く老人にくっついて半蔵門の前を右へ折れた。町屋が途切れたせいで、御堀の水面を渡る間にたっぷりと冷やされた風がまともに吹きつけてくる。老人は襟巻をかぶって頭巾にしたが、私は火照っていたから平気だった。むしろ冷い風が快い。空で唸るものがあった。目をあげると、大きな絵凧が二枚、高いところで競り合っている。

二

角田川に浮ぶ中洲の北と向い合った地点から、神田川に架かる和泉橋の方角へ、まっすぐに掘られた堀割が浜町川である。この浜町川に小さな橋がいくつか架けられているが、川口の川口橋から三つ目が入江橋だ。入江橋の手前に、片番所つきの、似たような長屋門が三つ並んでいたが、真ん中の門が奈佐家だった。門番は、近頃多いいわゆる徳利門番である。潜りの脇の門に、紐をつけた一升徳利を釣瓶式に仕掛けてあるのだ。扉を押すと徳利が上って開き、あとは放っておいても砂を詰めた徳利が下って扉をひとりでに閉めてしまう。ほかの小旗本と同じように、奈佐家にも門番をおく余裕はないのだろう。

「いま、戻った」

又助老人は母屋に声をかけながら左方へ入って行く。柿や梅や茱萸の木が十本ばかり寒そうに立っていた。そのちっぽけな木立を抜けると百五十坪ほどの畑地があった。むろん、いまは何も植えられていない。この屋敷の敷地の大よその広さは三百坪足らずといったところかな、と私はすばやく見当をつけた。本所あたりでは、二百俵の小旗本でも四百坪程度の敷地を拝領しているが、この浜町河岸は御城へも近い上、大名や旗本の屋敷が混み合っている。少々狭くともそうは不平はいえぬだろう。

畑地の奥に間口奥行ともに二間の、茶屋といえば褒めすぎ、しかし小屋といってしまっては可哀想なような杉皮葺きが建っている。

「これがわしの書庫ですよ」

一坪の土間に後架、そして座敷は六畳である。土間の隅に鍬が二丁、立てかけてあった。座敷は縁に近いところが二畳ほど明いているだけで、あとはすべて書物の山で占められている。たしかにちょっとした蔵書家である。

「畑はわしが作っております。で、雨の日はここにこもって書を読み、なぐさみに文をひねり出す。つまり晴耕雨読を地で行っているわけですな」

又助老人は火鉢の灰のなかから火種を掘り出し、その上に炭を継いだ。門番もおかぬ節約ぶりと、書物の山とがどうしてもそぐわない。老人はどうやって書物代をひねり出しているのだろうか。私の場合は写本だが、この老人はどこから稼ぐのだろう。やはり写本か。

「金の成る木を一本持っております」

又助老人は私の心を読み当てた。

「左様、月に二、三両は金が成りますかな。いったいどういう木か、それはそのうちお話いたしますよ」

またもやこう気を惹いておいて、又助老人は例の『大明律集解』にまつわる思い出ばなしを、ゆっくりした口調で語り出した。

「わしが紅葉山の御文庫へ書物奉行として入ったのは、今から四十二年も昔、享保六丑歳の閏七月二十八日のことでした。いくつのときになりましょうかな。年が明けて七十六歳ですから、えーと、そう、三十四歳のときのことになりますな。それまでの十二年間は、大御番の太田隠岐守さま組に所属し、昼夜、御城内を巡行して非常に備えていました。若い頃は剣術がちょいといけましたから、『書物奉行の松田金兵衛という者が病死した。その後釜にはおまえが内定しておる。営中を守るのも、御書物を守るのも、同じ御奉公、忠義にかわりはない。しっかり励めよ』と太田様からのお申渡しがあったときは、ずいぶんがっかりしましたよ。そのころは、書物はそう好きではなかったのですな」

江戸の御城のほぼ中央に小高い丘がある。この丘が紅葉山だ。紅葉山の名は、太田道灌がここに楓の木を数多く植えたところから来ているという。秋、楓はみごとに紅葉して見せる。だから紅葉山なのである。

この丘は御城の、ということは江戸の芯棒である、という人もいる。書物奉行の筆頭である浅井半右衛門は、奈佐又助の着任第一日に、

「よろしいかな、奈佐どの、この御文庫の西、石を投げれば届くところに御宮があるのですぞ。御宮とは、すなわち東照宮様のことじゃ」

と教えさとした。もっとも「石を投げれば届くところに」というたとえが穏当を欠くと気付いたのか、すぐに、

「いや、呼べば答えるところ、と言い改めた方がよいかな」

と訂正した。しかし「呼べば答えるところ」というのもなれなれしいと思ったのだろう、ふたたびこう言い直した。

「歩いて五十歩もないところ、植込みをのぼればすぐのところに御神君のお眠り遊ばす東照宮様の御宮がござる。正月、三月、四月、五月、六月、九月、そして十二月の

各月十七日には、御宮御社参という行事がおこなわれます。前夜から斎戒沐浴なさっていた上様が、その朝、葡萄染と申す紫の精好織の直垂に風折烏帽子という御装束で御宮をお詣で遊ばす。これがすなわち御宮御社参の儀式です。上様が年に七度もお詣でになるお社がほかにありましょうか。あるはずはない。上様がどれほどその東照宮様を大切にお思いか、この一事をもってしてもおわかりでしょう。そういう次第でじつにこの紅葉山こそ御城の、そうして上様の芯棒なのです。われら御文庫に勤める者は、このことを片ときも忘れてはなりませんぞ」

浅井半右衛門は、ここで五間に三間の御会所の内部を、順にぐるりと指さしながらいった。

「ごらんなさい、書物同心たちは一人残らず、西を向いて執務しておりましょうが。いったいなぜ西を向かねばならぬのか。西を背にしてみなさい、尻の穴が東照宮様に向かって並んでしまう。それでは失礼に当るだろうからです」

御文庫の南には、丸太矢来と植込みをへだててすぐ金剛矢来にかこまれた歴代の上様の御霊屋が連なっていた。たしかにこの紅葉山は御城でもっとも尊い場所かもしれぬと思い、又助はしばらく固くなって御文庫へ出勤していた。とはいえ紅葉山が赤く色づく頃にはすっかり馴れて、西に向って嗳気をしても平気、南に尻を向けて放屁しても何も感じないようになったが。

紅葉山はまた御城内の景観をふたつに分ける境である、と教えてくれたのは、次席奉行の堆橋主計だ。堆橋は着任二日目の又助を東照宮様の勅額御門へ連れ出し、

「この紅葉山を境にして、東から南は御本丸、二ノ丸、そして西丸と白壁の林と甍の波じゃ。一方、西から北にかけては吹上の御庭、緑一色じゃ。どうだ、このお山を境に景色がぐゎらりと変るだろう」

と得意そうにいった。又助は先輩を立てて、「なるほど、これは驚きました。じつに鋭い御着眼ですな」と頷いてみせたが、胸のなかではちっとも感心していなかった。お山に立てばそれぐらいだれにもすぐわかることである。

この二人のほかに川窪信近という奉行がいた。つまり又助を入れると奉行は四名である。川窪は又助と同時に御文庫入りした新参で、いつも咳ばかりしていた。どうも病身らしい。ひどい無口者で一日に二言しか口をきかない。朝の「やあ、どうも」と、帰りぎわの「では、どうも」、これだけだ。

奉行の仕事は、御書物の保管と出納であるが、月番制だからそう忙しくはない。非番のときは閑でからだをもてあます。月番のときは昼休みが楽しみである。御賄方から弁当が届くからだ。

書物出納の大凡はこうである。まず、上様が或る書物を読もうとお思いになると、その旨を御小姓衆にお告げあそばす。すると御小姓衆はそれを書類にして御文庫に通してよこすのである。上様がおいそぎであれば、むろん口頭による伝達で構わない。御文庫は上様のもの、上様が「こうせい」、「ああせい」とおっしゃれば、そのこうせいああせいが規則となる。

御文庫の会所には御目録が常備されている。紅葉山の東のふもとのこのあたりには六棟の御宝蔵が、会所を四方から囲むように建っている。御鉄砲蔵、御屏風蔵が各一棟、どちらも長さ十三間、幅が三間である。御具足蔵は、十三間に三間のものがひとつ、十五間に三間のものがひとつで二棟。もっとも十五間に三間の棟の半分は、御書物蔵でもある。残る二棟はいずれも十間に三間、これが御書物蔵である。つまり御書物蔵は二棟半ということになるが、御目録には、なんという書物がどの御書物蔵の何番の長持に入っているかがきちんと分類され、明記されているから、書物はたいていたやすく見つかる。御書物蔵の鍵は、月番の書物奉行がお預りしている。奉行は書物同心を連れて御書物蔵に入り、書物を出して御小姓衆にお届け申す。書物が戻ってきたときはこの逆、御目録を頼りに、元の長持に納めればよい。ちなみに書物を分類し、御目録を整備する御役目は林大学頭が受持っている。そういう大事は書物奉行にまかせてはおけぬ、官学の宗家である林家がそれを行うべきであるという林羅山の言が、羅山が死んでから百年も経っているのにまだ生きているのだ。書物と近頃流行の蒟蒻の煮付はあまり好まないが、書物奉行を拝命したからには、蒟蒻の煮付はとにかく、書物は好きにならねばならぬと決心していた又助は、林家が御目録を作製するという慣例に反感を抱いた。

(御目録は御文庫の要ではないか。その要を林家にまかせていては、奉行は人形と同じ、ただの鍵番にすぎなかろう。御目録作りは奉行が行うべきだ)

御文庫入りして一年もしないうちに又助はこう考えるようになった。考えたばかりではない、筆頭奉行の浅井半右衛門にそれとなく進言を試みたこともある。

「途方もないことをいう」

そのときの浅井半右衛門は蛇に出喰した蛙のような顔付になった。つまり怯え上ったのだ。

「われらの書物にたいする知識はまことに微々たるものだ。官学の総元締の林家のお人たちと較べれば、大岩と砂じゃ、鯨と鮒じゃ。新規購入の書物を一目見て『うむ、これは理学の書じゃ、それも星学(天文学)の書じゃ』と分類できる能力がわれらにありますか。弓矢の道一筋に励んできたわれらに学者と肩を並べるだけの学問があるわけはない。また、われらに破損した書物を修理する腕がありますか。だいたい、この奉行や同心には一人の能筆家もおらんではないですか。ところが林家には、書物修理の達人は晴れた夜空の星の如くおり、門弟衆に石を投げれば必ず能筆家に当る。無器用な手で修理を行ってはかえって書物を損じてしまう。それこそ上様に対する不忠義だ。あてずっぽうの分類を行い、その上、書いた本人しか読めぬ金釘流の御目録をつくれば、書物を見つけるのに手間取る、これまた不忠義。奈佐どの、分をわきまえなさい。思い上ってはいけません」

「なにもかも林家まかせでは、書物奉行の腕の振いようがないではありませんか。書物の出納だけでは、米泥棒同然です」

なおも又助が喰いさがると、温厚、人格円満という文字に裃を着せたようだと評判の浅井半右衛門が珍しく眉を釣り上げ、扇子でぱんぱんと畳を叩いた。

「書物の出納でも立派な仕事じゃ。また、書物を盗難より防ぎ、また火事から守るという大役もある。米泥棒は言い過ぎでしょう」

たしかに言い過ぎである。又助は失言を詫びた。がやはりなにもかも林家に牛耳られているということは癪だった。そこで翌日から書を習いはじめた。また暇を見つけては「唐本屋」「書林八右衛門」「出雲寺白水」など、お出入りの本屋に通い、書物の勉強をもはじめた。むろんこれらの本屋に腕のいい製本師や経師を紹介してもらい、書物修理術の手ほどきをしてもらったことはいうまでもない。このように又助にはたいそう負けず嫌いなところもあった。

ところで上様から御所望の書物が御目録に見当らないとき、ということは御書物蔵にないときはどうするか。まず、その旨を御小姓衆に報告し、上様からの御言葉を待つことになる。「それなら見ずともよい」という御言葉が返ってくれば、それで一件落着であるが、「どうしても探せ」とおっしゃるようであれば、出入りの本屋の尻を叩いて至急の納本を命じる。以上が書物出納の大略である。

これが書物奉行の仕事の、いわば幹だが、細かい枝葉としては、たとえば諸方より到来する風土記その他の献上本の受納がある。この場合も、その分類と御目録への記入は林家へ依頼しなければならず、いちいち不便であった。また上様以外の方が借り手のときもある。御公儀が新しくなにか事業をおはじめになるときなど、事前の調査のためにそれに関連した書物をごっそり、車つきの長持で二つも三つも持ち出す場合があるのだ。これは神経にこたえる。書物が返ってくるまで気が落ち着かず、食事も碌にのどを通らない。それから上様の御生母お由利の方さまも、よく書物をお持ち出しになる。それがきまって疱瘡（天然痘）に関する医書なので、

「これはひょっとすると大奥に疱瘡でもはやっているのかもしれぬ。だとするとコトだぞ」

と自分と同じ時期に御文庫入りした書物同心の門沢一八というものと喋っていたら、だれかが浅井半右衛門に告げ口したらしい。又助はまたもやこっぴどく叱られた。

「お由利の方さまの、たったひとつのおたのしみは、疱瘡の書物を毎日、すこしずつお読みあそばすことなのだ。よく事情も知りもせずに滅相もないことを口から出すものではない」

古い帳面の埃を払って調べてみると、たしかにお由利の方さまは最近五年間に、百部近く、疱瘡の書物をお持ち出しになっていることがわかった。世の中には変った趣味をお持ちの方もあるものだと、又助は感心した。

なお、御文庫には、これだけはどうしても枉げられないという鉄則があった。

いかなる理由があろうとも国絵図や郷帳の類を大名に貸し出してはいけないということ。江戸市中に火災が発生したときは、小火大火を問わず、また火元の遠近を問わず、四名の書物奉行は即刻、御文庫へ馳せ参じること。鉄則というのは、この二カ条である。

三

雷が鳴って梅雨が明けようとする五月の十日、月例の四奉行の顔合せ会が終って、又助がその足で書道の先生のところへ寄ろうと急いで帰り支度をしていると、浅井半右衛門が、

「奈佐どの、こちらへ」

と扇子で招いた。浅井半右衛門の様子が妙に改まったものだったので、それに適わせて神妙に又助は筆頭奉行の前へ進み出た。

「いつぞやは、書物奉行のお役目はつまらぬ、腕の振いようがない、と申されておりましたな」

「いやいや、あれは浅慮が吐かせた失言でした。あれからだいぶ心を入れかえました」

「まあ、お聞きなさい。あのときはこの浅井半右衛門も、カッと頭に血がのぼってしまい、書物奉行にも大仕事があるということを申しあげるのを忘れておりましたよ。その大仕事とは曝書です。つまり曝涼。すなわち虫ぼしですな。もうひと月、いや半月もすればこの梅雨も明けましょう」

ここで浅井半右衛門はひとしきり扇子を動かして襟許へ風を送り込んだ。

「御文庫の書物は、この高温多湿の梅雨のあいだにたっぷりと湿気を吸いこんでおります。また梅雨の明ける頃は、本喰虫の幼虫どもの育ち盛りでもある。そこで書物を戸外の日蔭に並べて、湿気退治と幼虫退治を行わなければならぬ。たとえば御文庫には『本朝続文粋』という十三巻、十三軸の書物があります。奈佐どのは御存知かどうか、これは『本朝文粋』にならって編まれた、平安朝後期の漢詩文二百三十余篇よりなる詩文集です。その質と量『本朝文粋』よりは劣るといえ、当時の思想界、とりわけ人びとの信仰の実態を知る上ではなくてはかなわぬもの。加えてこの御文庫にある『本朝続文粋』はですな、いまより四百五十年も前の、鎌倉期は文永九年（一二七二）に、執権北条経時、時頼、時宗の三代を輔佐して名宰相の名をほしいままにした金沢実時、あの金沢文庫の創始者である金沢実時がですぞ、当時の能筆家に清書させたもの、さらに自筆の奥書を加えて大切にしていたという逸品なのです。長い間、金沢文庫にしまいこまれていたものを神君が苦心の末に入手なさったというたいへんな経歴までついている。稀有なる書と申しても過言ではないと思うが、この『本朝続文粋』が、いまも殆ど完璧といってよい姿で保存されているのはなぜでしょうか」

「曝書、すなわち虫ぼしの効果……、なのですな？」

「御明答。そこで今年の、その大事な虫干しを奈佐どのにおまかせいたしましょう」

「いやそれは……。新参ものの奉行のこの奈佐めには、ちと荷が重すぎます」

「せいぜい研究なさって、大いに腕をお振いになることですな」

にやりと笑って浅井半右衛門は又助の前から立ってしまった。

「なあに、虫ぼしの間に何か間違いがおこって、御書物に万が一のことがあれば、筆頭奉行である浅井様の首も飛びますよ。奈佐さまを放っておきはいたしません。そのうちいろいろとやり方を教えてくれるのではないでしょうか」

と書物同心の門沢一八が慰めてくれたが、浅井半右衛門もまた次席奉行の堆橋主計もいつまで経っても何ひとつ教えてくれようとしない。又助と一緒に御文庫入りした川窪信近は、

「来年の風ぼしは拙者がお引き受けいたす。どうか御安心を」

と励ましてくれた。がしかし川窪信近のことばが何の励ましにもならぬことは言うまでもない。問題は来年のではなく、今年の虫ぼしなのだ。まったく川窪信近という同僚は空とぼけた男である。

やがて梅雨明けを告げる雷が江戸市中のあちこちで鳴った。又助は、その雷鳴にせき立てられるようにして握飯を七ツ八ツ仕込むと御文庫の会所（事務所）の二階に閉

じ籠った。二階の奥には『御書物方日記』が埃をかぶって眠っている。これは代々の御書物奉行たちが一日も休むことなく書きつづけてきた日記である。御書物の出納簿をも兼ねていて、じつに詳しい。御書物の虫ぼしについてもなにか記録があるはずだった。又助は一夜、徹宵して「これは」と思う記事を書き抜いた。その結果、以下のことが判明した。

まず、虫ぼしを御文庫では「風干」と称すること。

風干を始めるに当っては、第一にその旨を若年寄に報告すること。御文庫は若年寄の支配に属するゆえ、事の大小を問わずいちいち若年寄のお指図を仰ぐのは当然だけれど、とりわけ風干の開始についてはきちんと報告しておかねばならぬもののようであった。公儀の法令原本や朱印状の副本などの、貴重でもあり、また小旗本風情の目に触れさせてならぬ御書物類については、ときとして殿中の御白書院で風干が行なわれることがあるからだ。御老中が御小姓衆を使ってじきじきに風干をなさって、御自分で書物箱におさめられ、封印までなさるのである。「今年は御老中が重要御書物の風干をなさるのか、あるいは御文庫の者どもにおまかせくださるのか」、そのお指図を若年寄からいただかなくてはならぬ。御文庫の者に風干をおまかせになる年には、御本丸から御小姓衆をこっそり監視のためにおつかわしになることもあるらしい。

三番目に、風干に必要な道具の借用をそれぞれの筋へ願い出なければならない、ということもわかった。又助は書き抜いているうちに笑い出してしまったが、風干にはそれほどたくさんの道具が要るのだった。

備後表二十枚に琉球うすべり四十枚を御畳方から借用する。これを日蔭に敷き、その上に御書物を並べるのである。

ただし備後表や琉球うすべりの上に直接に御書物を置いてはいけない。さらに毛氈を敷き、はじめてその上に御書物を置かねばならぬ。そこで御坊主方から毛氈を五十枚借りてくる。

御書物を素手で扱うのは厳禁らしい。汗や脂が御書物を汚すからだろう。また小口の埃や桐箱（ほとんどの御書物が桐箱におさめられている）の底のごみを息で吹き飛ばすのも御法度のようだ。唾がしぶきとなって御書物にかかってしまうからである。素手を覆う手袋を十六対、息のかわりをする羽箒を二十本、御細工方から借用しなければならない。

桐箱に艶をかける布、虫よけの樟脳や片脳、こういったものは御納戸方に都合してもらうことになっているようである。

御書物をおさめた桐箱や桐の長押を動かしたり、御書物蔵の内部を清掃したりするのには、黒鍬(くろくわ)ノ者たちの手を借りる。毎年の例では五名だが、又助は一名ふやし、黒鍬ノ者を六名借用することにした。江戸城内外の清掃がお役目の黒鍬ノ者は目付に属する。又助は目付あてに借用願いを書いた。黒鍬ノ者たちの使う手桶や棕櫚(しゅろ)箒は、御賄方から借り出すことになっているらしい。もうひとつ、黒鍬ノ者には、昼に、弁当を与えなければならない。この旨もまた御賄方に願い出る必要がある。

もうひとつ、例年、風干に必ず数冊の破損本が発見され、その修理のために御細工同心一名に常駐を願い出ていることもわかった。願い出る先は御作事奉行、そしてこれにも弁当が要(い)る。以上の借用願いや弁当の手配願いを認めるのに、又助はもう一晩、徹夜しなければならなかった。そしてその晩、紅葉山の真上で雷が轟き渡り完全に梅雨が明けた。

風干はその十日ばかり後の六月七日からはじまった。一日に桐箱で十箱ぐらいずつ毛氈にひろげては湿気を取りのぞく。能率のいい日は三十箱にも及ぶこともある。そういう日はさすがにうれしくて、又助は帰りに書物同心たちへ酒を買った。

御書物の大敵は、浅井半右衛門のことばをまつまでもなく湿気、すなわち雨である。したがって雨は又助にとっても大敵となった。又助は毎朝、半刻(とき)ばかり早起きをし、屋根にのぼって朝空を隈なく眺めまわした。雨になりそうだな、という勘がはたらけば大事をとってその日は風干を中止した。黒鍬ノ者たちは大はしゃぎで弁当を喰い、木蔭で昼寝をして帰って行った。雨の降った翌日は、どんなにからりと晴れ上っても風干をやめた。前日の雨が湿気となってそのへんに立ち籠めているにちがいないと踏んで警戒したのである。

「じつにお見事ですな」

東ノ御蔵の風干をおえたのは七月に入ってからだが、そのころのある午後のこと、浅井半右衛門が真顔で又助をほめた。

「いつ弱音を吐くか、いつこの浅井に泣きついてくるか、それを半ばたのしみに待っておったのですが、どうやら待ちぼうけのようです。最後まで一人でやってのけられることはまちがいない。感心いたしました」

浅井半右衛門と堆橋主計が表むきは素ッ気ない態度を崩さないが、裏では細かいところにいろいろと気を配ってくれているのを知っていたので——たとえば那須紙の支給を御納戸方へ願い出てくれたのも浅井半右衛門だった。樟脳や片脳は那須紙で包まなければならないのである。そのことを又助は知らなかった——又助は頭を下げて、

「ここまではたしかにとんとんと調子よくきましたが、なに、この又助の手柄ではありません。天気のおかげです。雨の降ったのは、ただの二回だけでしたから」

と答えた。答えながら又助はこう思った。浅井どのも堆橋どのも見かけほどは冷たいお人ではない。風干について何も教えようとしなかったのは、二人ともかつて先輩から冷たくされながら仕事を覚えたからだろう。いつでも助け舟を出せるようにしておいて、あるところまでは冷たく突き放つ。それが「半ばたのしみに待っておった」ということであり、この会所のやり方でもあるらしい。

「それにまだ西ノ御蔵と新御蔵が残っております。まだ半分まで済んでいないのです。この先、なにが持ちあがるか知れたものではありません。ほめてくださるのはうれしいが、すこし早すぎやしませんか」

「奈佐どのは勘もなかなか鋭いようだ。じつはな、奈佐どの、その『なにが持ちあがるか知れたものではない』ことが持ちあがりつつあるのです……」

「はあ？」

「明日からしばらくの間、閲覧者が御書物蔵へやってくることになりましてな」

「まさか……」

会所二階に保存されている『御書物方日記』によれば、風干は、雨の多い年などには四カ月にも及ぶことがあり、そこで御書物の貸出しは平常どおりに行われる。何カ月間も貸出し中止というわけにはいかないからである。とりわけ上様の御用とあれば風干どころではない。風干をいっとき取りやめてでも御書物を上様に差しあげる。ただし、風干のあいだは若年寄が、御書物蔵での閲覧をさしとめるのが通例である。素人にうろうろされたのではやりにくくて仕方がないからだ。いったい若年寄の大久保常春さまはなにをお考えなのだろうか。

「その閲覧者は若年寄を飛び越して、上様に御書物蔵への出入りを願い出たらしいのじゃ。そして上様は、それを快くお許しになられた。となればもうわれら書物奉行がぐずぐず申す筋合いのものではありませんぞ」

浅井半右衛門は又助の胸中を読み当てたらしい、右手をあげて又助を制した。

「しいて申せば、上様のおぼえめでたいのをよいことに例のないことを願い出たその閲覧者の非は咎められるべきですが、しかしその相手というのがいまを時めく江戸町奉行、われらに出来ることはといえば泣き寝入りだけです」

「……するとあの大岡越前守忠相どのがこの御書物蔵に日参なさるとおっしゃるのですか」

「若年寄からのお達しではそういうことです。奈佐どのは風干でお忙しいゆえ、この浅井が堆橋どのや川窪どのと、その閲覧者のお相手をつとめてもよいのですが……」

浅井半右衛門は渋茶を飲んだような顔付きになった。

「しかしあんまりぞっとしませんな」

江戸町奉行大岡越前守忠相の、会所での評判はきわめて悪い。いや、ここ会所だけではないだろう、旗本や御家人が集まればきっと大岡越前の悪口になるにきまっている。

三年前の享保四亥歳（一七一九）の十一月、有名な「相対済し令」の御触書が出た。浅草蔵前の高利貸から訴えられる寸前だった又助はこの「相対済し令」で救われたといってもいいので、御触書の文面はよく覚えている。それはこうだった。

「近ごろは金の貸し借りのもつれを訴え出る者が多くて江戸町奉行も評定所（寺社・勘定・町奉行の三奉行が寄り合って、公事を決裁する機関）も困り切っている。ほかにも大事な公事訴訟があるのに、金公事にばかり忙殺されてしまうからである。このようなことでは本来の御政事がおろそかになってしまうので、今後は借金のもめごとなどの金公事はすべて当事者同士の相対で済すように。とにかく三奉行所、およびその上の上級機関である評定所では、金公事は一切扱わないことにする」

たしかに金公事が多すぎて、江戸町奉行所が身動きもできないでいるということは、又助などの小旗本の耳にも入ってきていた。

「前の年の享保三戌歳に江戸町奉行所に持ち込まれた公事訴訟の件数は三万六千件だ

という。そのうち九割以上にあたる三万三千件が金公事だそうだ。そのおかげで全体の三分の二に近い二万五千件が未決裁で残ってしまったらしい。仕事ができる、のが売物の、そのおかげで上様に信任されている大岡越前としては、これは真ッ蒼だわな。二万五千件も未決裁の公事をのこしては、自分の評判に傷がつく。そこで寺社奉行や勘定奉行を焚きつけてこのたびの相対済し令になったらしいぞ」

と又助に教えてくれた友人もいた。その友人は、

「なにはともあれ、こっちのような貧乏小旗本にとっては大岡様々(さまさま)だ。これからは高利貸に返済をせまられても訴えられて恥をかく心配はなくなったのだ。高利貸に十ぺんも頭をさげておいて、最後に『武士がここまで頭を低くして頼んでいるのがわからんのか。えい、もう堪忍袋の緒が切れた。そこへ直れ』と刀の柄を叩いて居直れば、それで当分は一件落着よ。なあ、奈佐、これも一種の相対(はなしあい)ずくというものだろう。そうではないか」

といってうれしそうに笑った。

又助には、友人のように居直る度胸はなく、奈佐家に伝わる名槍の買い手を探し回って、ようやく半年後に借金を返済した。この「半年間の猶予」も相対済し令が発令されたからこそで、又助はその意味では大岡越前守に感謝している。

例の友人は、相対済し令を奇貨として高利貸から借りた金を踏み倒した。高利貸のほうも必死であるから、町中で友人にとりついて借金の返済をせまった。「貸金泥棒、人非人の家」と記した旗をたてて友人の屋敷の門前に坐り込んだりもした。そしてある日のこと、友人は自邸の門前で口汚く罵しる高利貸の妻を斬って、重傷を負わせた。大岡越前守はなんとその友人に縄を打とうとしたのである。友人は自室に引き籠って自害して果てたが、こういう例はべつに珍しいものではなかった。大勢の旗本御家人が、相対済し令を、まず、「自分たちのための借金踏み倒し援助策である」ととってよろこび、次に江戸町奉行が町人の肩を持つのを見て怒った。

「たしかに金を返そうとしない我等もわるいが、しかし悪辣な手段をもって返済を迫る町人どもの非礼を一向に咎めようとしない大岡越前には落胆した。町人の走狗め、町人の手代め」

という旗本御家人たちの怨嗟の声が、又助の友人のような例が続出するにつれて、高くなってきている。たいていの者が、

「大岡越前にはまんまと裏切られた。いらざる糠喜びをさせおって」

というのである。又助のように「感謝している」者などは珍しい。

「上様はあんな御奉行のどこを買っておいでなのかしらん」

浅井半右衛門は扇子をパチパチさせている。

「ゴマを摺るのがよほど上手だとみえますな」

又助のほうは、町人に人気が高く、旗本や御家人からは散々にいわれている、この上様の懐刀に興味を抱いた。そこで又助は、

「その閲覧者のお相手はこの又助がうけたまわりましょう」

といった。

「むろんなにかあれば、その都度、浅井どのの御高示を仰ぐことにいたしますが」

「それはありがたい」

パチンと音高く扇子を閉じて浅井半右衛門は頭をさげた。

「そのかわり風干のことでなにかお手伝いできることがあれば遠慮なく申してくださいよ。どんなことでもいたしますからな」

筆頭奉行はよほど大岡越前守がきらいらしい、と又助は思った。

四

翌朝、会所にあらわれた江戸町奉行大岡越前守は、縦よりも横に広い、ちょうど茶釜のような顔で愛嬌よく笑って、

「漢籍を閲覧したい」

といった。顔に合せて体格もでっぷりとしている。

「漢籍の法令集を見せてもらえるかな」

御文庫の御書物分類法は、経・史・子・集の四分法によっている。法令集は「史部」の「政書類」に属する。又助は江戸町奉行を、風干のすでに済んだ東ノ御蔵の二階へ案内した。二階の東側の壁にしつらえられた四段二十列の棚に、桐箱が七十ほど並んでいるが、これが「史部、政書類、法令ノ属」の棚である。

御書物蔵は白壁の土蔵造りだ。夏でもひんやりと涼しい。又助は窓の銅(あかがね)の扉を開け、そのそばに床几(しょうぎ)をおいた。ここなら明るい。

「涼しく静かだ。まるで極楽だな」

棚から桐箱をおろすと、江戸町奉行はそう呟きながら懐紙で丹念に手の脂を拭った。それから箱の蓋を外す。又助は、

(風干の済んだ東ノ御蔵に御用というのであるし、御書物に手脂を付けてはならぬということも御承知のようだ。こういう手のかからぬ閲覧者なら何人見えてもどうということはない)

と思いながら階段をおりた。

江戸町奉行は精勤した。毎日、朝から夕刻まで、東ノ御蔵に閉じ籠り、ゆっくりと、しかし休みなく法書をめくっている。昼食も採らぬ。午前に一回、午後に一回、又助は書物同心に茶を運ばせたが、それだけはきれいに飲み干した。一日に二、三度、手を洗いに会所へ姿をあらわすが、このときも静かなものだ。風のように来て、風のように去る。上様の意を体して、人参甘蔗その他の薬草の栽培、船税の賦課、砂糖の栽培、火消いろは組の設置、目安箱の設置など、だれもがあっと目を剝く政事を次々に実施し、実行した「切れ者」とは、どうしても見えなかった。小用に立ったついでに、江戸町奉行は丸太矢来に沿って御書物蔵の敷地を一巡し、また東ノ御蔵へ入る。そんなわけでまったく手がかからない。いや、手がかからないばかりではない、あるときなどは逆に御書物会所一同の命を救いさえもしたのだ。そのときの詳細はこうである。

七月下旬のとある午さがり、それこそよくある紋切型の言い草ではないが一天にわかにかき曇って、盆を引っくり返したような大雨になった。この大雨は百を数える間も降り続かず、たちまち晴れあがって、又助たちは狐に鼻でも抓まれたような気がしたのであるが、それはとにかく、だれかとだれかの、

「あっ、雨だ」

「うそだ。空は隅から隅まで晴れわたっているぜ」

「いや、たしかに雨だ」

「……なに？　ほんとだ。雨だぞ」

と短い会話をきっかけに御書物蔵の前庭は大さわぎになった。

「まず、毛氈で御書物をくるむのだ。あわててそのまま御書物を抱えて御書物蔵へ運ぼうとしてはならん。その間にも御書物が雨滴で濡れてしまうぞ。毛氈で包め！」

書物同心たちに下知しながら、又助は裏庭へ素ッ飛んで行った。御文庫の裏庭は風通しがよい。そこで又助は、毎朝、風に当てる御書物のうちで最も貴重だと思われるものを、裏庭に並べるよう指示していたのだが、そのときの御書物は『明月記』の一部、十数冊だった。神君が殊の外愛されたといわれる藤原定家の日記の写本である。

（……もし『明月記』が雨でびしょ濡れになっていたら、おれは生きてはいられないだろう。いや、おれ一人で済めばめっけものだ。他の三人の書物奉行も、あるいは……）

そう思いながら裏庭に飛び込むと、毛氈の上で四つん這いになっている肥った男の背中が、又助の目に入った。背中には雨粒で点々と水玉模様ができていた。

「小用を足していつものように御書物蔵の周囲をひとまわりしようとしているところへこの雨だ」

下から又助を見上げたのは、江戸町奉行の茶釜顔だった。

「とっさに御書物の上に身を伏せたが、これでよかったかな」

「ありがとうございました」

又助は茶釜顔の前に土下座した。

「この裏庭は、それがし奈佐又助の受持でございます。ところがちょっと持ち場を離れたところへ折悪しくこのにわか雨で……、まことに申し訳けございません」

「わしに詫びを申しても仕様がない。それよりも、この先、わしはどう振舞えばよいのかな。このまま這いつくばっていた方がよいというのであれば、むろんこのままでいるが……」

「しばらくお待ちを」

又助は会所へ飛んでかえって、桐油引きの油紙を摑んで戻った。そして油紙で江戸町奉行を覆った。江戸町奉行はするりと身体を抜き、『明月記』は油紙で雨から守られることになった。又助がほっと安堵の息をついたとき皮肉なことに雨があがった。

その日の午後のお茶は又助が持って行った。先ほどの礼を述べると江戸町奉行は、

「あのにわか雨が今日でよかった。明日であったら、『明月記』は濡れていたかもしれぬ」

といった。

「というのは、わたしは明日からはここへ来る用がなくなってしまったからだが」

「では法令集をすべてお読みあそばしたのでございますか」

「ああ、一通りはな」

江戸町奉行はふっと浮かぬ顔になった。

「どうしても見つからぬ」

「とおっしゃいますと？」

「花盗人の処罰法が、だよ。唐土に先例があるかもしれぬと思いついて、この御書物蔵に日参してみたが、とんだ無駄骨さ。こうなれば自分の才覚であの一件を裁くほかはないが、どう裁いてもこの大岡越前が不利。つくづく頭が痛いわい」

そうだったのか。江戸町奉行が東ノ御蔵に閉じ籠っておいでだったのは、例の飛鳥山の花盗人を裁く手がかりを探すためであったのか。又助ははじめてこの風変りな閲覧者の真の目的を知った。

……今年の弥生中旬のことである。上様の御成場である桜の名所飛鳥山で、上様が自らお植えになった桜の枝を一尺ばかり折ったものがあった。上様は一昨年九月、桜を二百七十株、楓と松をおのおの百本ずつお植え遊ばされたのを手はじめに、昨年などは桜を千株も移植なさって、全山全木すべて上様のご丹精のたまものといっても過言ではないが、とりわけお手植の桜を折ったとなるとただではすまない。狼藉者はその場で役人に捕まってしまった。狼藉者は若い職人風情で、泥酔していた。だが、大岡越前守の役宅へ引き立てられるころには酔いがさめて、わあわあ泣き出した。

市中でも大評判の事件だったので又助もよく知っているのだが、その若い職人は泣きわめきながらこう申し立てたのだ。

「機嫌よく酔ってあとは前後不覚。はっと正気づいてみるとこうやってお縄を頂戴している、まことに不思議でなりません。またお話を伺えば、お上お手植えの桜に狼藉を働いたとのこと、わたくしはそんな大それたことのできるような男ではございません。ましてや、わたくしは一昨年、孝子としてお上より御褒美をいただいており、ありがたいやら、もったいないやらで、それ以来、一夜とて御城に足を向けてやすんだことはございません。そのわたくしがどうしてお手植えの桜を折ったりいたしましょう。これはなにかの間違いでございます。……それでもたしかに折ったとおっしゃるのであれば、仕方がございません、どんな罰をもお受けいたします。ただ……、病気の母親が気がかりでなりません。どうか御慈悲でございます。一度、母親の許へ帰していただけませんでしょうか。決して逃げたりはいたしません。母親が恢復いたしましたらすぐに御奉行所へ出頭いたします。お願いでございます、後生でございます……」

調べてみると、若い職人は神田白壁町の錺職で幸吉という者であることがわかった。言い立てていることにも嘘はなく、たしかに一昨年十月、孝子として表彰を受けている。さらにあくる日から、奉行所の門前に幸吉の近所の者たちが座り込みをはじめた。

「あの感心な幸吉がそんな大それたことを仕出かすはずはない。なにかの間違いでございましょう」

「たとえ幸吉が折ったとしてもそれは酔った上でのこと、どうかお許しくださいまし」

「あのような孝行者が罰を受けるようでは、この世は真ッ暗闇でございます」

「どうか御慈悲あるお裁きを」

「幸吉がお叱りでもこうむりますと、母親の容態にさわりましょう」

口々に叫んでは奉行所に向って土下座をする。追い散らしても無益だった。しばらくするとまた戻ってきて土下座をはじめるからである。

御老中や若年寄の間では、はじめ意見がふたつに割れていたという噂である。どなたかが「孝子だろうと節婦だろうと罪は罪じゃ。しかも上様お手植えの桜を折ったとあれば重罪人。世間の声におされて釈放したとあってはお上の御威光に傷がつく。見せしめのためにもここは厳罰でのぞむべきである」と論じられると、別のどなたかが「いや、世間の声をあっさりと容れてやり、お上にもひろい御慈悲のあることを示したが得策……」と譲らない。結局は「大岡越前がどう裁くか、じっくりと見ることにしようではないか」というところで、いまのところは議論がおさまっているようだ。

幸吉を病気の母親の許へ帰してやらなければ世間が承知しない。かといって帰してやれば御老中若年寄のうちの何人かは「けしからぬ」といきり立つ。また、桜に狼藉を働くことが重罪か微罪かもはっきりしない。なにしろ前例がないのだ。上様お手植えの桜を折ったのだから重罪という見方もあり得るし、その見方に立って重罪を申し付ければ、「しかしたかが桜ではないか」という非難の声のおこるのは目に見えていよう……。どこからどう眺めても出口なしの難問なのである。

「長い間、お役目の邪魔をしたな」

江戸町奉行は又助にその大きな背中を見せながら、ゆっくりと階段をおりて行った。

(あの大きな背中が雨から『明月記』を守ってくれたのだ。その機転と親切に自分はなんのお返しもできない。「それについては、かくかくしかじかの書物に参考になる記述があります」と打てば響くように答えることができたらどんなにいいだろう)と、又助は己れの非力を恥じながら、小さくなって行く背中を見送っていた。

それからしばらくは雨に祟られ、西ノ御蔵の風干はなかなかはかどらなかった。この御蔵の御書物は大部分が国書（日本人が日本語または漢文であらわした書物）である。風干が休みになった日は、又助はつとめて御蔵に籠って、国書部の公事類や律令類の棚の前ですごすようにした。国書のなかに飛鳥山花盗人を裁くための手がかりを探そうと考えたのである。だが、なにもなかった。国書の、公事や律令に関する書物は他所でも見ることができる。漢籍とちがって所持者が多いのだ。目星しいものは奉行所にも揃っていよう。おそらく大岡越前守は国書にはすべて当った上で、最後の頼みの綱として、御文庫の漢籍の閲覧を上様に願い出たのだろう。又助はだんだんそう思うようになった。ということは和漢の書物をあてにして飛鳥山花盗人の一件を裁くのはもう無理だということでもある……。

九月上旬、最後の御書物蔵である「新御蔵」の風干にとりかかった。ここはもともとは屛風蔵である。御書物がふえて収容場所に困り、その半分を改修して書庫に転用ということになったのだ。したがって御書物の数はすくない。また晴天にも恵まれるようになり、風干はとんとんと運んだ。そして風干の最終日、奥の土間に押し込んであった古長持がふたつ、表庭に持ち出された。どちらもびっくりするほど軽く、「長崎御本」と記した古びた紙が貼ってあるところも共通している。

「あ、それはな、奈佐どの、風干せずともよい御書物です」

蓋を明けようとしているところへ出勤してきた浅井半右衛門が声をかけてきた。

「というのは御書物目録にもまだ登録されていないからで、つまりまだ上様の御書物になってはおらんのですな」

蓋をあげてなかを覗いてみると、軽いはずだ、底に漢籍が二十冊ばかり入っているだけである。もう片方も同様だった。又助の注意を惹いたのは、「新井白石先生」と書いた細切れの紙が、どの書物にもはさんであることだった。浅井半右衛門はその一枚を拾い上げて、

「ははあ、これはわたしの筆蹟だ」

と懐しそうに呟いた。

「それにしてもここにあるのは不運な書物ですな。荒海を波に揉まれてはるばる日本までやってきたのに、肝腎の注文主は失脚……。そこで古長持のなかで眠りっぱなしです」

「するとこの書物の注文主は、あの新井白石なのですか」

浅井半右衛門は頷いて、

「一時の新井白石は飛ぶ鳥も落さんばかりの勢いでした。六代将軍家宣様の御侍講、そして最高政事顧問……。学者としては絶頂までのぼりつめたといってよい」

又助は羽箒で書物の埃を払い、それを毛氈の上に並べながら筆頭奉行の話に耳を傾けた。

「しかし、われら書物奉行にとっては小うるさい学者先生でした。そのころはこの浅井、入りたての末席奉行で、先輩奉行たちから白石掛りを押しつけられておりました。ほんとうに往生しましたな」

書物同心たちが浅井半右衛門と又助のまわりに集まってきた。今日で風干は終了、明日は会所でささやかながら慰労の打ち上げがある。そのせいでどの顔もほっとして緩んでいた。

「白石は毎朝、御書物を借り出しにここへやってきた。白石掛りのこの浅井としては休暇もとれません。これが往生したことの第一。次に閉口したのは、白石の書物を汚す癖です。大事な御書物にべたべたと付箋を貼る、点を書き入れる……、返却された御書物を改めるたびに身のちぢむような思いをしました。若年寄のお耳にも入れ、若年寄からそれとなく注意をしてもらったことがありますが、なに、何の効き目もありません。なにしろ相手は家宣様のお気に入りですし、それにそのことを自分でもよく知っている。傍若無人にふるまっていましたな」

「現在(いま)でたとえれば大岡様」

書物同心の門沢一八が半畳を入れた。

「いや、大岡どのはまだ無口だから救われる。白石はひっきりなしに喋っていました。うまく相槌を打たぬとたちまち機嫌が悪くなる。その気苦労だけでも身が細る思いです。そうこうするうちに、白石はとうとう唐本屋を通し、長崎の奉行所出入りの書籍屋を介して、唐土に漢籍を注文しはじめました。もとよりその代金をお支払いになるのは上様、家宣様です」

浅井半右衛門は又助が毛氈の上に並べた漢籍を次々に指さしながらいった。

「……『名臣伝』、『江川県志』、『文則』、『大明律集解』、『春秋主意』。みんな白石の注文したものです。唐本屋への注文書をつくらされたからよくおぼえている」

「直接(じか)に唐土へ注文した。その注文した書物が唐船で運ばれて長崎に着いた。さらに長崎から御城のこの御文庫へ運ばれてきた。ところがその書物が御蔵の隅で眠ったままになっている。なにかあったのですか」

又助が問うと、浅井半右衛門はうれしそうにこう答えた。

「なにかあったどころではない。さっきも申したように、書物が届くまでの間に白石は失脚してしまった。得意の絶頂から失意のどん底へ真ッ逆様ですよ。詳しく申しましょう。白石がこれらの書物を注文したのが、十一年前の正徳元卯歳（一七一一）の秋です。翌年に白石が頼りとする家宣様がおかくれ遊ばした。そのあとをお継ぎなされた幼将軍家継様も六年前の正徳六申歳（一七一六）にはかなくおなり遊ばされた。それがたしか四月。そして五月には吉宗様が白石を罷免なさった。……皮肉なことにこれらの書物が長崎に着いたのが、その年、年号は享保と改まっていましたが、その年の秋でした」

「書物を注文してから届くまで足掛け六年もかかるのですか」

「なにしろ唐土へ発注するのですからな、五年や六年かかるのはざらです」

「すると白石先生はこの書物をまだごらんになっていないのですね」

「上様は白石がお嫌いです。御文庫への立入りも禁じられているはずです。おかげで白石掛りのこの浅井も寿命がのびましたわ。奈佐どの、それでもこれらの書物に風をあててやるおつもりのようですな」

「お話をうかがっているうちに不憫に思えてきましたので。それに陽の目を見ることのすくない書物であればせめて風干のときだけでも、陽の目を見せてやりたいと思います」

「泣かせることをいいますなあ。よろしいでしょう。奈佐どのの気のすむようにおやりなさい」

いつかの『明月記』の一件以来、又助は、その日風干される書物のうち、もっとも貴重だと思われるものの傍に陣取って過すのをつとめとしてきた。ただしこの最終日、貴重本は一冊もない。おそらくそのうちに廃本として処理されるだろう書物ばかりである。気は楽だった。書物と並んで毛氈に寝そべり、風に吹かれているうちに、又助はこれまで経験したことのないやさしい気持を、それらの書物に感じはじめていた。せっかく日本まで長い旅をしてやってきたのに、もっとも愛してくれるはずだった注文主がいないのだ。又助は書物が哀れでならない。また又助は新井白石のことを思った。又助の儒学の師である長井洗山はよく、

「新井白石の偉さは、金銀改鋳に反対しているところにある」

といっていた。

金銀の手持のすくなくなったお上は、金銀貨幣を鋳直してこの危機を切り抜けようと試みているという。大ざっぱにいうと、二枚の慶長小判を潰して、銅かなんかでかさをふやし、三枚の小判をつくる、これがいまのお上のやり方だ、と長井洗山はいうのである。

「ふえた小判一枚はお上のまるもうけ。……と思うだろうが、そうはいかん。小判の値打ちがその分さがる。したがって、それまで小判二枚で買えていたものに、小判三枚の値段がつく。つまり同じことなのさ。改鋳の費用だけお上の御損だ。その上、町人たちが新しい小判を信用しなくなる。これが怖いぞ。お上と町人たちとがうまく機能なくなるからだ。金銀改鋳に反対する新井白石はその点では正しい。いまは町人が力をつけつつある世の中だ。その町人と手をたずさえて、町人の金力で国産の品々をつくり、荒地を拓くのが大事だとわたしは思うが、御老中はじめお上のおえら方はそうお思いではないらしいな。とにかく町人の信用を失うような施策はまずいことになるぞ」

白石は、お上のおえら方と対決して、金銀改鋳をおさえようとした。改鋳で甘い汁にありついていたおえら方は、白石が勘定奉行の金銀改鋳推進役の荻原重秀を追放するのを見てふるえあがり、白石を「鬼」と呼んだという。

（……その鬼と異名をとった大学者が上様という後楯をなくすと、よってたかって足を引っぱられ、自分の注文した書物と、あいまみえることもできなくなってしまうのだからおそろしくも、あわれである。小旗本で仕合せ、御書物の番人ぐらいが呑気でいいのかもしれない……）

そんなことをぼんやり考えながら夕景まで毛氈の上で寝そべって過した。風がすこし強まって忙しく書物をめくっている。風が止むと書物はおとなしくなり、静かになった。

（ぼつぼつ書物を仕舞うとするか）

又助は上半身を起した。

（これでどうやら無事に風干の大役はおわった）

と起き上ろうとしたが、又助はそのまま動かなくなってしまった。風が書物のどこかを起したのだが、そのとき、ちらと

花を折るものを制するに

という意味の漢字の行列が又助の目を射たのである。又助は『大明律集解 巻一』という題簽（だいせん）の貼られているその書物の黒い表紙を睨み据えた。どうかいまと同じ位の強さの風が吹いてくれ。すぐに願いどおりに風が立った。その個所が見えた。又助はそこをすばやく右手で押えた。こんな意味のことが記してあった。

　花を折るものを制するに、一枝を折らば一指を切るべし。一指をも切りがたきときは如何にせん。妙答あり。巻七を見るべし。

それからしばらく又助は血眼になって、毛氈の上や長押の底を探し回った。だが「巻七」はどこにもない。あるのは巻一から巻六までの六冊だけである。

「枝」と「指」、たがいに呉音も漢音もともに「シ」だ。つまり「シ」を損じたものは「シ」をもってあがなえという、これは詩的裁きである。これを大岡越前守が飛鳥山の花盗人の錺職幸吉に適用したとすればどうであろうか。

又助は夕陽を受けて眩しく輝いている御蔵の白壁へ目を放ったまま、懸命に考えた。枝と指をかけたお裁きにあるいは拍手が湧くかもしれない。しかしその拍手はすぐにも立ち消えになってしまうだろう。そして「なんとむごい……」という声が方々からあがるにちがいない。幸吉は錺職人、十本の指で暮しを立てている。それを一本でも折ってしまっては話がなんとなく陰気になるではないか。

「やはりここはこの『妙答』とやらを読みたいところだな。なんとしてでも巻七を探し出して、『明月記』のお返しをしなければならん」

新井白石が読むはずだった書物を長持に仕舞うように書物同心の一人に命じると、

又助は、

「浅井どの、浅井どの」

と呼ばわりながら会所へ入った。

会所では浅井半右衛門を中心にして、堆橋、川窪の二奉行や十数人の書物同心たちで輪ができていた。大きな徳利がその輪の中を行きつ戻りつしている。

「明日の慰労宴の相談をしていたところです。奈佐どのが今年の風干の功労者、したがって奈佐どのが宴の主賓です。そこで奈佐どの抜きで談合を進めておりました」

浅井半右衛門は大徳利を手招きして呼び寄せると、又助の膝の前に湯呑をおいて酒を注ぎはじめた。

「……『大明律集解』が巻六までしかありませんが。巻七以下はどうなさいましたか」

酒を注ぐ手をとめて浅井半右衛門は考えていた。

「例の長持の中の『大明律集解』のことです。白石先生は全巻注文したはずですが、問題篇の巻六までしかありません。解答篇が見当らぬのです」

「ああ、思い出しました。『大明律集解』は、問題篇が六巻、解答篇が六巻、合せて全十二巻の書物なのですよ。そして白石は問題篇のみを注文した……」

「そんなばかな。だれだって問題篇と解答篇の両方を読もうとするはずです。それが人情というものでしょうが」

「いや、解答篇六巻はすでにこの御文庫に揃っていました。白石はこの解答篇にずいぶん夢中になっていた。ごぞんじのように貸出し期間は三十日以内がこの御文庫の鉄則です。これは上様といえどまげられない大原則です。そこで白石は三十日目にはここへ解答篇を抱えてきて、改めて手続きをとりなおしてまた持って帰っていった。そしてついに問題篇が読みたくなり、唐本屋へ注文した。……そういうことですな」

「解答篇は、するとご御文庫の御書物のなかにあるとおっしゃるのですか。ふむ、そうだとしたら妙だ。大岡越前守どのがすべてをご閲覧なさったのだから、御文庫にあればお目に止められたはず……」

「廃本にしました」

「廃本？」

「白石が、符箋や点の書き込みで、書物を台なしにしてしまった」

「すると、唐本屋に払いさげられた……？」

「あまりに汚れていたので、唐本屋田中清兵衛も二の足三の足を踏んだ。そこで平川門の御櫓に放り込んでしまいました」

「それはよかった」

「……奈佐どの。あの江戸町奉行が探していたのは、もしやその『大明律集解』解答篇だったのではないでしょうな」

浅井半右衛門はちょっと真顔になった。

「大岡越前に贔屓するのは奈佐どのの勝手ですが、悪いことはいわない、およしなさいよ、そういうことは。町人の走狗の肩を持つと、われら旗本御家人からは憎まれることになりますよ」

「いやいや、『大明律集解』に興味を持っているのは長井洗山先生です」

又助は師の名前を持ち出してごまかし、湯呑に口をつけた。酒はたいそううまかった。

月番の書物奉行は、東ノ御蔵、西ノ御蔵、御新蔵のほかに、百人番所うしろの二重櫓、竹橋御蔵、そして平川口の櫓と、計六本の鍵をお預りしている。帰宅の際は、この六本の鍵と会所の鍵を紅葉山大番所に預けて退出するのである。

又助はその日、最後まで会所に居残った。月番だからこれは当然のつとめである。会所にだれもいなくなったところを見計って、平川口の櫓に出かけて行った。廃本はすべて長持におさめられていた。それに長持は年ごとにひとつずつあった。又助は

「享保元申歳分」と記した貼紙のある長持の中から、『大明律集解』解答篇を探し出した。巻七の巻頭近くに、次のような意味の文章があった。

明の恵帝の世に、喬氏といへる裁判官あり。梅花を折りし男の一指切りがたく、思案の末、男を永く牢中にとどめおき、ある日、引き出して言う。

「花を折る者を制するに、一枝を折らば一指を切るべしとの前例あり。汝は梅枝を少し折りたるなれば、指の先五分許(ばかり)を切りて、罪を償(つぐの)はすべし。我、其方(そのほう)が指を見るに、生れ付(つき)なるかして爪の長さ五分程(ほど)も有り、運よくも爪長く生れし者ぞ。然(さ)れば指まで切るにも及ばず、爪ばかりにて事相(ことあい)済むべし。併(しか)し以後斯様(かよう)の不届有(ふとどきあ)れば、爪ばかりにては相済まじ、指をも失ひ、品(しな)に因(よ)りては首をも失ふべし。此由(このよし)、確(しか)と心得たるか」

人々、この名判決をよろこび、永く喬氏を称えたり。

又助の手がふるえて、書物を照らしていた強盗提灯(がんどうちょうちん)の灯が揺れた。わざと爪を長く伸ばさせ、その爪を指と見立てての名判決に、又助は感動し、それで手がふるえたのである。廃本といえども上様の御書物、持ち出すのは禁じられている。書き写すのも

いけない。書物奉行に任命されたとき、又助は誓約書を書くようにいわれたが、その条項のひとつに、

「御書物他処へ借し申すまじく候、写し取り申すまじきこと」

というのがあった。それを思い出して、又助は右の文章をくり返し読み、脳の襞(ひだ)に刻みつけた。やがて別の感動がやってきた。

明といえば海の彼方の遥かな国。そして明の恵帝といえばいまから三百数十年の昔。その遥かな国、遠い昔が、いま一冊の書物を仲立ちにして、ここに、いまこそ蘇える。その不思議さ。そしてこの感動のもうひとりの生みの親は新井白石という人の不幸な晩年。さらに、書名もわからず、ただあるとき、ふと小耳にはさんだことを手がかりに、この書物を探しつづけたあの広い背中の男。もうひとつ、この書物のおかげで指を失わずにすむだろう若い職人。そういったことを考え合せているうちに、又助の手のふるえはますます大きくなっていった。

「書物についてわしが本気で考えはじめたのは、このときからでしたわい。また大岡越前守は名奉行という噂が立ちはじめたのも、このとき以来のことです」

語り終えて又助老人は、もう十何杯目かの福茶をふうふう吹いて、おいしそうに啜

った。

「大岡判決は、言うまでもないでしょうが、この喬氏のと同じでした。わしが御役宅へ注進に行くと、『おう、それしかない。それしかない』と何度も頷いておられてな、幸吉の爪を充分に伸ばさせた上で、ちょんと鋏で切り落し、喬氏の台詞をそっくりそのままおっしゃったのです。いやもう世の中はやんやの大喝采。御老中以下お上のえら方としては横槍の入れようがない、指を咥えて横目で睨んでいるばかりでしたよ」

「それはよかった」

私も福茶のおかわりをした。いつの間にか陽は傾いて、障子の隙間から見えている目の前の畑地にはこの書庫の影が長く、黒ぐろとのびている。

「それに書物奉行に憧れているこの市川晋太郎にはなによりのお年玉でした。そして『大明律集解』はあなたがお持ちになるのが一番ふさわしいと思います。もうぐずぐず申しません」

又助老人はにこっと笑って私に礼をいった。がすぐに笑みを引っ込めて、

「ただし、それからが大変でしたよ」

と溜息をついた。

「浅井半右衛門どのはじめ会所の一同を敵にまわすことになってしまった」

「といいますと？」

「わしが大岡どのに智恵をつけたのだということが自然に露見しましてな、『町人の走狗の、そのまた走り使いになるとはけしからぬ』と会所一同が、冷たく当るようになってきた。しかも御城内には、大岡どのの失脚を狙う党がいくつもあって、書物同心たちはひとり残らず、それぞれがなにかの党に属していたようで。さよう、幸吉の一件にしたところで、幸吉がほんとうに桜の枝を折ったかどうかは怪しいものです。そういった党のだれかがこっそり枝を折って、酔って寝ていた幸吉に持たせたのかもしれぬ。いや、おそらく真相はそんなところだったろうと思いますよ。大岡が上様のお手植の桜に狼藉をはたらいたものをどう裁くか。連中はじっと様子をうかがっていた。大岡がなにかへまをしでかしたら、そこへつけ込んで、『上様に不敬なり』と言い出そう。連中はそれを狙っていた。……とにかく何度、命を狙われたかしれませんぞ」

「……ほんとうですか」

「年寄の法螺話とお思いのようですな。よろしい、またいつかおいでなされ、今日とはがらりと趣をかえて、この又助の武勇伝をお話しましょう。むろんそれにも書物と大岡どのが絡んでおりますがね」
又助老人はこういって片目を軽くつむってみせた。

焼け残りの西鶴

一

　市川家に二人いる下男はともに下総国矢切村の出である。その矢切村から正午過ぎに紅葉鮒が届いたので、私はそのうちの数尾を魚籠に取って、浜町河岸入江橋たもとの奈佐勝英老人、通称又助老人の隠居場を訪ねた。珍しい到来物を肴に又助老人の書物にまつわる昔話が聞けたら、さぞかし楽しかろうと思ったのだ。

　矢切村といえば、元服前のまだ無邪気だった時分、下男に連れられてよく泊りに出かけたものである。西は江戸川、東には松林の丘がいくつも連なっていて、裸馬を乗りまわすには格好の地だった。松林を斜めに、ということは東南の方角に一里ほど縫って走ると、不意に高さ数丈の断崖の端に出る。馬をなだめつつ断崖を袈裟懸けに駆けおりれば、真間の手古奈堂へはもうほんの一鞭だ。手古奈餅の一皿で腹の虫をおさえて馬を西へ向ける。数町で里見城址に出る。眼下に大小の白帆の浮ぶ江戸川の悠々たる流れがある。大きな帆は関宿と浦安をつなぐ通い船、小さいのは両岸を結ぶ百姓舟である。このあたりには住いはこちら岸で田畑がなぜか向う岸という百姓が多いのだ。眼をあげれば、はるかに江戸の御城や富士のお山を拝むことができる。夕暮れどきは炊ぐ煙と夕焼けで江戸の空は一面に赤紫に染まり、眺めるたびに魂が宙外へ飛び出しそうになった。

起伏が多いのでいたるところに沼や池がある。もっとも大きく深いのは、矢切村から真間の手古奈堂へ抜ける途中にある蓴菜池で、晩秋から初冬にかけての草木紅葉の頃、この池で源五郎鮒がとれる。この鮒は水から上げると全体が紅色に変る。その紅色と紅葉の頃にとれるのとを二つひっかけて紅葉鮒と称するのだそうだ。蓴菜池の紅葉鮒は肉が厚くて子が多い。おまけに豆腐ぐらいも柔かだから、歯の悪い又助老人の口にも合うだろう。

例の徳利門番の潜り門を勝手に押し開け、母屋と畑とを隔てている五加の生垣に沿って裏へと回る。又助老人は隠居場の前に五加の落葉を集めて焚火をしていた。

「その焚火を大きくしてくださいませんか。薪をくべて燠をつくっていただきたいのです」

挨拶がわりに私は魚籠を掲げて振った。

「今日は紅葉鮒の杉焼を召し上っていただく」

「はて、杉焼というと……？」

「紅葉鮒を杉の薄削板の上にのせ燠火で焼きます。江戸川べりで流行っているやり方なのですが、杉の香が鮒の肉に移って、なかなか気のきいた味になりますよ」

「聞いただけで生唾がわいてきました。しかしわしのところには薄削板なぞないが。ただし竹串ならあったはずだ」

「薄削板も持参しております」

私は懐中から杉の薄削板を五枚、取り出してみせた。

「それは用意のよいことじゃ」

薄削板は紅葉鮒といっしょに矢切村から届けられてきたもので、私の手柄ではない。

「お礼に今日は飛切上等の昔話をしなければなりませんな、晋太郎さん……」

又助老人は隠居場の縁の下から柴や薪を一抱え持ち出して来て、慎重にくべながら火の勢いをさかんにする。北風がふと吹きやんで、雲間から陽の光が気弱にさして来た。

「さて、どんな話がよいものか」

私は隠居場の土間から床几（しょうぎ）を二脚出し、焚火の前に並べて置いた。焚火は柴と薪に力づけられて暖い光を放ち、焔は水飴のように粘っこく燃え上った。やがて焔は紅葉鮒そっくりの形で幾尾となく次々に跳ね上る。私は薪の燃えさしを一本とって、それを鍬（くわ）がわりに焚火の端（はし）のところを浅く掘った。穴をつくってその縁（ふち）に石を並べる。穴に熾火を導き入れ、その上に紅葉鮒をのせた薄削板を渡せばいい。幼い頃、矢切村で散々やったことだから慣れたものである。

「焚火を見つめていると、どういうものか、小石川養生所のことを思い出してしまいますな」

又助老人が焚火を薪で二、三度強く打った。火の粉がぱっと舞い上り、一瞬、焚火の上方は金砂子（きんすなご）を撒いたようになる。焚火と小石川養生所といったいどういう関わり合いがあるのか。私は訝しく思いながら熾火を穴へと掻き寄せた。

「晋太郎さんは小石川養生所をごぞんじでしょうか」

ごぞんじどころではない。旗本御家人、有徳な町人にはともかくとして、小石川養生所はいまや江戸町民の心のよりどころといってもいいぐらいである。小石川御薬園

（幕府経営の薬草園）の一隅に並ぶ五棟の建物に医者が十五名も常駐しているという。本道（内科）、外科方は言うまでもなく、小児方から目見方（眼科）、歯方に婦人方、その上、鍼打方まで揃っているそうだから、そのへんの大名衆の医師構えより、はるかに充実しているといってよい。おまけに江戸市中に住む貧しい町民であれば、通い療治も無料、入所療治でも鐚銭一枚いらない。それどころか入所療治中の病人には三度の飯が当てがわれ、夏と冬には新品の衣類が与えられる。さらに夜具もお上から施される。まさに至れり尽せりをそっくり持ち込んだようなところだ。あんまり居心地がいいので病いが全治しても出所を渋るものが続出し、お上は百名の定員を五割もふやして百五十名になさった。だが、それでも入所を待つものが三百、四百、五百と人数を増す。そこで一年以上滞在療治した病人は、重症のものを除いてひとまず退所させる、という規則まで出来たらしい。そういえば今年、すなわち宝暦十三未歳（一七六三）の夏、私は両国広小路の雑踏を通りすがりに、数人の泥酔した職人の風体の男たちが、どこかの家中の侍に、

「ほう、斬る、とおっしゃる？　へん、おもしれえ、おお、上等だ。善は急げ悪は延ばせ、だ。さっそく斬ってもらおうじゃねえか。斬られるのが怖くて江戸者がつとまるものか。こっちには小石川養生所の小川丹治先生がついていてくださる。どこを斬

られようが、丹治先生がたちどころに貼っつけてくださるんだ。遠慮はいらねえ。どこからでも斬っておくんなさい」

と毒づいているのを耳にしたことがある。この一片の啖呵（たんか）からも江戸の町人の小石川養生所に寄せる熱い思いがうかがわれるではないか。小川丹治の父は、彼（か）の小川笙船（しょうせん）である。小石川養生所の生みの親だ。子の丹治と共に小石川養生所の経営に心血を注ぎ、晩年、銀二十枚と宅地一区を上様から賜給され、その上、

「武艦に載るような医師になるつもりはないか」

というお言葉まで賜わった。〈武艦に載る医師〉とは、つまり上様お抱えの御医師のことだ。医家としてこれ以上の名誉はない。しかし笙船は、

「年をとりすぎてしまいました。折角のお言葉ながら、お役目をまっとうできる自信がございません」

ときっぱり断った。断っておきながら笙船は小石川養生所で病人と起き臥しを共にし、一日に何十人もの脈を診（み）ている。御医師たちのなかから、

「思い上った藪（やぶ）め」

という声があがった。池田玄達という御医師などは小石川養生所へ怒鳴り込んだともいう。そのときの笙船の答はこうだったそうだ。

「江戸の町民は、たとえ貧民といえど上様の赤子である。その赤子を一人でも病苦から救うことができれば、それは上様のお子のお命をお助け申したことになる。このことを上様がおよろこびにならないはずはないと思うが……」

　池田玄達がひとこともなく引き下ったのはいうまでもない。笙船は三年前の宝暦十辰歳(たつどし)の冬に八十九歳で世を去ったが、通夜には三千人以上の町民が集まったそうだ。職人たちは七日間、仕事を放り出して喪に服した。ちょうど私の屋敷では、書院の壁を塗り直していたときだったからよく憶えている。おかげで七日の間、書院から寒風が吹き込みつづけ、家の者は誰彼の区別なく咳ばかりしていたものだが。

「わしは小川笙船という傑物はしらない。しかし笙船の子の丹治には会ったことがありますよ」

　又助老人は煙るような目つきで焚火を見ている。

「あれはたしか享保七寅歳(とらどし)(一七二二)の秋、袴が単(ひとえ)から袷(あわせ)にかわって間もなくの頃だったと思います。ということは九月のはじめですか。とにかく今から四十一年も前のことになりますが、紅葉山の御文庫の会所(事務棟)に、小川丹治がわしをたずねてきた……」

　私は、今日もいよいよ又助老人が昔話をはじめたぞ、とわくわくしながら、燠穴の上に薄削板にのせた紅葉餅をそっと置いた。

「そのとき、わしは会所の二階で『御書物方日記』を読んでいた。外では雨が降っていましたな。どうしてそんな細かいことまで頭に残っているのか。じつは二階からおりるときに転んだからですよ。二十年間、書物奉行として紅葉山の御文庫づとめをいたしましたが、ああ無様にすってんころりんとやったのは、後にも先にもあのときがただ一度、そこでいまだに忘れられないというわけです」

転んで打った右腰を撫でさすりながら、又助はしばらくその場に坐り込んでいた。会所の一階では書物同心が二人、素知らぬ振りで机に向い筆を動かしているが、二人とも肩先を細かく震わせていた。笑いをこらえているのだ。

「どうも袷袴は裾が重くてかないませんな」

又助は誰にいうともなくそう口に出して立ち上ると、畳敷を横切って土間の方へ歩いて行った。

「袷袴になじむまでが一騒動です」

土間に立っていた若者が声をあげて笑った。

「ずいぶん派手に落ちられましたね。しかし骨にもどこにも別条はないはずです。四、五日の間は痛むかもしれませんが」

若者は三七、二十一日の間、麦湯だけで通したという断食僧のような青い顔をしている。目だけが小皿ほども大きく、鋭い光を放っていた。

「あ、申しおくれました、小石川に住む町医者で小川丹治と申します」

若者の目の色がすこし和んだ。

「それでも御心配のようでしたら、腰骨を診ましょうか」

「いや、なに、もう痛みは引っ込んでしまいました。ご存知かどうか、御城には袴についてのきまりがある。五月五日の端午の節句から八月一杯までは単袴を、九月一日から五月四日までは袷袴を着用のことと定められておるのですよ。単袴の裾の軽さになれていたところへこの袷袴、しかもこの雨。裾が漬物石ほども重い。それを忘れて階段を急いでかけおりたので重い袴が脛に絡みついてつい……。それで御用のおもむきは？」

小川丹治と名乗った若者は懐中から桐油紙の薄い包みを取り出し、まるで宝物でも扱うような丁寧な仕草で包みを開ける。中味は一通の封書である。

「越前さまからお預りしてまいりました」

又助は上がり框ぎわの板の間に正座して封書を受け取った。正座をすると腰骨が痛むが、江戸奉行大岡越前守忠相からの書状とあれば、たとえ瀕死の床にあったとしても起き上り正座しなければならぬだろう。書状の大意はこうであった。

……これを持参した若者に御文庫の漢籍医書の閲覧の便宜を計うように。詳しくは若者の口から直接に聞くがよいが、若者は小川笙船の長子で、俊英の医者である。小川笙船といえばだれでも思い当るだろうが、昨年の八月、上様おんみずからの御発案で、江戸御城和田倉門外龍ノ口の評定所前に設置された目安箱に、この正月二日、「お上は貧窮人や世話をする者のいない一人暮しの病人のために施薬院を建てるべきである」という直訴状を投じた小石川の、あの町医者のことだ……。

三度読み返して推し戴き、又助は江戸奉行の書状を懐中深くおさめた。

「それにしても天晴れな勇気だ」

又助は東ノ御蔵の鍵を持って会所を出た。丹治がすかさず傘をさしかけてくれたが、何の益もない。いたるところに破れ穴がある。又助は番所の方へ走り出した。会所から番所まで二十間もないが、その番所のすぐ手前にある十間に三間の建物が東ノ御蔵である。番所の軒下で黒鍬ノ者が一人、じっと立っているのが見えた。丹治についてきたものにちがいない。町医者が一人でこのへんをのこのこ歩ける道理はない。黒鍬ノ者が案内人兼監視役なのだ。

「なにがでしょうか」

錠前を外して御蔵の重い板戸を開けたところへ丹治が着いた。濡れるにまかせてのっそりと歩いてくるところが若いに似合わず図太いと又助は感心した。

「よく目安箱に直訴状を投げ込むつもりになったものだ」

目安箱は毎月二日、十一日、二十一日の三度、評定所の前に置かれることになっている。直訴したい者は、正午までに、住まう所名（ところな）と姓名を記し、しっかりと封をした訴状を目安箱に投ずるというのが定めだ。目安箱は鍵をかけたままで上様の前へ運ばれ、小姓が鍵を外し、封のまま上様にお渡しする。そして上様おんみずから封をお切りになる。

「自分の手が触れた紙、自分がしたためた文字、それがそのまま上様のお手に渡り、上様の御目を汚す、それではあんまりもったいない、罰が当るというので直訴状を投ずる者が意外にすくないという評判じゃ。なによりかにより、もしも上様のお気に触るようなことになってはならぬとはじめから遠慮して……」

「というより下手なことを書いては後の祟（たた）りがおそろしい、そこで、直訴する者はごくごく稀……」

「はっきりとものを言う男だな」

「いや、世間では、下じもの者の間ではそう取沙汰しているようで、と続けたかったのですが」

「では、世間の噂に乗ってたずねようか。その後の祟りとやらがおそろしくはなかったのかな」

「父も、そしてこの丹治も、薬も買えず、また看とってくれる者もなく、たったひとりで苦しみ抜いて、畳に爪を立てて死んで行った哀れな病人を大勢知っております。そういう病人のいることの方がよほどおそろしい」

「ふうむ……」

「他人の目から隠れてたった一人で苦しんでいる病人を探し求めて、毎日、父と二人で小石川界隈を駆け回っていますが、やはり二人ではどうにもなりません。そこでお上に訴え出るつもりになったのです。おそろしいなどとは毛筋ほども思いませんでした。このひどい有様から病人をお救いになれるのはお上だけだと信じていましたから、お聞き届けくださらなければ、お聞き届けくださるまで何度でも訴え出るだけのことだと心を決めていました。あのう、御書物を拝見してもいいでしょうか」

「御書物には湿気が大敵です。しばらくここで水気を払ってもらわんとな。なに、体熱で着物ぐらいすぐ乾くさ」

又助は御蔵の物置から円座を二枚出してきて、土間から上ってすぐの板の間に置いた。

「それで施薬院の直訴の件だが、それからどうなったのかな」

又助は円座の上にあぐらをかいた。腰が痛んで正座は無理である。

「むろん越前さまの書状を持ってくるぐらいだからうまく行きつつあることはわかるが、その後の経過が知りたい。もっとも口外できぬことも多かろうが……」

「正月五日、つまり訴状を差し上げてから四日目の朝、町奉行所から呼び出しがありました」

「ほう、なんとすばやい……」

「奉行所では越前さまにお目にかかりました。越前さまはまず施薬院の規模についておたずねになりました」

そこで笙船・丹治の父子は、

「粗末な造作で構いませんが、少なくとも建物は五棟要（い）ります」

と申し上げたそうだ。

さらに丹治の語ってくれたところによると、江戸奉行は笙船・丹治父子に四つ質問を発したという。第一の質問はこうだった。

「その五棟で、何人の病人を養うことができると思うか」

「百人は養うことができます」

と父子は答えた。

「そのほかに一日最低二百人の通い療治の病人を捌きたいと考えております」

「医師が大勢要るのう。その方たち二人ではとうてい手が足りるまい。医師をどうやってかき集めるつもりか」

これが江戸奉行の二番目のおたずねだった。

「五棟を建てる費用は、作事奉行配下の御大工役らに助けてもらえば二百両であがるだろう。そして建物は一度建ててしまえば、あとはさほど銭金は喰わぬ。だが人手は常に銭金を喰う。医師をどうかき集め、どうやって喰わすつもりか」

「お上の御医師衆に交代で養生所へ出張っていただきます。江戸の御城には、現在、百九十一名の御医師衆がおいであそばすはず。たとえば、そのうちから五名ずつ十日交代で施薬院づとめをしていただこうと思います」

「おもしろい。だがしかし、それは出来ぬ相談じゃな。御医師衆が目を剝いて異を申し立てるにちがいないからだ。そのうち御連中はきっと上様に泣きつくにきまっておる。その台詞もいまから予測がつくぞ。『いやしい貧民の垢だらけの体を触診したその手で上様の御玉体に触れることはできませぬ』と、きっとこうじゃ」

「いや、数多くの病人を診ることは、医師にとって最上、最良の修練。たくさんの修業を積んでこそ名医なのでございます。施薬院づとめで修業を積んで、一人でも多くの良医が生まれれば、それこそ上様のお為にもなろうかと存じます。いまのままでは御城の御医師衆、お一人のこらず大藪になっておしまいになる。また、御城には『御医師御子息』という名目で、御医師衆の跡つぎの竹の子医師が十三、四人、うろちょろなさっているはず。施薬院は、それら竹の子先生を一人前に鍛える役目を果すだろうと考えます。……いずれにいたしましても、御城から御医師衆においでいただくのがよろしいと存じます。といいますのは、お上が御城の御医師衆を施薬院におつかわしになれば、あちこちの御家がお上をお見習いになるにちがいないからで……。尾張さまや紀伊さまは申し上げるまでもなく、伊達、島津といった諸侯が、次つぎに御侍医衆を施薬院へ送り出そうとなさるにちがいございません。そういう次第で、この筆船ら、人手についてはまったく心配いたしてはおりませぬ」

筆船・丹治父子が熱っぽく語っている間中、江戸奉行は、目をつむり、うむ、うーむと唸りながら懐中から取り出した毛抜きで鬚を抜いていたという。

「それが奈佐さま、ただの毛抜きではないのです。六寸はたっぷりあろうかというお化け毛抜きで……」

又助は思わずにっこりしてしまった。『大明律集解』という書物を探し出してさしあげたのが機縁で（第一話参照）、又助はこのところ続けて三度ばかり江戸奉行の酒のお相手をつとめているが、そのときも江戸奉行は盃はそっちのけで大毛抜きばかり手にしている。又助に世間話をさせながら、うむ、うーむと唸って鬚を抜く。一本抜くたびに江戸奉行は御膳の縁に、それも右端から二、三分の間隔で左へ、丁寧に逆さに植えるのだ。鬚の根元には粘つくものが付いているが、そいつが膠の役目を果して、鬚はみごとに倒立し、ふっと吹いたぐらいでは倒れない。

又助の世間話が長びくと、御膳の縁の一辺が逆立ちした鬚でびっしりになる。その様子が又助には、まるで御膳が黒黴を生かしているように見えた……。

「越前さまの三番目のおたずねは、医師のほかに看病人が要るだろうが、それをどうするのか、というものでした。それに門番や賄や火事の際に病人を避難させる役目の下男、女病人の看病や洗濯をする下女、そういった者どもをどうするのか……」

丹治は話し続けた。いつの間にか雨の音がやんでいた。雀が御蔵の入口のあたりの土を嘴で突っついている。腰の痛みもいくらか引いていて、又助は雲の切れ間からちらと青い空を見たような晴れやかな普段の気分になった。ところで江戸奉行の三番目のおたずねに笙船・丹治父子はこう答えたそうだ。

「看病人が十人、下男が同じく十人、そして下女が七、八人、しめて三十人近い傭員が要ると思われますが、江戸市中の、老いて寄辺のない男女をえらび、施薬院に住わせてこれにあてようと存じます」

「では最後にたずねる。施薬院のその大世帯に食物や薬をあてがうには、少なく見積っても、年に二、三百両の費用がかかろう。かかる大金をどこから捻り出すつもりか」

「江戸の町名主二百六十三人を即刻お払い箱にしてしまいます」

江戸奉行は「あっ」と声を発したそうである。大胆不敵の提言に驚いて、鬚といっしょに付近の皮を引っ張ってしまったのだ。

「釈迦に説法でございますが、江戸町名主は、樽屋、奈良屋、喜多村の江戸町年寄三家の下にあって、小は一、二町、大は十数町の町々を差配いたし、御触の伝達、戸口調べ、怪しの者の詮索、御奉行所への願書や訴訟の奥印、家屋敷の売り買い、譲り渡しなどの仕事をいたしております」

「つまりなくてはならぬ者どもじゃぞ」

「お言葉を返すようではございますが、ちかごろの江戸町名主は欲心ばかり強く、害はあっても益はなし、これではお上からのお手当を盗み取っているようなものでございます。そのお手当を施薬院にお回しくだされば、苦もなく経営が成り立つと存じますが……」

「たしかに町名主のやり方には解せぬところが多い。町名主を取締るのはこの越前のお役目のうち。なにか手を打たねばならんが、しかし、お払い箱にするというわけには行かぬ。町名主なしでどうやってお上の御触を町民へ伝えることができよう。どうも最後の答が弱いぞ」

　丹治の話はここで終った。又助は立って、

「それで最後のおたずねに明答が出たのかな」

と階段をのぼった。医書の棚は二階の奥なのだ。

「越前さまの方から答を出してくださいました。勘定御奉行とかけあってくださったおかげで、施薬院の費用（かかり）はお上がお持ちになることになりました」

　二階は、たそがれどきのように暗い。又助は窓の銅（あかがね）の火蓋（ひぶた）をひとつひとつ外して行った。火災の際たとえ火の子が飛んで来ても、窓にきっちりとこの火蓋が嵌（はま）っているから延焼を防ぐことができるのである。なお、火蓋の次にあるのは障子戸で、一等外側は針金網だ。

「敷地は小石川御薬園のなかと決まり、建物の絵図面も出来ております。それから施薬院ではなんだか古くさい感じがいたしますので、正式な呼び名を『小石川養生所』とすることになりました。普請は十日のうちにはじまりましょう」

「すると開所は来春か」

「いいえ、極月（十二月）の初旬にはどうしても病人を入れたいと思っております。年間を通じてもっとも死人の多く出るのが極月ですから」

「間に合うかな。極月初旬までには三月しかないが」

「十一月一杯まできっと建ててみせよう、と御作事奉行や御大工頭が請け合ってくださいました。この数日間、御文庫に通わせていただいて漢籍の医書を読破いたします。漢土の施薬院についてうんと学んで、生かせるところがあれば、絵図面に書き込もうと思っております」

と、丹治は『病原候論　隋書』と『千金方　唐書』との間の、小さな桐箱の前で動かなくなってしまった。又助が丹治の肩越しに桐箱に貼られた書名を読むと、『婦人大全良方　宗書　陳自明著』とあった。

（そうか、この青年は婦人方の医師か）

と又助は思った。丹治は両手を何度も袴にごしごしと強くこすりつけてから、その手をそっと桐箱へとのばした。
（書物の扱い方をよく心得ておるぞ）
又助は足音を忍ばせてその場を去った。
（あの青年にならば勝手にさせておいても、間違いはあるまい）
お役目柄か、又助は書物を丁重に扱う人間に好意を持ってしまうところがある。そ
の書物に対する様子を見て又助は一ぺんで丹治が気に入ってしまった。階段のある方
へ折れながら窓の外を見やると、針金網のすぐ向うが赤い。はっと思って目を凝すと、
それは紅葉した楓（かえで）の枝だった。さっそく黒鍬ノ者に命じて枝を切らせなければならぬ。
枝伝いに火の押し寄せてくることがよくあるのだ。また、枝が窓や屋根を覆うと湿気
を呼び込むもとになる。防湿の上からも、伸びすぎた枝は禁物なのである。それにし
てもさっき火蓋を外したときに気付かなかったとは何事か。よほどたるんでおるわい、
と又助は反省しながら階段をおりた。それとも丹治の語る小石川養生所の話に気を奪
われていたせいで気付かなかったのか。

二

冬の御文庫づとめは地獄である。御書物蔵はむろんのこと、会所にも火鉢をおくこ

とが禁じられているからだ。言うまでもなく「火の用心」のためである。かといって火の気なしでは指先が縮かみ筆が持てぬ。そこで又助たちは拳の大きさの石を三つ四つ懐中に忍ばせて、御文庫に出てくる。御文庫の番所にかぎり炭火が許されているので、炭火の端に石を転がしておく。石が熱を持ったところで三尺手拭に包み、懐中に戻す。これでどうやら一刻ぐらいは凌ぐことができる。

「奈佐さまは、じつによく貧乏くじをお引き当てになる」

極月中旬のある朝、番所へ石を温めに行った又助に、書物同心の門沢一八がいった。門沢は炭火のそばにしゃがみ込んで、火掻棒で火を弄っていた。

「一年でもっともおつとめの辛いこの極月に詰番（当番）御奉行とはお気の毒ですな」

「ものは考えようだよ」

又助は炭火の端に石を三個並べた。番人が気をきかせて床几を運んできてくれたので、それへ腰をおろす。天井からつるされた自在鉤に大きな茶釜がかけてある。又助は番人にいいつけて茶碗を取り寄せると、茶釜から湯を注いだ。

「たしかに極月のおつとめは寒さで凍え死にそうになる。そこのところは大いに辛い。しかし仕事は楽だぞ、門沢。こうして番所で油を売ることのできるのもこの極月なればこそだ」

上様は稀代の読書家で、その分だけせわしく御文庫の御書物が動く。またその分だけお買い上げになる書物が多くなる。したがって書物方の仕事もふえる道理だが、極月から新年にかけての一月半は、上様の御用がぱったりと途絶えてしまう。この期間は御城での御行事が多いのだ。

「なるほど。たしかにものは考えようですな」

炭火がぽんと爆ぜた。門沢は火掻棒を炭火の底へ突っ込んでおいて、えいと掻き寄せる。香ばしい匂いがして門沢の足元に栗が六、七粒、転がり出た。爆ぜたのは炭火ではなく、栗だったようだ。門沢は火掻棒の先で栗を一粒、巧みに叩いて転がし入口近くに立っている番人の踵に当てた。それから二粒、又助の前へ押し出した。

「松戸馬橋の名物です。知り合いが届けてくれました。ほくほくして体が温まります。ま、われら書物方は、暇で困ることはないが、小石川養生所の連中はわれらとは逆、暇なのをうらめしがっているにちがいありませんな」

又助は途端に気が重くなり栗の皮を剝く指先に力が入らなくなってしまった。

「ひところ御文庫に出入りしていた若い医師がおりましたな。そう、小川丹治。丹治先生はいまごろべそをかいていますよ。可哀想に」

この極月の四日、小石川養生所の開所を知らせる御触が出た。

小石川伝通院前に住む小川笙船と申す者、極貧の病人のために施薬院を設けられてはいかが、と目論見書付を寄せてきたので、段々御吟味の上、このたび小石川御薬園内に病人の養生所を設けることにした。町々の極貧の病人で、薬ももとめかねるような者、あるいは独身で看病人のない者、また妻子があっても一家すべてが病身で安心して養生のできない者は、この養生所に逗留して療治をうけるようにせよ。入所して療治している間は、御扶持（生活費）と夏冬の衣類、その上夜具などに至るまで貸し与える。通い療治の病人も受け付けるが、ただしこれには御扶持は支給しない……

小川丹治にたいして書物閲覧の便を計うことを通して、たとえ微かにであっても、自分は小石川養生所の開設と関わっているのだ。そう思って又助はこの御触を熱心に、そして心を浮き浮きさせて読んだのだが、噂では、小石川養生所に時期外れの閑古鳥が鳴いているという。初日の入所者がたったの三名。開所して十日もたつのに、その三名が五名にふえただけだともいう。

「場所が悪い」

門沢は焼栗を掌の上で転がしている。

「御薬園のなかに建てたのがまずい」

「なぜ、まずいのだ？」

「おお、うまい」

門沢は器用に皮を割って、実を口中にほうりこむとせわしく噛んだ。

「……貧窮人どもの十八番は邪推です。物事をきっとひねくれて見る。たとえば町民どもはこう噂しあっていますよ。『お上が御薬園のなかに養生所をお建てになったのは、おれたちの病気を治そうとしてのことではない。御薬園でつくった薬草がどれくらい効くかお試しあそばそうとしてお建てになったのだ』とね」

又助はようやく皮を剝きおえて口に入れた。苦い。掌に吐き出すと死虫（しにむし）がいた。

「また、『養生所で使う朝鮮人参は、じつは日本国産の人参だ。だから効くわけはない』と噂する連中もおります。さらに別の噂はこうもいう。『お上は死人（しにん）をたくさんつくろうとなさっている。で、死人を腑分けして、人（ひと）の体の成り立ち具合をお調べなさろうというのだ。そうでなければ衣類や夜具をだれが無料（ただ）でくださるものか。とりわけ御扶持までくださるというのが一段と怪しい。桑原桑原、体をバラバラにされては極楽へも行けぬわい』……。連中はお上の御仁慈にも裏があるのではないか、仕掛（からくり）があるのではないかと邪推しているわけですな。まったく罰当りな連中です。もっとも……」

と門沢はここで不意に声をひそめて、

「たまにしか御仁慈をお示しにならぬゆえ邪推する連中も出てくるのでしょうな。これがもし、のべつまくなしの、御仁慈につぐ御仁慈ならば、眉に唾をつける愚民どもの数はぐんと減りましょうが」

「明日の分の炭を持ってきたぜ」

番所の表でどさりと音がした。見ると御文庫内外の掃除や雑用をしてくれているので顔なじみの黒鍬ノ者の若者である。

「おい、知っているか。今朝早く小石川養生所の小川丹治という若先生が、御奉行所へ突き出されたんだ。この若先生、とんでもないことを仕出かして……」

若者が番人にいっている。

「まったくなにが医者だ、なにが仁術だ。へん、とんだ喰わせ者よ」

又助は栗のように爆（は）ぜて跳ねあがり、表へ飛び出した。

「なぜだ。なぜあの丹治が喰わせ者なのだ」

「それは……、手ごめにしようとしてしくじったからです」

又助の剣幕におされて若者は御文庫御門の方へ三歩四歩とさがった。こういう時の門沢は機敏だ。先回りしてもう若者のうしろにいる。

「養生所の若先生がいったいどこのなんという女の膝の間に割り込もうとしたんだね。おい、ちょっと番所で油を売っていかないか。焼栗があるぞ」

門沢は若者の腰に両手を当てがって番所のなかに押し込んだ。焼栗二粒の駄賃と引き換えに若者の語った話の大略はこうである。

若者は白山権現の東、黒鍬組丁から通っているのだが、今日の明け方、隣の浅嘉丁の、名所記や赤本の板元小笠原屋で騒ぎが持ち上った。この小笠原屋は三年前の享保四亥歳三月まで、神田佐柄木町に店を構えていたが、その佐柄木町が御用地として召し上げられ火除地となったため、浅嘉丁に移ってきたというい わば新参者である。だが、小笠原屋は店開きをしたその日から有名になった。佐柄木町の店を畳む間際に、移転を苦にしたのが原因で寝込んでいた主人が亡くなり、浅嘉丁の新店の切り回しは女房のおたかの役目になったが、このおたか、二十五の艶やかな若後家。白山権現や根津権現にまいろうとして小笠原屋の前を通る男たちのなかには、店先のおたかを一目見てのぼせあがり、店頭の名所記、赤本を山ほど買い込んで、おまいりを忘れてそのまま帰ってしまう者も多かった。

小石川養生所の若先生もその仲間の一人か、おたかに心をかけそめて、今朝未明、裏木戸を押し倒しておたかの寝ている離れへ上りこんだ。おたかは腎の病いで以前二、三度、丹治に診立ててもらったこともあり、むろん、官立養生所の若先生として将来ある身であることも知っていた。そこで健気にも裾をおさえて丹治をいさめたところ、丹治はますます猛(たけ)って、

「命をかけての執心です。どうかわたしの妻になってください。そしてともに百までも連れ添って、病苦に悩む人たちの支えになろうではありませんか」

と喚いたという……。

「喚きながら下帯(したおび)を外したといいます」

若者はたたきつけるような口調で註釈を加えた。

「また、丹治の喚くのを、畑へ出る途中で裏木戸の前を通りかかった金作という百姓のじいさんが聞いています。一方、店の番頭や小僧も丹治の声を聞きつけ、かけつけた。そうして丹治を押えつけておいて、名主に知らせた。名主はずいぶん考えてから、『ただの男ならお灸(きゆう)を据えた上で放してやってもよいが、養生所の若先生とあらばそうも行かぬ。奉行所へ届け出た方がよかろう』といったそうです」

「それで丹治はいまどこにいるのだね」

門沢の問いに若者はきまり切ったことを聞くものだという表情になる。

「御奉行所で頭を冷やしていますよ。これは小笠原屋の小僧が話してくれたことですが、そのときの離れの有様は、あわやを絵に描いたようだったそうです。丹治に摑みかかられているおかみさんの裾は乱れに乱れ、腰から下が丸見えで……。おかみさんの真ッ白い太股が目の底に焼き付いてしまい、これでは当分眠れそうもない、といっていました。『贅沢をいうな』と怒鳴りつけてやりましたがね。『それこそ目の保養というものじゃないか。おまえは万人に一人の果報者だぜ』ともね」

「もういい」

又助は手を振って黒鍬ノ者の若者を番所から追い出すと、炭火の前にへたりこんでしまった。医書を手にするときの丹治の丁重でやさしい態度と、〈手ごめ〉ということばとがどうしても重ならず、混乱してしまったのである。下帯外して美人の若後家に襲いかかろうとする丹治と、「薬も買えず、また看とってくれる者もなく、たったひとりで苦しみ抜いて、畳に爪を立てて死んで行った哀れな病人を、私は大勢知っております。そういう病人のいることの方がよほどおそろしい」と語っていた丹治とでは、いったいどちらが真実の丹治なのか。この二人の丹治は、あまりにもちがいすぎる。

「いくつもの悪い噂に加えて今度の若先生の御乱行……」

又助の頭の上で門沢がつぶやいた。

「小石川養生所も、もはやこれまでだな」

番所の障子がごとごと鳴った。極月の御城名物、紅葉山おろしが吹き荒れ出したようだ。

三

三日にわたって吹いていた北風が今朝やんだ。又助はほっとなって夜具から首を出し、枕許の煙草道具へ手をのばした。又助の好物の一つがこの煙草だが、御文庫は火気厳禁である。書物奉行や書物同心の不始末から上様の御書物を焼いてしまいでもしたら、それこそ何百回、腹を掻き切っても追いつかぬ。そこで目を覚してから屋敷を出るまで何度も煙管を吸いつけて、たっぷり喫い溜めして煙草の脂(やに)を体に滲(し)み込ませておくのがちかごろの又助の習慣になっている。煙草道具へのばした手が途中でとまった。風がやんだのなら今日は休もうか、とふと思ったのだ。詰番奉行の最も大事な役目は、風の日は這ってでも出勤することである。市中に火の手があがったらそのときは体を楯にしてでも御文庫の延焼を防ごうと覚悟して出かけるのである。だが、そのいやな風がやんだ。極月で御書物の出納もない。御書物師（紅葉山文庫出入りの書店）の唐本屋田中清兵衛の来る予定はあるが、書物同心の門沢一八がうまく捌いてくれるだろう。今月は上様御多忙で、御書物御註文の御用もないことではあるし、唐本屋清兵衛の相手は詰番奉行でなくともつとまるはずだ。用人の斎藤太平をつかわして「風邪気味につき本日は休む」と言伝てをさせよう。

又助は仰向けになって掛け夜具を顎まで引き上げた。「それにしても丹治という男がわからない」と又助はこの三日間、何十回となく思案して、それでも解けぬ問いをまたつぶやいてみる。この三日のうちに丹治の一件は江戸市中にひろまってしまったが、飛び交う噂は小さいところはちがっていても、大きくはみな一致している。〈養生所の若先生は仁術のお面をかぶった色魔〉。これがどの噂でも総しめくくりになっているのだ。別の噂は、養生所に入った五名の病人のうち三名が、止めにかかる笠船に悪口雑言を浴びせて退所した、ともいっている。さらに別の噂は、小石川養生所をつくるに当ってその推進者となり、できてからは養生所の総元締ともなっている江戸奉行大岡越前守忠相を、「婦人を手ごめにするような婦人方医師の口車にまんまと乗せられて無用の長物をつくったうつけ者」と非難していた。このままでは、門沢一八の言い草ではないが、「小石川養生所も、もはやこれまで」である。江戸奉行はどうなさるおつもりだろうか。

「まだ、床の中でぐずぐずなさっていたのでございますか」

襖が開いて、又助の妻の咲がむき玉子のようにくるっとした顔をのぞかせた。

「さあ、早くお支度をなさいませんと……」

「風が吹いておらぬから大事ない、今日は休むぞ」

「おや、まあ、火消し人足のようなことをおっしゃって」

咲は掛け夜具を引きはがしにかかった。器量も気立ても悪くないのだが、ときおり毒を含んだ口をきくのが難といえば難だな、と又助は咲をみている。

「風が吹けば桶屋が儲かる、という諺は耳にしたことがございますが、風がやめば奉行が休む、というのは初耳でございます。そうそ、先ほど越前さまのところからお使いの方がおみえになりましたよ。お使いの口上は、こうでございます。今日正午前、紅葉山の東照宮様の御宮の裏土手にまいるように……」

「なぜ、それを早くいわんのだ」

又助はそれまで剝ぎ取られまいとしてしっかり押えていた掛け夜具を勢いよく蹴った。

御宮の裏土手はお堀に臨んでいる。餌を撒きにきた番人とでも間違えたのか、水鳥がお堀沿いの小道を行きつ戻りつする又助のあとを追って水を掻いている。風はないが、このあたりにはお堀の水の冷気がただよっていて、気が遠くなるほど寒い。懐中の温石(おんじゃく)もたちまちのうちに冷えてしまった。小半時(こはんとき)はたっぷり待ったと思われる頃、背後で落葉を踏む音がした。振り返ると、首を羅紗の襟巻でぐるぐる巻きにした江戸奉行が立っていた。

「待たせたな、又助。さてさっそくだが、丹治の一件、そちの耳にも入っておろうな」

「はい、それはもういやというほど……」

「それで丹治をどう思う？　罪ありと思うか、それとも罪なしと思うか」

「皆目わかりませぬ」

「越前の思うに丹治は冤罪(えんざい)じゃな。つまりあれは濡れ衣」

江戸奉行ははっきりそう言い切ると、小道をゆっくりと歩き出した。又助はその後を追って、

「しかし金作という百姓が丹治の喚くのを聞いたそうではございませぬか。また小笠

原屋の店の者どもがあわやというところを目撃しております」

「百姓も店の者も嘘をいっているのじゃ。この一件について丹治はこう述べている」

江戸奉行にたいして、あの日、まだ鶏も鳴かぬ暗いころ、養生所に小笠原屋の小僧がかけつけてきた、と丹治はいったという。小僧は、小笠原屋の屋号の入った提灯を下げていた。「おかみさんの様子がおかしいのです。眼がすわり、よだれを垂らして喘いでいます」と小僧がいうので、丹治は道具箱を持って養生所を出た。残念なことに、小僧と出かける丹治の姿を、養生所の者は誰一人見ていない。「おかみさんは離れを寝所にしておいでです。寝所へは裏木戸から入る方が近こうございます」との小僧の手引きで、丹治は裏木戸から離れに上った。そのさい、丹治は小僧に、「療治の間は、おかみさんの傍にいて、わたしが手当する様子を詳しく見ているように」と命じた。これは婦人方医師にとって最も重要な心得のうちの一つだ。婦人方医師はどんな事情があろうとも、女病人と二人きりになってはいけないとされている。小僧は「私はこれでも男ですから、そのお役目はごかんべんねがいます。そのかわりすぐここへ下女のだれかを呼んでまいります」といって母屋へ去った。寝所では、たしかにおたかが苦しんでいた。喘ぎ喘ぎ「助けてください、丹治先生。はやくお手当を」と絞り出すような声でいう。医師として手を束ねて見ているわけにはいかぬ。丹治は障子を一枚開けておいて、おたかの傍へ寄った。そして検脈をはじめてすぐに、おたかは股を大きく開いて着物の前をはだけ、あッと叫んで飛び退こうとした丹治の首ッ玉に齧りついてきた。抗う丹治の頰に熱い息をかけながら、「大好きなんです、先生が。仮病を使って連れ出したりしてわるかったけど、そこまでしても先生に抱かれたいと思い詰めているこのおたかの気持も察してください。ねえ、一度でいいからお情けを……」とも口説いたという……。

「ははあ、そうやっているところへ店の者どもが出てきたわけでございますか」

又助が訊くと江戸奉行は足をとめて、

「その通りじゃ。丹治が手ごめにしようとしたのではなく、真実はその逆、おたかの方が持ちかけたのじゃ」

といった。

「では、なぜ、おたかがそんな計略を使う気になったのでしょうか。好きなら好きで正面から堂々と口説き落せばよいと思いますが」

「ところがおたかの狙っているのは丹治ではない。おたかはじつはこの越前にぴたりと狙いをつけておる」

「まさか……！」

「おたかの夫は神田佐柄木町から他所へ移転しなければならなくなったのを苦に病んで死んだという。『神田佐柄木町の小笠原屋』で代々名を売ってきたのに、そこから他所へ移ったら店はどうなるのか、第一に御先祖にすまぬ、そううわごとのようにいってはかなくなったそうじゃ。越前は手の者を放ってそこまで調べた。さて、江戸市中いたるところに火除地を設けて、そこに住む町民を他所へ移そうとしたお上の元締はどこのだれじゃ？」

「それはたしかに越前さまでございますが、しかし越前さまは火除地を設けることで、江戸名物の大火を防ごうとなさっているのですから、越前さまを恨むのは飛んでもない見当ちがいと申すもので……」

「ともいえぬぞ。わしがおたかであれば、やはり江戸奉行大岡越前を夫の仇と思ったかもしれぬ。万民のためを計れば一民が泣く、かといって一民のためを計って万民を泣かせるわけにはいかぬ。つくづくむずかしいのう。ときどき政事などいうものを放り出してしまいたくなる……」

江戸奉行の太く濃い眉に白い微かなものが落ちた。又助の手の甲にも落ちてきた。阿波塩のように乾いた、細かな雪だった。

「おたかがこの越前を恨むわけがもう一つある。先月、奉行は江戸市中の板元に、

〈好色本はだんだんに絶板にすること〉という触れを回した。それに小笠原屋も引っかかった。『好色名所記』という、東海道の各宿場での女遊びのこつをおもしろおかしく綴ったものだが、これの板木が奉行所の定町廻り同心の立会いの下、小笠原屋の庭で灰になっておる。聞けばこの『好色名所記』は小笠原屋の板行本の中では一、二を争う人気だったという。これでは、恨むな、と申す方が無理じゃ」

なるほど、養生所については悪い噂がゴマント乱れ飛んでいるし、そのせいもあって町人は寄りつこうとしない、そこへ養生所の若先生が色魔であるという実証拠が加われば、養生所そのものが潰れてしまうことも充分に有り得る、その場合は総元締たる江戸奉行の失態となるは明らかである……。だが、一板元のおかみが考えたにしては、ちょっと企みが大きすぎるような気が又助にはした。

「奉行所の手の者の調べでは、丹治の喚き声を聞いたと申し立てている百姓金作は、小笠原屋で下女づとめをしている娘の祖父だという。すなわち金作はじめこの一件の証人は一人残らず小笠原屋ゆかりの者たち。……小笠原屋にゆかりを持つ者たちは、よほどこの越前が憎いとみえる。越前が亡き主人の仇、とでもいうのだろう」

「越前さまはなぜおたかを放っておおきになるのでございますか。証人はみな小笠原屋ゆかりの者とおわかりならば、この一件は子どもにでも容易に解けると思いますが。

証人はみな小笠原屋ゆかりの者……。これは普通ではない。なにか企みのあった証拠。連中は口裏を合わせておりますぞ」

「はやるな、又助」

江戸奉行は両手をあげて又助を制した。

「相手はべらぼうに大きい」

「小笠原屋が、でございますか」

「いや、その背後にいる者のことじゃ。又助は養生所を悪しざまに罵る噂がいくつも世上に流れひろまっているのを知っているじゃろう。それらの噂の板元はじつはこの御城の中にある」

江戸奉行は思いがけないことを言い出した。

「小笠原屋はたしかにこの越前を憎んでいる。だが、その憎しみを巧みに用いて養生所潰しを目論む者がこのお城の中におる。考えても見よ、養生所が潰れた場合、だれが痛手を蒙るだろうか」

「それはなんと申しても越前さまで」

「いや、もっと痛手をうけるものがほかにある」

「はて、わかりませぬが」

「上様の御発案になる目安箱がそれじゃ。その目安箱から生れた最大の事業が養生所。だから養生所が潰れれば、それこそ『なーんだ』ということになる。『やはり町人の智恵や民草の思いつきなどあてにはならぬ。あてになさる上様の方が、どうも、この、なんというか……、はっきりいえば、おかしい。上様の、民意に聞く、という御道楽は高くつく』という声が御城にあふれることになろう。いや、どうしてもこの声をあふれさせたいと願う御手合がおるのだ。……それがこんどの一件の真実の下手人じゃな。小笠原屋のおたかを焚きつけたのはそれらの御手合衆よ。だからこの捌きは慎重につけなければならぬ」

その御手合衆は上様に一本、釘をさそうと狙っているのだな、と又助は思った。書物奉行は二百石の小旗本、そういう御手合衆とはなんの繋りもないが、しかし、

――身分の低いものを「能(よ)くできる」というだけの理由で抜擢なさる上様はおかしい。いったい御神君以来の身分の制を、上様はどう思召されているのか。

――目安箱の中の訴状を重視なさるということは、民、百姓、牢人どもの告げ口、陰口を重んじられるということである。上様はわれらの言よりも、卑しい身分の連中の口を信用なさっておいでなのか。

と不平を鳴らす御譜代のお大名衆や大・中旗本衆の声は自然に耳に入ってくる。江

戸奉行のいう「御手合衆」とは、これらの方々を指しているにちがいない。そして、これらの方々のうちのどなたかが小笠原屋のおたかを焚きつけたのだ……。

「とにかく敵は大きすぎ、その姿はまだ漠としている。そこで又助、とりあえずは丹治の潔白を証明してやりたい。なにしろ丹治を救うことは養生所を救うことにも通じるのだからな。背後に控えている御手合衆をほじくらずに、丹治の潔白を一気に証明する妙手がほしい。又助、御文庫になにか妙手が隠れてはいないか」

「さあ、それは……」

「唐土の捌物（さばきもの）の書物を当ってみてくれ」

捌物とは裁判の実録書のことである。

「念入りに頼むぞ。そして急いでおる。できれば今日、明日のうちにかたをつけたいのじゃ」

江戸奉行は御宮の方へ土手を斜めにかけあがった。が、すぐに羅紗の襟巻を脱ぎつつ戻ってきて、

「ほれよ、早手回しの御歳暮じゃ」

又助にその襟巻をほうった。温石よりあたたかそうな襟巻を推し戴きながら又助は、やはり今日は休まないでよかった、と思った。ふたたび土手をかけのぼって去る江戸

奉行の猫背には、雪がうっすらと積っている。

四

驚いたことに、御文庫の『御書籍目録』の、〈漢籍子部　雑類　捌物之属〉のところには、

『棠陰比事』　宋　桂万栄撰　一巻　付録一巻

と記してあるだけだった。しかもそこには次のような付箋が貼ってあったのだ。

「元禄十丑歳九月四日、上様御持出、元禄十二卯歳四月晦日、上様ヨリ、紛失セリ、トノ仰セ之有、奉行比留勘右衛門正房記」

つまり御文庫には捌物の書物は一部もないのである。捌物は通俗書の一種である。絵草紙の類や通俗書は出来得るかぎり置かない、というのが上様の御方針でもあり、捌物の数の少ないことは予想していたが、しかしまさか一部もないとは。又助はがっくりとなってしまった。そこへ門沢一八が膝で畳を漕いで来た。

「上物の襟巻に顎を埋めて沈痛なお顔をなさっていらっしゃる。私が女子なら『まあ、好いたらしい』とかなんとか言うところですが。ときに奈佐さま、唐本屋清兵衛の御入来です。今月は御書物の註文はない、と申し渡してありますが、お会いになります

か。やつめ、註文なしと見越して土産なしの手ぶらで来ましたよ」

門沢は土間をちらちら見やりながら、小声の早口で言い立てた。土間では唐本屋がこちらに向ってしきりに叩頭している。又助は、『棠陰比事』の在庫の有無をたずねてみようと思いついて、手招きをした。

「持ってはおりませんな」

又助の問いに唐本屋は言下にこう答えた。

「ただし直ぐ取り寄せることはできますよ。なに五年とはかかりませんから」

「唐土から届くのを待っているわけには行かんのだ。今日中に欲しい」

「それほどお急ぎならば林家（りんけ）へおいでなさいまし。林家の祖林道春（羅山）さまが、その『棠陰比事』の訓点本を出版なさっているはずですから。もっとも五、六十年も前の古い話ですからあてにはなりません。しかも部数が百五十だったとか、なおさらあてになりゃしません」

「御先祖の大事な大事な著作物でしょうが。少なくとも一部や二部はとってあるんじゃないのかな。それでこそ官学の総元締、大親玉というものだ」

わけもわからずに、門沢が嘴（くちばし）を入れて来た。

「どうです、とってあるんでしょう」

「わたしに詰寄ってこられても困りますな。ただね、門沢さま、江戸には御存知のように火事という怪物が潜み、風の吹くたびに牙を磨き出す。この怪物が毎年、何百万部という本を灰にしてしまう……」

「そこが本屋さんたちの付け目でしょう。焼けた分だけまた売れるんだから」

「えーと、林家も一度、焼け出されていますから、まあ、五分と五分の賭でしょうな。そうだ……」

ここで唐本屋が膝を打った。

「養生所の若先生を奉行所に突き出したのでいま話題の小笠原屋、あそこへいらっしゃったらどうです。大坂に雁金屋（かりがね）という大きな本屋があって、一時は西鶴の浮世草子の板木を抱えて大儲けしていた。西鶴という作者のことは御存知ですな」

又助はうなずいた。ただし名前は知っているものの、読んだことはない。門沢は曖昧に笑っていた。西鶴の名も知らぬらしい。

「……ところがその雁金屋が西鶴の板木をこの江戸で売りに出した。大坂では西鶴を刷りすぎたんですな。しかも大坂には大火が少ない。そこで西鶴が余ってしまった。雁金屋もまた潰れた。その雁金屋の番頭を一人、うちが引き抜きましたのでね、こういう裏話を知っているわけですが、それはとにかく、小笠原屋が競売（せり）で落したのが

『本朝桜陰比事』という捌物の板木……」

「棠陰に桜陰か。音が似ているな」

「それはそうでございますよ、奈佐さま。西鶴は『棠陰比事』を主なる種本にして、『本朝桜陰比事』を書き上げたんだそうで、だから書名も似せた……」

「なるほど」

「小笠原屋のような、いっちゃ悪いが小粒な本屋が桜陰の板木を落せたのも、こいつが不人気で競る相手がいなかったせいでしょうな。林家に『棠陰比事』の訓点本があれば、この桜陰の方は役立たずですが、しかし読み易いということでいえば、むろん桜陰がはるか上で。おっと西鶴は日の本の人、読み易いは理の当然、これは余計な註釈でしたな」

唐本屋が姿を消すと、それを待っていたかのように門沢がいった。

「小笠原屋へは、この門沢がまいりましょう。小粒な本屋にはこの門沢某あたりが打ってつけ、奈佐さまがなにもわざわざお運びになることはない。林家の方も私が請負ってさしあげたいところですが、どうも林家は権高で閉口します。われら書物同心に会えるのは、門番か飼犬ぐらいなもの。あそこは犬までが権高でしてね。行くたびに吠え立てられます。それもそのはずで、いつか犬のお椀をのぞいたら、擂身団子が入っていた。こっちより食い物がいいものだから、人を呑んでかかってきやがる……。ときに奈佐さま、どうして棠陰だの、桜陰だのに熱を上げていらっしゃるんです？どうも曰くがありそうだ」

「いまは未だ言えぬ」

又助は襟巻を巻き直した。

「一件落着まで待ってくれないか」

「では汁粉でも奢っていただきましょうか。林家は牛込、小笠原屋は小石川、どうでも小石川御門までは道中仲間です。じつは途中の俎板橋に、餅を三切れも入れる汁粉屋がありましてね、味の落ちるところを餅の嵩でおぎないをつけている。そこの汁粉でまけておきますよ」

林家では剣突をくった。正直に「上様の御用、というのではありませんが、あるさし迫った事情があって、『棠陰比事』の訓点本を拝借させていただきたいのです」と来意を告げたのが悪かった。用人部屋へも通そうとせず、用人は玄関先で、「上様の御用ならば格別、その他の事由では当家の御書物をお貸しできぬ」の一点張りだった。「ではとにかく『棠陰比事』の訓点本は、御当家のどこかに御健在なのですね」と問うと、用人は「享保三戌歳の大火で全体が狐色に焦げている。息がかかっても崩れ落ちてしまいそうなのじゃ。上様は格別、その他のお方には、たとえそれが御老中であろうと閲覧はお断りいたす所存」とたいそうな高調子だった。そのうちに若党が犬を引き出してきたので、涙をのんで退散をきめた。犬は小牛ほどもあったのだ。又助は去り際に、「この犬も、上様は格別、ほかの客には誰彼の別なく噛みつきたそうな顔をしていますな」と丁重に捨台詞(すてぜりふ)を呈した。

牛込からは駕籠に乗り、「小石川浅嘉丁へたのむ、酒手は弾むぞ」の月並みをいって駕籠屋の、寒さ疣(いぼ)の出た尻をはげました。急げば小笠原屋で門沢一八と落ち合えるかもしれぬ、と思ったのである。

小笠原屋は、思っていたより構えが大きい。四間の間口がある。店内の混雑ぶりも予想外だった。このたびの一件で市中の評判を高め、もの好きたちを一手に引き受けているのだろう。女客の多いのにも驚いた。「手ごめにされかかった若後家」に同情しているのか、それとも憧れているのか。又助は、ちょっとの間、そのどちらだろうかと考えて、すぐに多分、両方だろうと答を出した。

おたかがどこかは容易に知れた。本を手にとってはいるものの、ほとんどの客たちの目が、帳場の横にこっち向きに坐っている、まるで羽子板の押絵のようにくっきりした顔立ちの女に注がれていたからである。おたかは惚れた相手と口吸いをしかかって夢から起されたときのようになんだか気乗りのしない顔付きで、撫で肩の男の話を聞いていた。どこかで見たような肩の線だった。上り框のところまで近づいて、又助は、

「なんだ、門沢ではないか」

と声をあげた。

「こっちは散々な不首尾だったが、門沢の方はどうだね」

門沢は四つん這いで又助のそばへ寄ってきて、

「やはり私の睨んだ通りでしたよ」

と小声でいった。

「大手から搦め手からあの手この手を総揚げしておたかさんの心の底を探ってみたんですが、おたかさんは養生所の若先生に気があったようです。だからあのとき、若先生がおたかさんの気持を察して、味な出方をしていれば、こう大袈裟な話にはならなかった。つまりですな、おたかさんは若先生の前に据え膳を出したわけです。ところが若先生は杓子定規をいうばかりでおたかさんの誘いに乗らない。かーっとしたんですな、そのときのおたかさんは。下世話にいう、可愛いさ余って憎さ百倍。『この私に恥をかかせるなんてもう承知しないから』というので、逆に、手ごめにされかかっ

たと訴え出たわけです。百姓金作や店の者の動きにもうひとつよくわからないところがありますが、本筋はこれ、手ごめにされかかったということは、じつは手ごめにされたかったという意味で……。私ははじめっからそうじゃないかと睨んでいたんだ。ごらんなさい、奈佐さま、おたかさんは若先生を訴人したことを悔んでいるようですよ。ごらんなさい、あの愁いを含んだ目を……」

「なにを言っておるのだ、おまえは。いつからおまえは八丁堀の同心になったのだ。同じ同心でも門沢は御文庫の同心だったはずではないか」

「あ、そうそう、板木、板木」

門沢は一瞬怯えたような目付になり、すぐにぽんと手を打った。

「これから聞こうと思っていたところで」

門沢は両手両膝をせわしく使っておたかの前へ引き返し、なにか忙しく言い立てていた。やがておたかが物憂げに手をあげて店の裏手を示し、これまたなにかいった。

門沢は跳ね上るように立つと又助の方を向いて、

「板木は裏庭で……、燃えている最中だそうです」

と紙の破けるような声で言い放ち、店の奥へ素ッ飛んでいってしまった。

は、は、はと、又助老人は枯れ枝でも折るような調子で笑って、柴を焚火につぎ足した。

「門沢一八が慌てたはずです。ちょうどそのとき、小笠原屋の裏庭では、奉行所の定町廻り同心立合いの下、例の板木を燃やしているところだったのですからな。つまり定町廻り同心は定町廻り同心で、大岡さまの例の御方針〈好色本はだんだんに絶板にすること〉を励行している最中だった」

「しかし、『本朝桜陰比事』は掘物だったはずです」

私も薪を一本、焚火に投げ入れた。薪を投げ込むたびごとに、舞い上る火の子の色は鮮やかになってきている。それだけあたりがたそがれて来ているのだ。

「好色本じゃなかったはずでしょう」

「西鶴ものは同心たちから目の仇にされていたのですね」

「ふーん。それで板木はどうなりました？」

「門沢一八があちこちにいくつも火脹れをこしらえながら、板木の三割は助けました。さっそく刷り師の許へ持ち込んで刷ってみると、なかに使える手がひとつあった。それは次のような手だった。男が欲の絡んだ事情から、ある女と共寝をしたと頑強に言い張る。女は己れの潔白を証し立てるために、お白洲でこう言う。『私があの男と枕を交すことなどあり得ません。というのは、思い切って申し上げますが、私の陰部には腫物ができているのです。それが恥しくて、私は男を遠ざけてきました。その腫物を見られたら私は生きて行けません。それほど思い詰めているのに、どうして私が男と寝たりしましょうか』。男は話を合せるのに必死です。だからこの女のことばにうっかり乗って、『その腫物のことなら二人でよく話し合ったではないか。この私が名医を探し出してきっと治してみせるよ、とも申したはずだ』。そこで女が言う。『じつは私には腫物なぞありません。共寝をしたこともなく、私のを見たこともないから、〈私には腫物がある〉という嘘に引っかかってしまったんです。さあ、私の潔白は証明されました』。……さておたかは『丹治が下帯を外して私に挑みかかってきました』と言い張っていた。大岡さまはそこに着眼なされて、丹治にこう言うようにと耳打ちなさった。『私は、じつはふたなりなのです。ですから一生、女を知らずにすごそうと決心していた。その私が、女を手ごめにしようとするはずはありません』とね。……おたかもまたみごとに引っかかってしまった。おたかは、丹治の〈私はふたなりなのです〉という嘘に乗せられて『ええ、丹治が下帯を外したとき、陰陽の二物がこのおたかにも見えました。だから尚更、愛想がつきて助けを呼んだのです』と答えてしまった……。おたかは市外追放の罰をうけましたよ」

「もし、そのおたかという女が、自分のところから板行するはずの板木を試し刷りにかけてその内容を知っていたら、その仕掛けは役立たずだった。そうでしょう」

「その通り。大岡さまもそれを心配しておいでだった。しかしおたかは自分のところから出す本の中味を知らなかった」

　ここで又助老人は枯れ木を折るような調子で笑って、こう話をしめくくった。

「自分のまわりにある本は、だからよく読んでおかなければなりませんよ」

背後(はいご)からの声(こえ)

一

芭蕉翁の江戸での庇護者だった鯉屋杉風(さんぷう)に「見残すや火鉢へもどる朝の梅」なる一句があるが、ちょうどこの句ぴったりの、せっかく咲いた梅の花がまた閉じてしまいそうな寒い朝、わたしは浜町河岸入江橋たもとの奈佐勝英(なさかつひで)老人、通称又助老人の隠居所を訪ねた。亀戸(かめいど)天神近くの梅屋敷の、江戸第一の名木と称される臥龍梅の蕾(つぼみ)がほころびはじめたと聞き、又助老人を梅見に誘い出そうと思ったのである。梅見の帰りに本所のわたしの住居(すまい)へ寄ってもらって一献差し上げる。泊っていただくのもいい。その折に又助老人の、書物にまつわる昔話を聞かせてもらえたら、きっと愉快な早春の一日になることだろうと、胸をわくわくさせながら隠居所へ声をかけた。

又助老人は、書物の谷間に置いた火鉢の傍であぐらをかき、膝にのせた板の上で鳥黐のようなものを竹篦でこてこてと練っている最中だった。なぜだか、三尺手拭ですっぽりと頰被りしている。

「わざわざ誘い出しにきてくださってありがとうよ、晋太郎さん。ですが、こんな頭ではせっかくの梅見遊山が台なしでしょう」

にやにや笑いをしながら言うと又助老人は頰被りをとった。

「髷が結えるようになるまで、この隠居所で籠城するほかありませんね」

乞食坊主の無精頭のようである。三分から五分ぐらいの長さの毛が黴のように頭全体を覆っているのだ。後頭部から天辺にかけて蛞蝓の這い跡そっくりの白く光る筋が二、三本走っていた。

「鬼舐め病といいましてな、わしの持病ですよ。伝染はしません。さ、おあがりなさい、晋太郎さん」

竹篦で招かれてわたしは火鉢を間に又助老人と向い合った。

「鬼にでも舐め取られたように、頭のあちこちが幾筋もぐずぐずと崩れる。それで鬼舐め病という恐ろし気な名前がついています。が、その正体はといえば、疥癬の一種でしょうな。梅の蕾のふくらむころにおこって、桜の咲くころに治ります。もっとも放っておくと梅雨が明けるまでぐずついたままだ。そこで頭を刈って特製の練り薬を塗ります。これには滋養がありますよ」

又助老人は竹篦を舐めながら、わたしの方へ例の鳥黐のような練りものを差し出した。

「卵の白身に蜂蜜、それに朝鮮人参の粉と蟹（かに）の味噌を加えて練り合せたものですよ」

「毎年、出るのですか」

わたしは右手を立てて味見をことわった。又助老人はあっさり板を引き、また竹篦でこてこてやりながら、

「こんな益体（やくたい）もないものに、毎年、出られちゃかないませんよ」

といって笑った。

「七年か八年に一度の割合でしょうか。ときには十年間も音沙汰のないこともある。ところで今年の夏はどうやら雨の多い、暑い夏になりそうですね。鬼舐めの出る年はきまってそうだから、まず間違いありませんな」

「雨が多くて暑い……。すると今年は豊作ですね。それはめでたい病気だなあ」

「めでたいのはいいが、痒（かゆ）くてかないません。今はそうでもありませんがね、鬼舐め

の出はじめは気が狂いそうになります。痒い上にこの坊主頭でしょう。どうしてこの又助だけがこんなひどい目に遭わなければならないのかと、そのたびに神仏を恨みたくなります。そうそう、ひどい目に遭ったといえば、この鬼舐めのせいで、わしは臭い所で暮す破目になったことがありますわい……」

又助老人は練り板と竹篦をわきへおいて、例の煙るような目つきでわたしの肩越しに畑を見ていた。隠居所の障子は換気のために真冬でも三寸は開けてある。三寸の隙間の向うに又助老人はどんな過去を眺めているのだろうか。わたしは火鉢の縁に両手をかけ、身体を乗り出した。

「……紅葉山の御文庫の奉行を仰せつかってたしか二度目の春。……ということはもう四十年以上も昔のことになりますが、新春早々、頭に鬼舐めが這い出しました。坊主頭は御文庫を休む口実にはなりません。羅紗の頭巾をかぶって御文庫の会所（事務棟）に通っておりました。練り薬は朝、昼、晩の三回、塗りかえます。日本橋の唐物屋の裏口で一個一両二分も投じて手に入れた阿蘭陀渡りのしゃぼんというやつで泡立てて患部を洗い、貝に詰めてきたこの練り薬を塗るわけですが、どうも会所の中ではやりにくい。書物同心たちにとって、日頃なにかと口やかましい書物奉行が鏡を手にして浮かない顔でいるのを見るのは、それこそ目の保養です。これぐらい溜飲のさがる見物（みもの）はない。こっちをちらっちらっと盗み見てにやついているのは、まだ質（たち）のいい方で、門沢一八のような図太い同心になると、『薬を塗る助太刀をいたしましょう』とかなんとか言って傍へやってきて、『ほう、ぐちゃぐちゃしているのは表面だけかと思いましたら、案外にこの深く抉（えぐ）れているものですな』だの、『やっ、いま、ぐちゃぐちゃの底の方にちらと白いものが見えました。あれはひょっとしたら頭の鉢じゃありませんか』だの、『こんなに深く抉れているのに、よく脳味噌が吹き出してこないものですなあ』だのと、言いたい放題を大きな声で言う。そのたびにどっと笑い声がおこって、会所の建物が崩れてしまいそうになりましたよ。同心たちの見世物になるのはどうあってもごめんこうむりたいと思い、やがて井戸端で頭を洗うとすぐ御書物の御蔵に引きこもるようになりました。御蔵の中には人目はない、顔を赤くすることもなくゆっくりと治療に専念できます。さて、そうこうするうちに梅が散り、鬼舐めのぐちゃぐちゃに瘡蓋（かさぶた）ができはじめた。御存知かどうか、瘡蓋のはるのは良い兆候です。瘡蓋が剝がれると、もう以前と同じ肌。葉桜のころには毛が生えてきます。秋口には髷も結えましょう。……ところでこの鬼舐めというやつ、一から十まで厄介で不愉快この上ない代物（しろもの）ですが、たったひとつ取得がありましてな、その取得というのが、じつにこの瘡蓋です。こいつは放っておけば知らぬ間に剝げ落ちてしまうが、それじゃあ面白くない。自然剝落では折角、鬼舐めとつきあった甲斐がない。瘡蓋のやつが、『明日あたり剝げ落ちてやろうかな。いや、明後日が大安吉日で日がいいから、それまで待とうかな』と思案しはじめたら、こっちから剝がしにかかるのですな。ちょいと痛いですよ、それは。そのときは少し休んで東口から引き剝がしにかかる。またちくっと痛みがくる。そこで今度は北口にとっかかる。そうやって四方八方から騙し騙し上手に剝ぐと、泥鰌ほどもある瘡蓋がそっくりこそっと取れたりいたしますな。天下を取ったようないい気分になります。それは他人様から見れば何の値打もない、それどころか汚いだけの鼻糞同然の代物でしょうが、わが身にとってはいわば血をわけた分身です、かわいくていとしくて仕方がない。上から見下し、下から見上げ、横から眺めて、縦から見惚れているうちに、小半刻ぐらいはあっという間に経ってしまいますな。眺めるだけでは足りません、息を吹きかけてみたり、舌先でちょいと舐めてみたり、どうも飽きるということがない。わが身が生みだしたものであれば、瘡蓋でもこれほどかわいくていとおしい、だったら赤ン坊ならさぞや……、と子を生した女の気持がわかる。鬼舐めという奇病がありがたく思えるのは、じつにこの一瞬です。その日もわしは東ノ御蔵で、やっとのことで剝がした瘡蓋を左の手の平にのせて横から縦から見惚れていました。人の気配を感じたのは、瘡蓋の端を折って口に含んだときのことです。しかしあれはうまくもなんともありませんな。鼻糞と似たような味で……。もっとも鼻糞よりはちょっぴり塩気が足りませんが」

御蔵へ入ってきたのが江戸町奉行大岡越前守だったので又助は驚き、その拍子に瘡蓋のかけらをつい嚥み下してしまった。

「鬼舐めとか申す奇病を頭の皮に飼っておるそうじゃな。会所でそう聞いたぞ」

江戸町奉行は又助のまわりをひと回りした。

「ほほう、だが、だいぶ治っている」

「はい。おかげさまで……」

又助は深々と頭を下げ、それから、

「なにか御書物をお探しでしょうか」

とたずねた。

「漢唐刑書という書物に用がある。漢と唐の時代の刑罰や牢について記した四冊一組の書物だというが。林家（官学の宗家）に問い合せたところ、たしか紅葉山の御文庫にあった筈である、という答を得た」

又助は江戸町奉行をその東ノ御蔵の二階へ案内した。御文庫の御書物分類法は、経・史・子・集の四分法によっている。刑書は「史部」の「政書類」に属する。二階の西側の隅の「史部、政書類、刑書ノ属」という貼り紙の下った棚から桐箱をひとつおろし、常時、腰に下げている手拭で手や汗や脂(あぶら)をごしごしと拭いた。脂の浮いた手で御書物や桐箱の蓋に触れるのはきびしく禁じられているのだ。瘡蓋の残党はもう手の中にはなかった。江戸町奉行の御入来で、一時(いっとき)、瘡蓋のことは忘れてしまい、どこかに落っことしてしまったらしい。少し惜しい気がした。江戸町奉行も懐紙で手を拭い、又助が蓋を外した桐箱の中から一冊、取り出す。「さすがは書物奉行だな。御目録(現在でいえば検索カード)なしでぴたりと探し当てた」

「それが仕事でございますから」

又助はすぐそばの窓の、銅の扉を開け、その下に床几(しょうぎ)をおいた。

「その頭だが、これからどうするのか」

茶を運ぼうと思って階段の方へ行きかけた又助に江戸町奉行がいった。

「坊主頭ではどうにも外聞が悪うございますので、毛を生(は)やかします。秋口までには髷が結えると思いますが。どうもお見苦しい頭をお目に掛けまして申し訳ございません」

門沢一八に茶を持たせ、その後から又助が二階に顔を出すと、江戸町奉行は目を宙に据えてなにか考えていた。御書物は桐箱の中に戻っている。

「又助、ちょっと話がある」

門沢と一緒にさがろうとした又助を江戸町奉行がまたもや呼びとめた。

「その頭、毛が生えるまで只飯を喰わせておくのは惜しいのう」

「はあ……？」

「願人坊主、乞食坊主そこのけの汚い頭をしておる。それを使わぬという法はないぞ」

「あのう……」

「小伝馬町の牢屋敷を知っているな」

「はい、それはもう」

小伝馬町の牢屋敷を知らない者は、この江戸に、いやこの六十余州に一人でもいるとは思われぬ。表が五十二間二尺に奥行が五十間で、総坪数二千六百七十七坪。周囲に堀がめぐらされ、さらに忍返しのついた高さ七尺八寸の練塀で外界との往き来を断たれている。内部には無宿牢や大牢や女牢や揚り屋や揚り座敷のほかに、拷問蔵だの穿鑿所だの首斬場だのという恐ろしいところがあるという噂だ。もっとも牢屋敷に首斬場はないと説をなす者もいた。しかしあるのが正しいか、ないのが当っているか、これはだれにもわからない。牢役人の口は石、というより鉄ほども固く、また首斬場をたとえ見た者がいるとしても、その者はすぐに首を斬られてしまうだろうから、「首斬場があるぞ」とは言えぬわけである。とにかく牢屋敷は〈江戸で一番薄気味の悪いところ〉で通っている。

「小伝馬町の牢屋敷は町奉行に所属する、ということに一応はなっている。だが、南と北の、どちらの奉行所に所属しているのかとなると、そのへんは曖昧模糊たるものだ。一向に要領を得ない。それどころか、その曖昧模糊としたところを逆手にとって、いまでは牢屋敷は南にも従わず、北の言うこともきかず独り歩きをはじめてしまっている。南や北の奉行所と牢屋敷はいまや同格だ。歴代の町奉行がうっかりしているうちに、下級の牢屋敷が上級の町奉行所と肩を並べてしまったのだよ、又助。加えて、囚人は寺社奉行の手からも、勘定奉行の手からも、そして地方(じかた)からも送り込まれてくる。また火付盗賊博奕改メの手からも放り込まれてくる。あっちこっちが勝手に囚人を送ってよこすから、ますます様子がわからなくなる。いまでは誰一人として牢屋敷の実態を摑んでいる者はない。このわしでさえ、牢屋敷に何名の囚人がいるのかわからぬ有様だ。三百名？　あるいは、四百名？　考えられないことはない。五百名？ひょっとすると。……ただし」

ここで江戸町奉行は又助の方へぐっと上半身を傾けてきた。

「死人の数、これだけは届け出なければならぬから、いかに曖昧模糊がお家芸の牢屋敷とはいえ、ごまかすことはできぬ。この一月には三十名の病死人が出た。極月は三十四。そして十一月が二十八……」

「それはずいぶん多うございますな」

「一日に一人ずつの病死人。いくらなんでもべら棒だよ、又助」

「それでその病名は？　牢屋敷の囚人たちはどういう病気で一等多く、はかなくなるのでございますか」

「牢屋見廻同心に調べさせたところ、牢屋奉行の石出帯刀（たてわき）はこう答えたという。『ほとんどが牢疫病（ろうえきびょう）でたおれた』とな」

「……牢疫病でございますか」

又助は首をひねって、

「初耳でございますな」

「牢屋には風も通らない、そこで自然に人の臭気が牢内の柱にも板にもこびりつきしみこみ悪（わる）ぐさく、この臭気に当って疫病となるのだ、という」

「信じられません」

「うむ、おおかたは嘘だろう。なにより困るのは、その牢疫病とやらで病死する者が、わしの方の御裁きの大事な証人に多いということでな」

江戸町奉行の語るところでは、事情はこうである。ある収賄沙汰がおこる。賄賂を贈った側の町人を捕えて、牢屋敷に送り込む。奉行所には仮牢しかないから、牢屋敷に預けるほかはないのである。さて奉行所側はこの町人をじっくり吟味して、賄賂の受取人を聞き出そうとする。受取人には役人が一人二人居そうだぞ、と見当がつきかけたころ、この町人が「牢疫病」でぽっくり死んでしまうのだ。こういう例がこのところ多い、というのだ。そういえば又助は会所などでこんな噂を小耳にはさんだことがある。

「あの御方には徳というものがないのではないか。たしかにあの御方は世間がアッと唸るような、まことに鮮やかな御裁きをやってのけられることもあるが、それは時たま、ごく稀なこと。たいていは被疑者に急死されて、御吟味は頓挫だ。この、番度(ばんたび)被疑者に急死されるというところが、あの御方に徳というもののない何よりの証拠だ。上様はあの御方をずいぶん信頼なさっておいでの様子だが、危(あやう)いことだ。あの御方の徳に欠けるところが、いつかきっと上様の足を引っぱることになりはせぬか。あの御方ばかりとはかぎらない。上様のおぼえめでたく要職に大抜擢(ばってき)された方々には、どうも不思議と徳に欠けるような気がする」

江戸町奉行のことばを耳に入れながらこの噂話を思い出していた又助は、享保と年号が改まって上様の御代になってから、政事の担い手が、譜代の御大名衆から目の前にいる江戸町奉行のような若い手足れ衆へと移ってきているのではあるまいかとふと思い当った。つまり政事のやり方を若い手足れ衆が変えようとしているのだ。となると小伝馬町の牢屋奉行の背後には、譜代の御大名衆がついているのか。譜代の御大名衆が、若い手足れ衆の筆頭と目されるこの江戸町奉行にけちをつけて、手足れ衆全体の評判を落そうと画策しているのかもしれぬ。

「……そこで又助には小伝馬町の牢屋敷に入ってもらいたいのだが」

江戸町奉行の、このことばで又助は我に返った。

「おまえの坊主頭を見ているうちに、これ以上の人選はあるまいという気がしてきたのだよ。その頭を放っておく手はない。その頭は使える」

「な、なにを藪から棒に……。大岡様、わたくしには、書物奉行という大切なお役目がございます」

「この間者役も大事な役目なのだよ」

「しかし今月はこの又助が月番ですし……」

「代ってもらうのだな。なんのために奉行が四名もいると思っていたのかね」

「とおっしゃっても、代ってもらう理由がございませんが。まさか江戸町奉行直属の間者になるため、とも申せませんし……」

「だから頭を使ってもらいたいのだよ」

「はあ……？」

「治ったと思ったその疥癬が急に勢いを盛り返し、頭全体にひろがってしまった、というのはどうかな。休職届に医者の診立て書を添えなさい。医者はわしが見つけよう。そして診立て書には今のように書かせる」

「すぐ露見するのではないでしょうか」

「そこは智恵のありったけを総揚げして持ちこたえてもらいたい。牢内には前からわしの手の者を忍び込ませてあるし、その男が力をかしてくれると思う」

「いや、わたしが申しておりますのは、会所の連中が家へ見舞いにやってくるにちがいないということでございます。ところがわたしは牢内にいるわけですから、すぐ露見してしまいます」

「面会謝絶だな。そう、医者に命じて診立て書に『この疥癬は他人にうつる質で性悪の……』と書き加えさせよう」

「あのう」

「まだ話が飲み込めぬか」

江戸町奉行が御書物をゆっくりとめくりはじめた。

「大略（おおよそ）は飲み込みました。ただ、大岡様は今しがた『牢内に手の者を忍び込ませてある』とおっしゃいましたが、なぜその者に牢内の内偵をお命じになりませんので」

「その者は牢内にただじっとしているのが役目だ。決して動かない、それがその者のつとめさ。いうならばその者は大地だ。だからこそ、おまえという種を播（ま）くこともできるわけだ。わしのいう意味はそのうちにわかるだろうが、大地だからこそ放っておく」

「はあ……。もうひとつわからぬことがございます。この又助はいったいどうしたら、小伝馬町の牢屋敷へ叩き込まれることができますので?」

「まかせておけ。悪いようにはせぬさ」

江戸町奉行は縦よりも横に広い、ちょうど茶釜のような顔をすこし傾げて、にやりと笑った。悪いようにはせぬどころではない、罪もないものを牢へ押し込めるわけだから、悪いようにするんじゃないですか、と又助は思ったが、むろん口に出したりはしなかった。口に出すには身分が離れすぎているし（なにせ千九百二十石と二百石）、それに又助はこの江戸町奉行を敬愛してもいたのである。

二

明日からは休むという心積りがあるので、又助は暮れ近くまで居残って、「書物方日記」のあちこちにきちんと書き込みをした。誰が引き継いでも会所の仕事の流れがすぐに見てとれるはずである。日記に手間どって浜町河岸入江橋の住居(すまい)に辿(たど)りついたときはもうすっかり暗くなっていた。背をかがめて潜り戸に手をかけようとしたとき、「旦那、大岡様からの預り物で」というひそめた声とともに左から素早い影が寄って来て、や？と思ったときにはもうその影は右方の闇に溶けてしまっていた。気がつくと商家の小僧が背負って歩くのよりは小さ目の風呂敷包が又助の足許に残されていた。まっすぐ居室に入って包をほどくと、出てきたのは墨染めの古衣はじめ乞食僧の拵(こしら)え一式と二通の封書である。封書の一通は日本橋に住むある医師の診立(みた)て書で、「奈佐勝英殿の疥癬は悪性のものと判明した上、他人(ひと)にうつることも充分に考えられる。大気の澄んだ地方(じかた)で最低一カ月間の加療、静養の要がある。その間は、誰とも面会してはならない」といったようなことが、やたらに漢字の多い七面倒な文章で記してあった。もう一通の方はまことに簡略な走り書でこうである。

浅草並木街道の梅ガ香茶漬飯屋で一人前七十二文の上茶漬飯を三、四人前、食せよ。代金請求の際は「無銭だ」と居直り、暴れ回る。どこかで人を二、三人殺したというようなことも口走る。そうすれば白縄がかかる。

一膳飯

一膳飯とは「越前」の字謎だろう。ただ判らないのは「白縄」だ。被疑者や囚人を縛る縄の色にきびしい式目(きまり)のあることは三歳の童子……はどうだかわからぬが、大人ならば誰でも知っている。別名を印縄(しるしなわ)といって、たとえば北の奉行所扱いの罪人は白縄、火付盗賊博奕改メの筋からの罪人は白色の細引、そして南の奉行所扱いの場合は紺縄ときまっている。自分は間もなく大岡越前守扱いの、ということは南の奉行所扱いの囚人になるはずだから、頂戴するお縄は紺でなければならぬ。それがなぜ白縄、なぜ北の奉行所の扱いなのか。ちょっと考えてから又助は、大岡越前守扱いの罪人で入牢すると、それだけでもう牢屋敷側を身構えさせてしまうからだろうと答を出した。大岡越前守は北の奉行所と話をつけ、北の扱いで自分を入牢させようとしているらしい。

又助も封書を二通認めた。一通は紅葉山御文庫の筆頭奉行浅井半右衛門宛、「御存知の持病鬼舐めの症状悪化のため武蔵国の金沢八景あたりの静かなところで一カ月ばかり治療に精を出したい」といったようなことを書き、診立て書を傍に添えた。もう一通は妻の咲に宛てた。第一に、若党に命じて、自分の書状と医師の診立て書を明朝一番に会所へ届けさせること、第二に自分は鬼舐め治療を兼ねて金沢八景の梅の名所杉田村の梅林へでも行ってくる。一カ月もあれば帰るから決して心配せぬように。

二通を床の間に並べておくと、又助は例の風呂敷包を抱えて湯殿に入った。入る寸前、勝手の咲に、

「湯浴みをするぞ」

と声をかけた。

「はい。只今、お背中をお流しいたしますから」

いつものように咲が答える。それへ又助は、「今夜はいい。そのかわり酒の肴に念を入れてもらいたいな」

といい、湯殿の脱衣所で乞食僧の扮装になると、湯船上方の連子窓を外して、そこから裏庭へ脱け出した。梅の木の向うに鎌なりの月が紙切れでも引っ掛けたようにぼんやりと無愛想に出ていた。又助はその月を横目で眺めながら裏木戸を押し、浅草の方角へ向って歩き出した。墨染めの衣ではまだ寒い。又助は両手を口へ持って行き、

くさめを手でそっと受け取った。

それからの又助は江戸町奉行の書いてくれた筋書どおりに事を運んだ。「願人坊主の河合久円」と名乗って無銭で御馳走を喰い散らし、酒の勢いを借りて「この手で三人ばかり人をあの世へ送り込んだこともあるこの河合久円さまに向って飯代を払え、酒代を払えなどは気に入らん。貴様らは頭が高いぞ」と喚き散らし暴れ狂って乱暴狼藉を締め括った。小者が素ッ飛んできて又助を縄でぐるぐる巻きにした。その夜は大番屋に泊め置かれ、翌日の午前は大番屋でこってりと絞られた。

「この糞坊主め、殺しを二、三件隠しているらしいが、いつ、どこで、誰を殺ったのだ」と小者は縄尻で何十回も又助を打った。「さっさと白状しねえと地獄よりも恐ろしい所へ叩き込むぜ。地獄より恐ろしい所というのは他でもねえ小伝馬町の牢屋敷よ。あんな所へ行きたくはねえだろう。だったら、さ、素直に洗い浚い言ってみな」と小者は、息も絶え絶えの又助に桶一杯の冷水をぶっかけながらいった。「わしは坊主だ。日頃、地獄の恐ろしさを説いて回ることで口に糊をしておる。だからこの世に地獄があるというなら是非とも一度は見ておきたい。そうしたらわしの説教にも一段と迫力が出るのではないかな」と答えると、小者は「あんまり、なめんなよ」と叫び、縄尻でまた五、六度、打った。

午後、小者と北の奉行所の同心に引っ立てられて、表門の石橋から牢屋敷に入った。砂利の上に坐らせられる。奉行所同心が牢同心に向って、

「北町御奉行中山出雲守時春殿懸りの相州三浦郡三崎村出の河合久円坊。三十七歳」

と入牢証文とか称するものを読み上げる。牢同心がその入牢証文を受け取ってから、ジロリと又助を睨め下した。

「その方は、北町御奉行中山出雲守時春殿懸りの相州三浦郡三崎村出の河合久円坊、三十七歳に相違ないな」

又助が頷く。すると牢同心は奉行所同心と小者に告げた。

「確かに受け取り申した」

これが手続きのすべてである。「地獄」への入国だからもっとものものしい手続きがあるにちがいないと思っていた又助はなんだか肩すかしを喰ったような気がした。

牢屋敷は大きく二分されているようだな、と又助は見てとった。自分がいま坐らせられているあたりが、御文庫に喩えれば会所（事務棟）である。その会所の奥、東の方が牢同心たちの住む長屋だろう。女の声が微かにしているから、それはたしかだ。牢屋奉行の石出帯刀の住居もこの練塀のうちにあるという。それが本当だとすれば、石出帯刀の住居は同心長屋のさらに奥にちがいない。

「立て」

牢同心が又助の腰を蹴った。会所の反対側、すなわち西に高い練塀がある。そして、この練塀の向うが噂に高い地獄か。六尺棒を構えて突っ立っていた大男の張番が練塀に穿ってあった鉄戸をがらがらと引き開けた。そこを潜った途端、異臭が又助の鼻の穴を針よりも鋭く刺した。雨のしとしと降る午後に裏長屋の後架の汲取口に立ったようである。あるいは深川の堀割のそこかしこにある鰯の干し場に立ったようでもある。また、糠味噌の桶に顔を押しつけられたようでもあり、赤ン坊の汚れたおしめで鼻をふさがれたようでもあり、正確には右のすべてが一度に実現したような匂いだった。両手を縛られているので鼻の穴を抑えるわけには行かず又助は思わず顔を左へそむけた。まるでそれを待っていたようにその左手の土蔵造りの高窓から魂が凍りつきそうな絶叫が降ってきた。見ると土蔵の鉄扉の横に、「拷問蔵」と大書した、俎板の親方のような大きな板がぶらさがっている。

「誰でも一度はこの蔵でお気に入りの唄をがなり立てることになっているのさ」

牢同心は右足を持ち上げてまたもや器用に又助の腰を蹴った。弾みを喰らってトットットと又助は前方へ泳ぐ。黒股引に、これも黒い、裾短かの剣術の稽古着のようなものを着て、黒帯をしめた男が、泳いでくる又助をがっしりと受け止めてくれ、地獄

で仏とはこのことかと思ったのも束の間、その黒ずくめの男はパンパンと又助の両頬にびんたを喰らわせ、

「貴様は、東の大牢入りだ」

と背にしていた、鯨の何層倍も大きな平屋建のなかへ又助を引き摺り込んだ。これは又助が後で知ったことだが、この黒ずくめの男こそ、ここ地獄の獄卒ともいうべき牢屋下男だった。下男に襟を掴まれ、異臭の中を引き摺られて行くうちに、目が慣れてきた。又助が引き摺られているのは三十間以上もある長い廊下である。もっとも下は三和土だから廊下といっては間違いだろうが。この三和土の長い通路のところどころに、背をかがめなければ通れないような格子戸がいくつも設けられている。最初の格子戸と二番目の格子戸との間の通路の右側に牢が二つあった。生臭い血の匂いがしている。

——やい、坊主。おおかた檀家の若後家でも蕩し込んだのだろう。

——坊さんの一ッ目小僧はでかそうじゃないか。前をはだけて一目拝ましておくれよう。

——おい、こら、上人様。今晩、忍んで行くからさ、境の板壁を二つ、外しておいておくれよ。

と罵り半分、冷かし半分の嬌声が飛んできた。この二つの格子戸の間にあるのは女牢のようだ。又助は自分に向って投げつけられて来た女囚たちの嬌声に満足していた。「坊主」「坊さん」「上人」と、呼び方はさまざまだが、とにかく誰もが自分を「僧」として見ている。（わしは結構うまく化けているようだ）と又助は思った。

二番目の格子戸を潜り抜けるとそこが大牢だった。といっても女牢と大牢とが板壁一枚で隣り合っているわけではない。女牢と大牢との間には幅一間の、露地のようなものが設けてあった。嬌声の一つが言っていたように、女牢と大牢は二つの板壁で隔てられているのである。通路の、牢とは反対側の壁に鉄製の燭台が架かっていた。その下まで来ると下男が、

「これより衣類改メを行う。丸裸になれ」

といった。又助が着物を脱いでいる間に、下男はさらにこう言い添えた。

「御牢内での御法度の品は、まず金銀、それから刃物、それに書物の類、そして火道具類だ」

又助は褌ひとつになって、着物を下男に渡した。しかし下男は着物を丸めて三和土に叩きつけ、

「褌を外して四ン這いになれ」

と恐ろしいことをいった。それからが辛くて痛かった。下男は燭台の下にさげてあった小太鼓の撥そっくりの木の細棒で、又助の尻の穴を、まるで囲炉裏の灰に埋めておいた栗の実でも探すように手荒くほじくり返したのだ。これも後で知ったことだが、入牢者は智恵のかぎりを尽して牢内に金を持ち込もうとするらしい。一等ありふれているのが、元禄一分金を何枚か綿で包んで尻の穴へ押し込む手。平凡人の尻の穴には——奥の奥まで詰め込めばだが——元禄一分金が十二枚は収容できるという。つまり三両は隠すことができるわけだ。で、この尻穴金は、ほじくり出した下男の帆待ちになるらしい。

「この尻抜け坊主が」

下男が例の撥をいきなり又助の右の鼻穴へこじ入れてきた。やはりちょっとは臭かった。

「軽腰でくるやつがあるものか」

そこへさっきの牢同心がやってきて、三寸角の柱を三寸の間隔でずらりと並べて立てた向う側、すなわち牢の中に向って怒鳴った。

「……大牢！」

「へい」

「牢入りがあるぞ。北町御奉行懸りの久円坊だ。三十七歳。どうやら人を二、三人殺めたらしい」

「へい、おありがとうございます」

中からの声がやむのと、下男が留口（入口）の、三尺四方の開き戸をあけるのとは同時だった。

「この坊主は金を飲み込んで来ているのかもしれん。たのしみだな」

牢同心がまたまた又助の腰を蹴った。不意をつかれて又助は左手で前をおさえながら大牢の中へ倒れ込んだ。さあこい、さあこいと掛け声をかけつつ、囚人たちが覆いかぶさってきた。そうして力まかせに又助の尻を平手で叩く。どさくさまぎれに陰茎を摑んでねじりあげたりするやつもいた。これまた後日知ったことだが、「さあこい、さあこい」と掛け声をかけながら新入りの尻を打つのは、従来からの式目であるという。

三

三日間、又助は落ち間のすぐ横の板の間で、うんうん唸りながら臥っていた。大番屋での縄尻による数十回に及ぶ滅多打ち。牢屋敷に来てからの数回にわたる腰蹴り。

挨拶がわりの尻っぺたへの乱れ打ち、そして尻の穴の掻き回し……。一日のうちにここまで痛めつけられたのは生れて初めてだった。若い頃、剣術や水泳でずいぶん鍛えておいたつもりだが、これだけやられたらどんな身体でも悲鳴をあげざるを得ないだろう。むろん、自分に加えられた攻撃のほとんどが防禦可能だった。だが又助はされるがままになっていた。武術の心得があるなどとさとられてはならぬ。自分は久円坊という一介の荒くれ乞食坊主なのだ。

ところで落ち間の周辺はとくに臭気がひどい。落ち間は牢の床板より五寸ばかり低く作ってある。だからこそ「落ち間」と呼ばれているわけだが、広さは畳一枚分ぐらいもあろうか。三十畳以上もある大牢の奥の、留口を背にすれば向って左の隅に、この落ち間が設けられているのである。落ち間の半分は便器である。床に穴が穿たれ、その下に大壺が設置されている。この大壺が便壺の役を果していることは言うまでもないだろう。

落ち間の、別の半分には桶が置いてある。古糠漬の桶だ。漬けてあるのは主として大根である。茄子や瓜の皮などが漬け込まれているときもないではないが、間違っても食してはいけない。半殺しの目に遭う。そういう上等の種物を仕込んだのは牢名主か、十二人の牢役人にちがいないからだ。この連中を怒らせることは絶対に避けなくてはならない。牢屋敷側から供される食事は飯と味噌汁だけである。そこで囚人たちは牢同心や下男たちにこっそり金を渡して、大根の糠漬を菜にすることを黙認してもらっているのだそうだ。――とまあ、こんなことを小声でぽつりぽつりと教えてくれたのは、又助と同じく落ち間近くに坐っていた権兵衛という実直そうな中年男だが、それはとにかく便壺と糠漬の桶が目と鼻の先にあるせいで、臭気がひどいのである。

三日目あたりから、牢内のことがどうやら見当がついてきた。まず日課だが、表向きは何の変哲もない、退屈なものである。

朝五ツ時（午前八時）、朝食だ。差し渡し四寸、高さ三寸の盛相椀に、飯八十五匁ずつを盛ったものを、下男たちが人数分だけおいて行く。一椀の味噌汁もつく。囚人たちは下男に向って声を揃えて、「おありがとうございい」と叫ぶ。夕方七ツ時（午後四時）に夕食。飯の量、下男への挨拶など、朝食時と全く変るところがない。

一日に二回、役人の牢内見廻りがある。午前にやってくるのが御徒目付だ。通路から、いかにも物体ぶった口調で、それも判で捺したように、

「なにか申し立てたいことはないか」

と聞く。だれも、なにも、申し立てたりはしない。牢名主が囚人一同になりかわって、

「御呑湯(おむゆ)に至るまでまことに行き届いたお世話をいただき、ありがたき仕合せ。へへーっ」

とよそ行きの声で答えておしまいである。もしも囚人のだれかが、牢同心や下男のことで不服を申し立てでもしたらその囚人はよほどの向う見ずだ。御徒目付にお説教を喰った牢同心や下男が、その出しゃばり囚人にすぐ仕返しをするにちがいないからである。

「拷問蔵でさっそく責め殺されてしまいますよ」

冷たい水で絞った濡手拭で又助の脹れ上った尻に湿布しながら、権兵衛がまたそっと教えてくれた。

夕方七ツ半時（午後五時）には寺社御勘定御役人というのが巡回する。一切無言でツーッと大牢の前を通りすぎるだけである。

「だけどもねえ、坊さま、あの御役人は女牢の前では愛想よくなさるらしいですよ」

とこれも権兵衛の注釈。この権兵衛という中年男もまた又助のことを坊主だと信じ込んでいるらしい。

「小半刻近くもジーッと女牢を覗いておいでのときもあるとかで。時には柱と柱の間から栗饅頭を四つ五つと転がして、そいつを奪い合う女どもの様子をにやにやしながらおいでになるそうですよ。毛饅頭が栗饅頭を争うわけで、さぞや見物でしょうね」

夜六ツ時（午後六時）、当番の下男が拍子木を打つ。日課はこれでおしまいだが、又助がひとつだけおもしろいと思ったのは、早朝七ツ時（午前四時）の「お買物」という日課だった。下男が早朝七ツ時の拍子木を打ちながら、

「エー、今日のお買物。エー、今日のお買物」

と触れ歩く。牢内にはキメ板という、羽目板の舎弟分のような板が備えつけられているから、この板へ、糸だの針だの姫のりだの手拭だの半紙だのビンツケ油だの、要（い）るものがあれば書き出して下男に渡す。正午（ひる）ごろまでに、下男が註文の品を買い整えてきてくれる。もっとも値は高い。市中の二倍はする。これも下男の帆待（ほま）ち稼（かせ）ぎだ。

四日目の早朝、「お買物」でわき返っている牢内の様子を眺めていると、牢役人のうちの三番役が又助の方へやってきた。

「やい、新入り。たしか久円坊とかいっていたな。貴様、打身の薬はいらないか」

三番役は目に落ちつきのない三十二、三の痩せた男である。又助は（ははあ、やっぱり三番役というのは病人だの、怪我人だのが、心配なのだな）と思った。そう思ったのは前日、権兵衛からこんなことを聞いていたからである。この牢屋敷には「牢内

掟」というのがあって、これを決めたのはじつはお上だが、まず牢内には名主がいなければならない。つづいて添役。この添役は病人があればいたわるのが役目だ。その次が角役と二番役だが、この二人は留口前に坐って囚人一同の動静を見張る。そして三番役が病人の介抱に薬餌の取次ぎである。そのほか食事の監督役から雪隠の番まで、合計十二人の牢役人を大牢の、約百名近い囚人の中から出さなければならない。これが「牢内掟」だそうだ。

「牢役人をどうやって決めるのかな」

とそのとき又助は権兵衛にたずねたものだった。

「人徳、人格、人柄……。やはりそういったものが決め手になるのだろうねえ」

「坊さま、ここは牢屋ですよ。世の中の吹き溜りのようなところです。人殺し、盗ッ人、騙り……、悪党連中の寄せ場です。人徳のジの字もない奴等の巣です。人徳なぞを物指しにしていてはどんなことだって決まりはしません。この権兵衛もここへ叩き込まれてまだ日は浅いのですが、見るところどうもこの、拷問を屁とも思わない男が、ここでは偉物のようですね。拷問に音をあげてすぐ白状するようなやつは弱虫、男の風上にもおけぬやつ、逆に拷問に耐え抜いて口を閉ざしつづけたやつは大立者と、ここの物指しはそういう塩梅になっているようです。たとえばあの牢名主殿ですが、なんでも十五年間、拷問に耐えつづけたといいますな。かえってお役人の方が音をあげてしまい、ここ数年、御吟味は一切なしだそうですよ」

これは又助の聞きちがいかもしれないが、そのときの権兵衛の口ぶりにはなんといえばよいか、たとえば憧れの調子があったような気がする……。

「おい、久円坊。なにをぼんやりしていやがる。打身の薬を買うのか、買わねえのかと聞いているんだよ」

三番役が又助のあぐらの膝を右足で踏んまえて、

「こっちは忙しいんだ。早く返答しやがれ。金は持っているんだろ、おい」

「拙僧は無料(ただ)で、御好意から薬を下さるのかと思っておりました。たとえ欲しくとも買えませんな。無一文、無一物ですから」

「そうか。坊さんはこの大牢でまだ一度も糞をひってはいなかったっけな」

「……おお、そういえば、痛みに気をとられて、大用の方はまだじゃった」

「薬の話は坊さんの糞づまりがなおってからのことにしようぜ」

三番役は肩をゆすって大牢を横切ると、自分の定席である見張畳の斜め前に坐った。見張畳というのは、畳を十枚重ねた牢名主の席である。牢名主は額も頬もとび出た五十男で右の眉毛がない。その上、火傷の跡か、顔の右半分が引き攣(つ)って、てろてろ光っている。何年か前、拷問蔵で熱湯に顔を押しつけられたことがあるという。三番役は畳を四枚重ねた自分の席で煙管の火皿に煙草の刻み葉を詰め、なにか言いながら煙管を牢名主へとさし上げた。牢名主が煙管を咥えた。すかさず四番役が煙草盆を見張畳の上、牢名主の膝の前へそっと置いた。

「朝の一服はうめえ」

牢名主は二口吸ってから煙管を横の添役へと回した。通路で下男がキメ板を手でぱんと打って、

「今日のお買物、これで締切ります。よろしいですか」

と甲高い声をあげた。

前日までは痛みの方へ気が行っていたせいもあって、朝の、この奇妙な儀式を見ていなかった又助は驚いて権兵衛に小声で訊いた。

「牢の中で煙草を喫っていいのか」

「牢役人は何をしても構いません。酒でも菓子でも望みのままですよ」

「どうやって手に入れるのだろう」

「やはり下男に頼むのですよ。この牢屋敷の前には差入れ屋が軒を並べています。玩具屋まで店を出したというから魂消ますよ。囚人と玩具、これはどう考えたって釣り

合いませんです」

「それにしても煙草は高いぞ」

「刻みの小袋が一分だそうで……」

「四袋で一両か」

「目ン玉が飛び出るような価(あたい)というのは、まったく牢内で買う煙草のためにあるような文句です」

「そんな金がよくあるものだ」

「囚人どもから召し上げるので。坊さまも狙われておいでになる。たいていの者は入牢する直前に、元禄一分金や二朱金を鵜呑みにいたします。元禄や正徳の豆板銀なぞも飲みやすい……」

「そうか！　それで拙者……、いや、その、拙僧の大用を待っているのか」

「わたしどもの横……」

と権兵衛は蚊の羽音ほどにも声を落して、

「落ち間の傍に白髪頭の爺様が頑張っておりましょうが」

「……うむ。味噌漉(みそこ)し笊(ざる)を膝頭にかぶせて、居眠りをしている」

「あの爺様も牢役人の内のひとりです。詰之番(つめのばん)といいましてな、新入りが最初にひり落す糞便を笊で受け止め、箸を使って丹念に改めるのが役目なのですよ。また、差入れ屋を逆に使って、家族の者が囚人に金を届けようとすることもあります。そうそう、膝に石を積み上げるという拷問がある。下手をすると膝の皿が潰れてしまいます。そのときにこっそり豆板銀を下男に握らせておく。すると、下男は石を膝に乗せる振りをしながら、じつは石を持ち上げてくれていたりする。家族はそういったことをだれかから聞いて、菓子や墨などに一分金や豆板銀を隠し埋めて差し入れてくる。一方、牢役人たちは鵜の目鷹の目で、その手の差し入れを見張っている。で、その際、囚人にとって手っ取り早く金を隠すには飲み込むに限る……」

「すると、牢役人に怪しまれた囚人の大用も……」

「笊で漉されるわけで。ときに坊さまは何をお飲みになりました？」

「元禄大判……」

「まさか！　あれは童子(わらし)の草履ほどもあります」

「いや。じつのところ金目のものはなにも飲み込んではおらん。だいたいが胃の腑がそう丈夫な方ではないのでな。……もし新入りが金目のものをひり落さなかったら、そのときはどうなる？」

「挨拶を知らぬ不届物といわれますね。で、礼儀を教えてやらなくてはということになります。たぶん坊さまは夜中に、大勢の者におさえつけられ、裸にされ、糠味噌桶の上ずみ水を身体中に塗りたくられます。すると全身が腫れ上り、肌という肌はぐずぐずに崩れて、それはもう痒くて痒くて……」

鬼舐めの何百倍も辛いにちがいない。又助は蒼くなった。権兵衛は又助の様子をしばらくじっと見ていたが、急に下を向いて左の拇指(おやゆび)と人差し指を口中に突っ込んだ。そしてすぐに抜き出す。権兵衛の二本の指は打ち豆そっくりの黒褐色のものをつまんでいた。大黒様が浮き彫りにしてある。

「元禄豆板銀を一粒、融通いたします」

権兵衛はその粒を又助の膝の下に押し込んだ。

「坊さまを助けると九倍になって返ってくるそうですから。できるだけ早くお返しくださいまし」

江戸町奉行の「牢内には前からわしの手の者を忍び込ませてある。その男が力をかしてくれよう」ということばが思い出された。この権兵衛が江戸町奉行の手の者かもしれない。

その午後、又助に通じがあった。詰之番の差し出した味噌漉し笊の底に浮き彫りの大黒様を見つけた牢名主は、

「坊主からほどこしを受けるとは思わなかったぞ」

と高い見張畳の上ではしゃいだ声をあげた。

四

早朝の「お買物」に桜餅の註文が目立つようになった。又助は、と思った。

(ああ、世の中はそろそろ花見気分だろうな)

毎朝、だれかしらが南や北の奉行所、あるいは勘定所へ御吟味のために呼び出され、そして午後には戻ってくるのだが、その者たちはきまって、「梅が散ってしまったぜ」とか「桜がほころびはじめたぞ」とか、世間の花だよりを土産に帰ってくる。そこで牢内の花暦は世間のそれと意外なほどぴったりと合っているのである。

(となれば、この又助が久円坊と名乗ってこの牢屋敷に潜り込んでから二十日は経ったわけだ。だがしかし……)

ほとんど収穫はない。あるとすれば、牢内の悪臭が気にならなくなったことぐらいなものだ。一方、「敵」は確実に、大岡越前守懸りの被疑者を狙い撃ちしてきている。この二十日のあいだに、東ノ大牢から七名の病死人が出たが、五名が大岡越前守懸りの被疑者たちだった。現在、東ノ大牢には九十一名の囚人が詰め込まれている。そのうち、九名が大岡越前守懸りの者たちだ。ということは二十日前には十四名いたことになるが、夕暮れどきになると彼等は血の気をなくして紙よりも白くなり、海老のように身を縮めて、たがいに手を繋ぎ合った。やがて黒漆をぶちまけたような闇が牢内に流れ込む。間もなく通路の燭台の灯も消されて真の闇だ。むろん又助は寝返りの音さえ聞き洩らすものかと全身を耳にしている。闇は重い。たしかに重さがある。闇の中でじっとしていると、押し潰されてしまいそうな気がしてくる。……そんな気分のときだ、糸のような呻き声がおこるのは。そしていきなり泣き叫ぶ声。大さわぎになる。当番下男が灯りを掲げてかけつけてくる。全員総立ち。だが一人だけは永久に起き上ることがない。口から鼻にかけてが濡れている。……誰が直接に手を下したのかは最初から割れている。それは明々白である。その程度のことを突き止めるために坊主頭にしているわけではない。又助の知りたいことはもっと奥の、そのまた奥にある。又助は落ち間のそばの自分の席であぐらをかき背を脂や汗で黒ずんで光る板壁にもたせかけて、今日も朝から考え込んでいた。

……大岡様がある一件を御吟味しようと思い立たれ、被疑者を小伝馬町牢屋敷から呼び出そうとなさる。と、決まったようにその被疑者が怪死をとげる。これはただの暗合ではあるまい。大岡様の手の内を知って、その先回りをしている者がいる。「次はこれこれしかじかの一件の被疑者を抹消せよ」と、ここの牢役人どもに適確な指令を発している者がいなければならない。大岡様ら若手の手足れ衆の政事にけちをつけ実権を取戻そうと目論(もくろ)む譜代大名衆の手先となってこまかく動き回っている者はだれか。

考えに考えた末、又助は馬鹿々々しいほど単純な答えに達した。こうである。

〈それは大岡様の手の者以外にあり得ない〉

では、大岡様の手の者で、同時にこの牢屋敷に、そしてたとえばここ東ノ大牢に自由に出入りできるのはだれだろう。

とそこまで考えたとき、通路で下男の、

「只今より、牢内改メ。エー、牢内改メ」

と呼ばわる声がした。牢内改メは面倒な行事である。通路の格子戸ふたつに錠がおろされ、通路が臨時の牢になる、そこへ囚人が移され、空っぽになった大牢を役人たちが点検する、これが牢内改メだ。牢屋敷側にしてみれば、囚人に刃物や火道具類を隠し持たれるのがもっとも怖い。書物によって囚人たちが賢くなっても困る。そこで不定期に（かといって七日も八日も改メなしで放っておくことはないが）、牢内を調べつくすのである。

（せっかくいいところまで考えが進んだところなのに、つまらぬところへ邪魔が入ってしまったわい）

心の内でぼやきながら又助は他の囚人たちと通路に設（しつら）えられたにわか牢へ移ったが、自分たちと入れちがいに空っぽの大牢へ入って行った牢同心たちの中に、黒羽織を（「このごろはやるは町人衆の煙草に同心衆の巻羽織」と巷で囃（はや）し立てているように）裾を内側にめくり上げてその端を帯に挟んで短く、粋に着ている町奉行所の牢屋見廻同心が加わっているのを見つけて、思わずアッと唸った。

この牢屋見廻同心こそ大岡様の手の者ではないか。奉行から「例の一件、ぼつぼつ吟味にかかろうと思うが、被疑者の体調はどうか。牢内での様子はどうか」などと常に訊かれているにちがいないのだ。御吟味の計画、その進捗（しんちょく）の模様など、御裁（おさばき）の万端を承知していることは、吟味同心と並んで双璧だろう。又助は、牢屋見廻同心が町奉行のあまり近くにいる存在なので勘定に入れていなかったのである。とは言うものの、まだぴんとこない。この二十日間、又助は牢名主はじめ牢役人たちの一挙手一投足を精密に観察してきた。境の柱越しに牢同心や下男とひそひそ話をしてはいないか、牢外から牢内の牢役人たちへ密書がわりの紙玉でも渡されているのじゃないかと、細心の注意をもって見張ってきた。だが「これは……！」と思うような動きは皆無だった。

それでいて大岡懸りの被疑者は五名も死んでいる。いったい抹消の指図はどういう方法で牢内の牢役人たちの許へ届くのか。

「便壺が汚いぞ」

落ち間から境の柱の方へ牢屋見廻同心が大股に歩いてきた。そして境の柱越しに通路のにわか牢にひしめく囚人たちをゆっくりと睨め回し、

「壺の縁に糞がこびりついておる。貴様たちの中にはどうも尻曲りがいるらしいな」

ゆっくり動いていた目が、やがてぴたりと一点に止まった。

「おい、おまえ。そこの目の小っこいの。おまえはいかにも掃除は大好きでございます、というような顔付をしているじゃないか。便壺をきれいにしておけ。いいな」

念押しをして牢屋見廻同心は留口から通路へ降り、囚人たちを押しのけながら東の格子戸から出て行った。牢同心たちがその後につづく。そして、それだけだった。又助は便壺掃除を指図された男の顔を見た。大岡越前守懸りの被疑者で、佐兵衛といい、日本橋辺の小間物問屋の番頭のはずであった。主人の妻と計って主人を毒殺したという。

（大岡様にお目にかかりたい）

と又助は思った。そして「この次の御裁は、どんな一件をお取り上げになるのか」

と訊くのだ。江戸町奉行の答えが「日本橋の小間物問屋主人殺し」というのであれば、それこそ一件落着である。牢屋見廻同心こそ獅子身中の虫、抹消指令の伝達人だ。そして伝達方法はたったいま見届けた通り、どんな下らぬことでもいい、なにか理由をつけて抹消したいと思う者を名指しする。牢役人たちはそれをじっと見ている……。

(大岡様にお目にかかる手はなにかないか。でないとはっきりした答えは出ないが……)

　そのとき下男が叫んだ。

「さあ、大牢に戻った、戻った。牢内改メは終ったんだよ。なお、大岡越前守殿懸りの下男権兵衛は、そのまま通路に残っていろ。大岡様からのお呼び出しだ。ほかの者は戻ったり、戻ったり……」

　又助は右手を拳(こぶし)にして権兵衛に近寄った。おや？　というような表情で権兵衛が又助を見た。

「いつぞやの豆板銀の借りを、今、返すぞ」

　又助は権兵衛の上唇、それも左の方を狙って拳を繰り出した。人間の身体の中で、そのあたりが一等脹れあがりやすいのだ。

「お、おい、坊主、気でも狂ったのか」

下男が又助の後頭部を六尺の樫棒で殴りつけてきた。

又助が咄嗟の機転で認めた書状、すなわち権兵衛の上唇を紙がわりに、己が拳を筆がわりに記した密書へ、江戸町奉行からの返事はすぐに来た。午後、北の奉行所から又助に呼び出しがかかってきたのである。牢同心と小者に付き添われ引き立てられて北の奉行所へ出かけた又助は、表門左脇の囚人置場（仮牢）で小半刻ばかり待たせられ、それからお白州の奥の「内詮議所」へ通された。すでに江戸町奉行が渋茶を啜っていた。

「南の奉行には、北の奉行所はどうも尻が落ちつかぬので困る」

江戸町奉行は挨拶がわりにそんなことをいった。

「ところで今日の午前早く、権兵衛という囚人を呼び出し詮議したところ、上唇が鱈子の親玉よろしく脹れ上っているので仰天いたした。聞けば久円坊という同牢の坊主に理由もなく殴りかかられたという。これは又助め、なにか掴んだな、それでこの大岡に会いたがって、こんなことをしたのだな、とぴんと来た。しかしな、又助、困るぞ、あんなことをされては。権兵衛のやつめ、上唇が痛いというのを理由に、何も喋らぬ」

いきなり叱言をいわれて又助はすこし面喰った。それにあの権兵衛、牢内唯一の味方だと思っていたがそうではなかったらしい。

「それで又助、なにを摑んだ？」

又助は慎重にことばを選びながら、大岡様はこれからどんな事件を御吟味なさるおつもりですか、と訊いた。江戸町奉行は、

「奉行所では日本橋の小間物問屋の主人殺しを扱う」

と答えた。

「そしてこれはまだ公にはなっていないが、ちょうどひと月あとの四月四日、御城内吹上御苑で上覧御裁がある。そこでは権兵衛の一件を扱おうと思う。これは上様からの御註文でな」

又助はそこで、この二十日間に見聞きしたことを残らず語った。一刻も早く牢屋見廻同心を交替させるべきだし、被疑者の佐兵衛も今日のうちに奉行所の仮牢へ引き取るべきだとも言い添えた。なにしろ抹消の指令がもう出ているのだから、今夜から危いのだ。

「……そうしよう」

江戸町奉行は気のない言い方をした。それから突然、ひとつ膝を進めてきて、

「その方、権兵衛と同牢だったはずだが、あの男のことで何か気づいたことはない

か」

打って変って熱を入れて訊く。よくやったぐらいは言ってくださってもいいではないか、と又助はすこしへそを曲げ、

「ゴンベゴンベとだいぶ権兵衛に御執心のようですが、あの権兵衛がいったいなにをしたというのです？」

「うむ。騒ぎになるのを慮（おもんぱか）って牢屋敷へは『大岡懸り窃盗被疑者』という名目で押し込めておいたが、あの権兵衛こそはだれあろう、じつは例の主殺し権兵衛なのだよ」

それなら又助も知っている。赤穂事件が絡んでいるので有名だ。事件のあらましはこうである。

赤穂の浪士で小山田庄左衛門という者が、吉良邸討入りの数日前、大石内蔵助の愛刀則光（のりみつ）と金子（きんす）若干を盗んで姿をかくした。そして五年後、名を中嶋隆碩（りゅうせき）と改めて深川万年町に外科医者の看板を掲げた。どうも京都で医術修業をしていたらしい。ところが今から七年前、この中嶋隆碩が直助という下男に惨殺された。直助は則光の刀を持って姿を消し、以来音沙汰なし。主殺しの罰が当ってどこかで頓死してしまったのではないかと噂する者が、年々ふえていった。ところがこの正月、その則光の刀を質屋

へ持って来た者がある。その者は則光を甲という男から買ったという。甲を問い詰めると乙から入手したという。で、乙から丙から丁と辿って行くうちに江戸町奉行の手の者は、麴町四丁目の舂米屋の下男権兵衛に行き当った。権兵衛は「その刀は近くの平河天神境内で拾いました。猫糞したのは悪うございましたが、しかし主殺しなんてとんでもない。私は権兵衛でございます。直助なぞではございません。生れた時から権兵衛、いまも権兵衛、そして死ぬ時も権兵衛だろうと思います」と述べて、何度かの拷問にも耐え、どう責めても白状しない……。

「あの権兵衛がかつての直助であるという証拠を何としてでも摑みたい」

江戸町奉行は又助の目を覗き込むようにして言った。

「五日ほど詮議したら、権兵衛をまた牢屋敷へ戻す。そこで又助、もうひと働きしてくれぬか。牢内での権兵衛の様子を細大もらさず教えてもらいたい。どこかできっとボロを出すと思うのだが、その『どこか』というのは多分、牢内のことにちがいない……」

三日ほどたった雨の夕暮れどきのこと、晩飯をすませて隣の者と、「娑婆では、花見から濡れて帰る者がずいぶんいるよ」などと埒もない話をしているところへ、

「御吟味のため呼び出しこれあり。久円坊、留口まで進みませい」

と声がかかった。囚人にとって「呼び出し」は常におそろしい。だが日暮れどきの呼び出しは、その中でも最もおそろしいとされている。夜の御吟味は訊問でもなければ、取調べでもなく、徹夜の拷問を意味しているからである。下男二人に前後をはさまれながら格子戸を潜る又助へ、大牢から、

「がんばってこいよ、がんばり通すんだ。白状したら最後、磔だぞ。白状さえしなけりゃ一生、牢で暮せるんだからな」

と励ましの声が飛んできた。又助は居直り強盗一家三人皆殺しの被疑者という触込みだから、この励ましは筋が通っている。御裁の基になるのは自白である。物証より自白が重んじられるのだ。

拷問蔵の石壁の凹みには百匁蠟燭が四本も灯っていて、火事場のように明るい。女囚がひとり石床に転がっていた。座禅ころがしというやつである。女囚を丸裸にして足をあぐらに組ませる。その上で両足首をそれぞれ股の付根あたりへ乗せさせて座禅を組む恰好にする。ともう、足はほどけない。一方、両手を後手に縛りあげる。これだけでも充分に辛いし苦しいが、牢同心たちは女囚を前方に蹴倒す。すると額と両膝の膝頭の三個所で身体を支えることになり、尻や陰部を突き出したまま、もう身動きもならぬ。これはまた辛いし、苦しい。弓の折れや竹棒で責め立てると、たいていの

女は耐えられず白状してしまう。そこで牢同心たちは御褒美に、そのまま後から犯してやるのだそうである。

下男が女囚を連れ去ると、褌やら着物の裾やらを直していた筆頭牢同心が、

「おめえは南町の間者だね」

といった。

「三日前の午後、おめえは北の奉行所へ呼び出された。ところが同じ時刻に南の町奉行も北の奉行所にいた。……そしてその夕方、南の町奉行から牢屋見廻同心が謹慎を命じられた。おい、又助さん、奈佐様よ、この三つは繋っているぜ」

「なにを言っているのかよくわからん。拙僧は久円坊。河合久円坊といい、相州の……」

「言い抜けようとしても無駄なことだよ」

うしろでだれかがいった。

「こっちは昨日と今日、二日も潰して調べ上げたのだからな。御文庫会所へも行ったんだぜ」

「おめえさんの家に行ったさ」

また別の声。

「面会謝絶とかで門前払いを喰ったがね」

「もう一度、言おう。拙僧は久円坊……」

ここで奈佐又助老人は諸肌ぬぎになり、わたしに背中を向けた。又助老人の背中は大地震のあとの土蔵の壁同然で、古傷がいくつも亀裂となって四方八方に走っている。

「夜明けまで折檻されましたよ、晋太郎さん。何度となく石を抱かせられました。あの晩、わしが抱かせられた石の貫目は、延べにしたらそれこそ万貫に達したでしょうな。失神のたびに水を浴びせかけられ、そのせいで拷問蔵は水槽のようになってしまいましたね。つまりわしはそれほど数多く失神したわけで。最後には連中の方が音をあげてしまいました。『これはどうも自分たちの見込みちがいらしい。こいつはどこまでも坊主であって、書物奉行ではない。牢屋見廻同心のことは、なにかほかの筋から露見したのだ』と、筆頭牢同心が呟いたときのうれしかったこと。もうほっといたしましたな。ところがじつはこれが連中の手だった。下男の肩をかりて大牢へ戻り、落ち間のそばの自分の定座へ這って行くわしに、下男がやさしい言い方で、『だいじょうぶかな、又助さん』と声をかけたのです。疑いが晴れてほっとしているところへひょいと呼びかけられて、わしはつい『ああ……』と返事をしてしまったのです。しかしこの経験が間もなく大岡様のお役に立つことになります。大岡様はわしの入れ智恵で、上覧御裁の際、権兵衛に向い、こうおっしゃった。『これ、権兵衛、無実のその方を拷問に付し、まことに気の毒であった。ここに五両の金子を用意してある。これで養生いたせ』……。ほっとして権兵衛は立ちあがり、金を推し戴きながら白州を出かかる。そのとき突然、大岡様が『コレ、直助』とお声をかけた。気のゆるんだところを不意に本名を呼ばれて権兵衛はつい、『ヘイ』と返事をして振り向いてしまった……。つまり権兵衛は自分が直助であると白状してしまったわけで、いや、上様はじめ並みいるおえら方、一斉に拍手喝采……」

又助老人は着物を着直して、また竹篦で薬をこねはじめた。

「大牢で又助と呼ばれてつい返事をしてしまい、わしの素姓は露見してしまいましたが、ある囚人がわしを救ってくれましたよ。そいつは例の『お買物』に、なんと貝独楽(べいごま)を註文したのです。〈貝独楽の註文が出たら又助が危い〉という取り決めがしてあったのですね。その日の午前、わしに呼び出しがかかり、それで救われたというわけ。むろんその囚人こそ大岡様が忍び込ませておいた手の者でした」

いろはにほへと捕物帳

藤むらの田舎饅頭

「ひぇーっ、なんてべらぼうな饅頭だ」

「驚くやつがあるもんか。毎年のことじゃねえか。月見（旧暦八月十五日）の前の日には、この藤むらの店の前に、直径六尺、高さ四尺の田舎饅頭が一日だけ飾られる。通行人はそのお化け饅頭を見て、生唾のみこみながら胆を潰す。これがここ四、五年のお江戸の年中行事だぜ」

「毎年のことにはちがいねえが驚くぜ。豪儀なものだねえ。とはいうものの、こうでっかいんじゃあ色気がねえな」

「饅頭に色気はねえだろう。おめえ、ことばの使い方を知らねえな。寺小屋へ行き直してこい」

「いやさ、饅頭に色気ということばは適うのさ」

「ほう、そいつあ珍説だな」

「だってよ、上方じゃあ饅頭のことをおまんというんだってさ。おまんに色気はつきものだわな」

「ばかやろう。隣りに立っていた娘っ子が赤くなって逃げて行っちまったじゃねえか。それというのも、おめえがくだらねえことをいうからだ」

本郷向ケ岡、加賀様の赤門で名代の前田加賀守の御守殿屋敷に程近い日影町の、これも名代の羊羹屋「藤むら」の見世の前に、大勢の弥次馬が集っている。弥次馬の目の前の大筏ほどもある白木の台の上に、いましがたの職人連れが喋っていたように直径六尺、高さ四尺の巨大な饅頭が載っていた。

「この饅頭ひとつの代金が九十両だそうだよ」

俳句の宗匠の風体の老人が訳知り顔をする。

「とてもそうは見えぬが」

継布だらけの古帷子を経糸のすり切れた古帯でしめた浪人者が、咥えた楊枝をくるりと回し、ぐいと肩を聳かした。肩を聳かしたのは腹を立てたからだろう。

「わしを睨んでも仕方があるまい。わしがこの饅頭の注文主ではないのだからな」

「だれだ、注文主は」

「おや、御存知ないので。神田の酢問屋の三浦屋善六という御大尽がこの饅頭の注文主ですよ。よろしいか、御浪人、このお化け饅頭が、ただでかいだけならまあ二、三十両でできましょう。ところが、この大饅頭を真二つに割れば……」

「餡がでてくる。そうだろう。饅頭の中身は餡と室町の昔から決っている」

「いいえ、普通の大きさの田舎饅頭が四千個、餡のかわりに入っているという趣向ですな。しかも、その四千個のうちの五百個の餡のなかには南鐐二朱銀が入っている。つまり、南鐐の入った饅頭を八個当てれば一両の稼ぎになるわけですな。だからこの饅頭の誂え料が九十両……」

「誰が南鐐二朱銀を当てるのだ」

「と、身体を乗り出されても無駄ですわ。なにしろ饅頭を拾うのは吉原江戸町二丁目の兵庫屋お抱えの花魁および遣り手や若衆などに限られるのですからな」

「ど、どういうことだ、それは」

「兵庫屋に初音という花魁がおります。この花魁の想われ人が、さっき申した酢問屋の三浦屋善六さん。善六の、これは初音への月見の贈り物ですよ」

「ふざけた男もいるものだ」

ぷっと浪人者が楊枝を饅頭に吹きつけた。楊枝は音もなくお化け饅頭の皮へささって突き刺さる。

「いけませぬ、そんなことをなさっては」

目ざとく見つけて見世の女売子がやってくる。目鼻立ちのきっぱりした器量のいい娘で、赤襷に赤い前掛け。お里といってこの藤むらの奉公人のひとりである。

「困ります」

「困るのはこっちだ」

浪人者はいっそう肩先を尖らせて、

「一個の饅頭さえ子どもに買ってやれぬ親の無念さを考えてみろ」

といい、ふっと肩をすぼめ人垣から抜けて立ち去った。

ところでこの藤むらだが、初代を浅香忠左衛門という。金沢の遠州流の茶人で、金物商を営んでいた。あるとき、藩主前田利常が「茶に適う羊羹はないものか。いまある羊羹はどれもみな味がくどい」と洩したというのを伝え聞き、家業を放り出して羊羹づくりをはじめた。そして苦心の末に作り上げたのが、丹波大納言の表皮を捨てて、餡に使うのは一粒の三分の一という贅沢な羊羹で、これを献上すると、利常は「うむ、これじゃ。この淡き香こそ探し求めていたものじゃ」と膝を叩き、忠左衛門に浅香の姓と、藤島友重作の脇差と、さがり藤の定紋を与えた。寛永三年（一六二六）のことである。宝暦元年（一七五一）、十代藩主重教の江戸出府について、忠左衛門の子孫が赤門近くの日影町に店を構え、屋台を「藤むら」とし、金沢で作っていた羊羹を江戸でも売り出した。なにせ後楯は加賀の御殿様である。失敗するはずがない。それに淡白な味わいが江戸の人びとの好みにもあったとみえ、今年、文政八年（一八二五）の「菓子目録」には、浪花羹、小倉羹、煉羊羹、蒸羊羹、小豆羹、水羊羹、九重羹、金玉羹、杢目羹、紅羊羹、百合羹、求肥（白玉粉を水でこねて蒸し、砂糖と水飴を加えたもの）、春雨羹、琥珀羹、水寿羹、千鳥羹、青白杢目羹、春水羹、吉野羹、楓羹、相生羹、秋水羹、黄味時雨羹、秋の庭羹、新吉野羹、朝日羹、栗粉羹と、二十七種の羊羹が記されている。つまりいまや、日本橋通一丁目横町式部小路の「喜太郎羊羹」、深川佐賀町の船橋屋織江の羊羹と並ぶ江戸の味なのである。

だが、藤むらの名物は羊羹だけではない、田舎饅頭もまただれひとり知らぬもののない名代物である。天辺にいろは四十七文字の焼判が捺してあるのが、なぜか人気になっている。この田舎饅頭も、本町の鳥飼和泉や伝馬町の塩瀬の饅頭と張り合っており、とくにここ数年は、三浦屋善六の誂えるこのお化け饅頭が宣伝引札の役を果し、江戸市中饅頭番付の筆頭人気のようである。

「おや、藤むらの店頭にお化けが出たか。もうそろそろ世の中は寒くなるぞ」

呟いて去る老侍もいたりして、お化け饅頭はもうすっかり江戸の歳時記に載(の)ってしまった。しばらくすると俳句の季題にさえなるかもしれぬ。

「藤むらもなかなか宣伝(ひろめ)上手だなあ」

藤むらの間口は四間ある。この四間間口の店の横っちょに長床几が二脚並べて置いてあった。そこでひとりの若者が舐めるようにして田舎饅頭をたべている。儒者か学者のような茶筅(ちゃせん)髪の先に、季節外れの蠅が一匹とまっていた。顔付き、目鼻立ちは尋常だが、ただひとつ変っているのはその目付きである。眇(すがめ)、すなわち、やぶにらみなのだ。しかし、目の色にはやさしさがある。

「あの饅頭の代金が九十両と聞いたが、なあ、お里ちゃん、その金額を三浦屋善六という酢大尽が出すのじゃないだろう」

茶の給仕にきたお里に若者が訊いた。

「そのうちの二十両か三十両かを、この藤むらが出すんじゃないのかい」

「たとえ知っていたってお話できません。だって主家の秘密ですもの」

「主家の秘密とは大袈裟だな」

若者は苦笑して茶を啜り、それからじーっと饅頭を眺めはじめた。もっとも眺めるといってもやぶにらみだから、横目で往来を睨みつけているように傍からは見えるのだが。

「いろはの先生のお別れの儀がまた始まった」

お里は前掛けで口をおさえくっくっと笑いだした。いろはの先生とはもとより綽名である。羽倉新八郎といってこの日影町の玉造の湯の近くの横町でごろごろしている国文学者の卵だ。姉がひとりいるだけで係累なし、自由といえば自由、頼りないといえばこれまた頼りのない一介の貧書生である。四年前の文政四年の巳年、二月中旬から江戸市中に風邪が流行した。この風邪はものの本によれば「江戸市中の人、十中八九までこれに罹らぬ者なし」というぐらい猖獗をきわめたが、これを俗に「だんぼう風邪」という。そのころ「だんぼうさんや、だんぼうさんや」と呼び歩く飴売りがあり、この飴売りたちが上方から江戸へ風邪を持ってきたという噂が立ち、そう呼ばれるようになったのである。飴屋こそいい迷惑だが、それはとにかく、新八郎の両親、そして妹はこのだんぼう風邪ではかなくなってしまった。一家で生き残ったのは十歳上の姉の佳代と新八郎のふたり。もっとも、佳代は北町奉行所の与力筆頭の桑山喜内に嫁づいており、羽倉家には新八郎ただひとり残った。父は湯島聖堂の学問所勤番衆で、二十三名いる勤番衆の肝煎役だった。勤番衆肝煎というとなんだかばかに偉そうであるが、五十俵三人扶持に、肝煎御役扶持三人扶持が加算されるだけの、いわば吹けば飛ぶような貧乏御家人であった。

父の死後、新八郎を勤番衆にという動きが、父の同輩下僚たちの間から当然の如く起った。むろん勤番衆は御譜代席であるから、黙っていても父のあとを継ぐことができるのだが、何を考えているのか、新八郎は、

「勤番衆を勤めるには、まだ万端未熟でございます。いましばらく御猶予を」

などと勝手なことをいって、玉造の湯裏手のじめじめと湿った日蔭の傾斜地に、辛じてしがみついているといった感じの、階下が六畳に三畳、階上が六畳の古い二階家に、書物に埋もれて暮している。どうも学問所へ出かけて事務をとるよりも、寝そべって書物を読んでいるほうがいい、ときめているらしい。ただ、書物は頭の滋養になっても身体の栄養にはならぬ。そこで日中は階下に近所の子どもを集めて、いろはの手習、四書五経の素読を教えて口を糊している。「いろはの先生」とはそこからきたものだ。

新八郎は酒は嫌いでないが、自分からは飲まない。書物のほうがもっと好きだから金があれば、まず書物に注ぎ込む。どうしても飲みたくなったときは姉の嫁ぎ先の本郷三丁目の桑山喜内のところへ出掛けて行く。つまり義兄の勝手口で飲み溜めをする

わけである。とはいうものの、姉も義兄も説教好きで、新八郎の顔さえ見れば、

「いつまでもぶらぶらしていないで、一刻も早く学問所へ出仕しなさい。学問所へ行き難いわけでもあれば、いっそこの桑山家へ養子に入ってはどうです。おまえは筋道をたてて物事を考えるのが得意のようだから、学問ももちろんよろしいが、与力の仕事にも向いているかもしれない……」

長々とはじめるので、よほど酒の匂いの嗅ぎたいときは別として、なるべく本郷三丁目は遠廻りするようにしている。ついでながら、嫁いで十五年にもなるのに姉はまだ子どもに恵まれていない。ときに酒や書物よりも、新八郎は甘いものが好きだった。十日に一度、あるいは半月に二度、懐中にゆとりができると、こうやって藤むらの見世先の床几にどっかりと腰をおろし、田舎饅頭をたいそう手間暇かけて喰う。これが新八郎にとって至福の時であった。最後のひとかけらを口に入れるときは、まるで子どもと別れる母親のよう、やぶにらみの目で矯めつ眇めつして眺め、いかにも悲しげな表情をしてゆっくりと舌に載せるのである。その様子をお里は「いろはの先生のお別れの儀」といったわけだ。

「お里さんのように昼夜のべつまくなし、饅頭と羊羹の顔を見、匂いを嗅いで暮している人には、わたしの気持はわからないさ」

新八郎は左の親指と人さし指をぺろぺろ舐めている。指先にひっついた饅頭の皮、それも小豆粒ほどもない小さなやつを、しつっこく舌で剝ぎ取っている。たいていの男なら皿に敷いてある懐紙で拭い取るところだ。

「でも、相手がいろはの先生だから特別に教えたげるけど、あのお化け饅頭をつくるについては、藤むらはたいそうな出費をしているんです。あのお化けを蒸すには特別の大釜がいるでしょう」

「なるほど」

「深川の釜屋で特別に誂えたんです。蒸籠は小屋みたいに大きいけれどこれも特製。藤むらの裏庭に、二階建ての蔵のようなのが建っているけれど、そこに大竈と大釜と大蒸籠とが据え付けてある。で、その蔵は年に一度、あのお化けをつくるときしか使わない」

「つまり藤むらはたいそうなお金を、あのお化けのために寝かしているといいたいのだね」

「そういうこと。代金に九十両もらったところで藤むらは引き合わない。まあ、百年もお化けの注文が続くのなら、いつかは元手がとれるかもしれないけれど」

「百年は無理なことさ。三浦屋善六か、相手の花魁の初音か、そのどちらかが死んだら、お化け饅頭の注文はもう来やしない」

新八郎は床几から立ちながらひょいと人集りしている、風呂桶を伏せたようなお化け饅頭に顔を向けたが、ふとかすかな皺を眉間に刻んだ。

「どうもあの饅頭の上には悪い気、そう、妖気のようなものがただよっているなあ」

「変なことといわないでよ、先生。饅頭に人相があってたまるものですか」

「いや、すべての事物に相というものはあるのだよ。おれは少々、占相学を齧っているのでね、それがわかる。東西南北、どちらを向いても秋の夕暮、清朗和順の空の色だ。がしかし、この藤むらの、見世先の上空には一点の卑湿の気配が留まっているなあ」

ぶつぶつ呟きつつ、新八郎は日影町の方へ歩き出す。顔を上に向けているので、たちまち馬糞を踏みつける。だが、そんなことに一向頓着せず、新八郎は上を向いたまま人混みの中に消えた。

見送っていたお里、ぷっと吹き出し、皿と湯呑を片付にかかる。折から上野の時の鐘、七ツ（午後四時）を報らせてゴオーンゴオーン、不忍池を渡って響いてきた。

あくる日ちょうど七ツ下り、日影町の玉造の湯で、新八郎が小桶を枕に流し場に長々と寝そべっていると、野菜の棒手振(呼売りの行商人)の吉次というものが、凄い勢いで飛び込んで来た。

「先生、大変なことが起りましたぜ」

「おっと転ぶなよ、吉次。おまえはいつもそうやって勢い込んでやってきては、湯苔に滑って引っくりかえる癖がある。こないだなぞは、横腹を打って四日も寝込んだはずだぜ。ちょうどいまは霊雲寺大根の売りどきだ。ここでまた四日も寝込んでみろ。えらい欠損だろうが」

この日影町に近い霊雲寺の周囲には大根畑がひろがっているが、そこでとれる大根は味がよくてどこへ持っていっても引っぱり凧なのだ。

「それそれ。その霊雲寺大根を大八車に山と積んで、朝早くから今戸、箕輪、浅草と売り歩いておりましたので」

「ところがその大八車が溝にでも落っこった。吉次の大変はまあ、その程度のところだろう」

「冗談じゃねえ」吉次は両手をあげて新八郎を制した。吉次のぶらさがりものが新八郎の顔の上で揺れている。

「今日の大変は、天下の大変で。江戸市中がわーっと沸いておりますよ」

「おいおい、坐るか、前を隠すか、そのどちらかにしておくれ。おまえの一ッ目小僧がおれを睨みおろしているんだ。薄ッ気味悪いったらありゃしねえ」

「へえ、こいつは恐れ入りました」

吉次は新八郎の前にあぐらをかいて、股間に手拭をかぶせ、

「浅草田町で大八車が空になりました。そんとき、ちょうど正午（ひる）で……」

「それで昼飯にしようと思って、握飯を出したら、それが、溝へ落っこっちまったんだろう」

「そうじゃないといったでしょう。そう溝にばかり落っことさないでくださいよ。とにかく握飯にかぶりつくどころじゃないんです。目の前の日本堤を人が吉原へ、吉原へと駆けて行く」

「花魁の大安売でもはじまったか」

「一時はあたしもそう思った。そこでね、大八車を近くの家で預かってもらい、あたしも吉原の大門口めざして走り出した。握飯を齧りながらの長丁場、横ッ腹がウンウン痛み出し、いや、往生しましたぜ。さて、吉原で見聞（みき）きしたことを手短かにまとめますとね、まず、その一刻（いっとき）（二時間）前、例の藤むらのお化け饅頭が、吉原江戸町二丁目の兵庫屋へ運び込まれた……」

「ほう。その大変というのは、あの大饅頭にかかわることなのかい」

新八郎、ゆっくりと身体を起した。

「へえ。そのお化け饅頭の中から田舎饅頭が四千個出てくるはずが、なんと若い女の屍が出てきたという恐しい話なんですよ」

「おい、手ばやく話せ」

「それじゃァ、茶々を入れずに聞いておくんなさいよ」

と新八郎の口出しを封じておいて、棒手振の吉次が語った話は、大略、こうである。

兵庫屋の二階の座敷の戸障子は一枚残らず外してあった。これは饅頭割りを、通りから見上げている弥次馬連中に見物させるためである。弥次馬は約一千。やがて饅頭は藤むらや兵庫屋の若い衆たちの肩に担がれ、座敷の窓際に置かれた。すぐに、酢大尽の三浦屋善六に率かれて花魁初音の御入来。ここで初音は三味線を弾く。——

「お、おい、吉次。なんで三味線なのだ。饅頭の腹をいきなり裂いちまえばいいじゃないか」

「そこが御趣向なんですよ。三味線の曲弾きをし、終ったところで拍手がくるでしょう。その瞬間に、象牙の撥でぐさっと饅頭の腹を搔ッ捌くんです。出刃包丁を握りしめ……なんてのよりずーっと絵になります」

例年であれば、撥で饅頭の腹を裂き、初音と善六が、四千個の田舎饅頭を座敷へ、また通りへと撒き、そのあと吉原中の幇間や女芸者を集めての、大おもしろの酒宴が夕刻まで続くのがきまりだという。宴会のさなかに初音は善六と席を外し、あとは二人だけで、初音の部屋でしっぽりと濡れる。そして善六、朝帰りという寸法。——

「だが、いろはの先生、今年はそうはならなかった。初音が撥でズイコズイコと饅頭の腹を横一文字に裂いた。若い衆がそれに動きを合わせて、こう蓋をとるみたいに上皮を後へ引っ張る。さあ、中から田舎饅頭が出てくるぞ、おれは南鐐二朱銀の入ったやつを八個拾って、それを元手に今夜は女郎を買おう、だなんて生唾のみのみ待ち構えていた弥次馬の前に現われたのが、一糸もまとわぬ若い女……。最初は黒髪が見えたそうですぜ」

善六はぎくりとなったようだが、座敷も往来もしーんと鎮まり返っていた、という。つまり善六以外の人間は「おや、これ、新しい趣向かな」と思ったわけだ。やがて顔が現われた。通りからは拍手が起った。なかには「粋だねえ。三浦屋善六は紀国屋文左衛門の再来だ。あの女はね、いまに、パッチリとお目々を開きますよ、ええ。そしてね、半裸でね、別に用意しておいた田舎饅頭をあたしたちに撒いてくれるン」と、周囲に向って声高に注釈していた男もあったらしい。だが、女は全裸だった。皮が若い衆たちの手で取り除かれるにつれて四肢がだらん、首がくん。そのうち、善六ががっくりと膝を折り失神し、それを見た初音がきゃーっと黄色い叫び声をあげた。

「あとは江戸町あげての大騒ぎ。それがまたたく間に吉原へ、そうしていまごろは江戸中にひろまっています。もうすこししたら、瓦版屋が墨の生乾きの刷物を腕にかけて、売りに来るんじゃありませんかね」

「それで、その女の身許は？」

「その場におった藤むらの職人の口からすぐに割れましたさ。藤むらの給仕女ですよ。ほれ、見世で茶を注いでまわったり、お客に饅頭を包んだりしている娘たちがいますね。あの娘たちのひとりで……」

「ま、まさか、お里というんじゃなかったろうな」

新八郎が吉次の肩を摑んで激しく揺(ゆ)すぶった。

「お里か？」

「ちがいますよ。お駒という給仕女の肝煎です」

ほっとしたように新八郎は吉次を突き放した。

「お里ちゃんは可愛いが、ほれ、いつも隅の方で睨みをきかせていた娘がおったでしょうが。別嬪は別嬪だが、ちょっときつい顔の」

「よくは憶えていない」

「先生はお里ちゃんしか眼中にないんだから。お里ちゃんが失敗(しくじ)りをやらかすと、鷹みたいな目をしてとんできて、まわりにだれがいようとお構いなしに、がみがみいう女ですよ」

「それで、ほかになにか……?」

「ありますよ。ふしぎなことがある。お駒は饅頭のなかにあぐらをかくようにして死んでいたんですが……」

吉次は自分の股間を指さした。

「上方でいうおまんの上に田舎饅頭を四個、のせて死んでいたというんですな」

「まてよ」

新八郎の、やぶにらみの目がぴかっと光る。

「藤むらの田舎饅頭の天辺(てっぺん)には、それぞれに、いろは四十七文字のどれかが焼判で捺してあるはずだ。その四個にはいったいなんという文字が……」

「おっ、さすがは国学の先生だ。いいところに着眼なさる。その四個は、まず『い』。次が『は』、三つ目が『ほ』……」

吉次はいちいち宙に、指を筆にして手習いをして、

「おしまいが『と』ですよ」

「い、は、ほ、と……？」

「そうです。しかも、四個の饅頭の餡の中には、どれにも南鐐二朱銀が入っていたそうで」

「ふーん」

新八郎はのっそりと立って柘榴口のなかへ這い込む。吉次は小杓子でかかり湯を身体にかけながら、

「ふーんてことはないでしょう、先生」

じれったそうな声をあげる。

「七ツ下りなら、いろはの先生はきっとこの玉造の湯にいる。そう睨んで、嬶にもこの話を喋らずに、まっすぐここへ飛んできたんですぜ。それというのも、この事件の謎を先生に解いてもらいたいの一心からで……」

「よせよせ、おれは十手には興味がない。おれが持ちつけているのは、筆と書物だ」

「だってお義兄さんが北町奉行所の筆頭与力をなすっているじゃあありませんか」

「義兄は義兄、おれはおれさ」

「町内でなにか事件が起る。軒下に積んでおいた大根が盗まれたとか、三味線のお

師匠さんと古着屋の亭主が相前後して姿を消したが、これは駆け落ちしたんじゃああるまいかとか、この日影町にいろんなことが起る。そのたびに先生が御出馬なさって、ぴたりと当てる。いつだって、先生の立てた筋道が外れたためしはない。その伝でひとつ……」

「いや、今夜は本居宣長先生の書物を筆写しなければならない。とても、そんな暇はないよ」

「藤むらといえば、同じ町内、いわば近所合壁のつきあい、先生、お願いいたしますよ。早く謎を解いてやらないと、藤むらの信用ががた落ちでさ。謎を解けば、きっと一年間、田舎饅頭が無料になる」

いいながら、吉次、四つん這いになって柘榴口へ入りこもうとしたが、そこへ内部から新八郎が真赤な顔を突き出してきて、

「ほんとうかい、きっと饅頭が無料になるかねえ」

「無料にしなければ、町内の衆を全部、藤むらの前に坐り込ませます」

「ふん、それならばすこし考えてみるとするか」

と流し場に出てきた。

「まず、おかしいのは、その四個の饅頭、いずれも餡の中に南鐐二朱銀が入っていた

ということだね」

「へえ、そうですかねえ」

「おや、気に入らないようだね」

「そういうわけじゃないんですが、まずお駒はだれかに殺された、そのとき、とっさに傍にあった田舎饅頭に手をのばした……」

「ちょっと待て。もうすこし、きっちりと筋道を立てよう。まず、お駒はいつ殺されたか」

「昨夜です」

「よく知ってるな。さては吉次、おまえ、藤むらへ寄ってきたな。お里と釜場かどこかで会ったんだろう」

「図星だ」

うれしそうに吉次が頷いた。新八郎が推理をしだすといつも吉次は頰を弛めるのである。

「でもどうしてそれがわかりました？」

「さっき、吉次が流し場へ入ってきたとき、足の股ンところが白くなっていた。あれはおおかた藤むらの釜場の小麦粉だろう。あそこの土間はいつだって小麦粉で真ッ白だ」

「なんだ。種明しを聞けばなんてこと、ありませんね。さてと、お里ちゃんの話では、釜場の上に、給仕女たちの寝る部屋があって、そこでお駒がやすむのをたしかに見たそうですよ。そして今朝、目をさましてみるとお駒の布団は裳抜けのからだった」

「よしよし。それではもうひとつ、昨日、見世先に出してあったあのお化け饅頭だが、あれは昨夜はどこに……」

「釜場だそうです。で、今朝、屋台車に乗っけられ、吉原まで引っ張って行かれたってわけで……」

「すると、四千個の田舎饅頭と、お駒の死体が入れかわったのは、釜場だな」

「でしょうねえ。お化け饅頭をどこか他所に移して、死体と田舎饅頭とを入れかえて、またお化け饅頭を釜場へ戻しておくなんて真似は、人数が相当揃わないと出来っこありませんからね。なにしろ、お化け饅頭は百五十貫近くもあるそうですから」

「すると、こうなるな」

新八郎は宙を睨んで、

「夜更けの釜場、そこでお駒は何者かに殺された」

「どうして釜場でお駒が殺されたとわかるんです？　死体と饅頭の入れかえはたしか

に釜場だ。でも、お駒は他所で、裏庭とか、裏庭の向うの大根畑で殺されたかもしれませんぜ。そして死体となって釜場に運び込まれたということだってあるじゃありませんか。釜場で女を殺すのは考えものだ。近くでは他の使用人が寝てますし……」

「いや、お駒は釜場で殺されたのさ。なぜなら、お駒は死ぬ寸前に下手人をだれかに知らせようとして饅頭を四個、選び出している。たとえば下手人はお駒を殺したと信じ込み、お化け饅頭を裂いて、中身の田舎饅頭を外にかき出した。その途中でお駒は息を吹き返し、下手人を知らせるためにいろは四十七字から『い』と『は』と『ほ』と『と』の焼判のある田舎饅頭を選び出した。いいか、吉次、ここが大事なところだぜ。お駒が南鐐の入った田舎饅頭を選び出すには生きていなくちゃならねえのだ」

「なるほど」

吉次は膝を打ち、

「たしかに入れかえ現場が殺害現場でなくちゃならない」

うれしそうに新八郎を見た。

「そこで最初の疑問に突き当る。瀕死のお駒が必死の思いで選び出した四個の田舎饅頭、その全部が南鐐二朱銀だったなんてことがいったいありうるだろうか」

「ですからたまたま……」

「四千個のうち、南鐐入りが五百個。ということは、八回摑んで一回が南鐐入りということだろ。このお駒って女は、あんまり運がよすぎらア」

「運が悪いんですよ。なにしろ殺されたんだから」

「いやさ、田舎饅頭を選ぶときだけは運がよかった。ついていたんだ」

ここで新八郎はにやりと笑って、

「吉次はゆっくり垢を落していな。おれはちょいと出かけてくる」

出口へ向って歩き出した。七歳から二十歳のときまで、平山行蔵の実用流演武場で剣術の稽古をしていただけあって、肩のあたりの筋肉は隆々としている。平山行蔵は一生を玄米と生味噌と香の物だけで過したという奇矯な剣客で、読書のときは常に板の上に坐った。そして、読みつつ、指や手の平を板に打ちつける。そうやって鍛えたおかげで、やがていがつきの栗を手で握りつぶすこともできるようになった。もっとも弟子にも同じことを要求したので、実用流演武場ははやらなかった。新八郎がそのはやらない道場に入門したのは、死んだ父と平山行蔵とが湯島聖堂で同役だったからである。

「どちらへおでましで？」

「藤むらだよ。こいつはなかなかおもしろい一件だ。それがようやくいまわかったのさ」

「やれやれ、よかった」

吉次が新八郎の背中に両手を合わせた。

程なく、新八郎が藤むらへ姿をあらわした。表が閉っていたと見え、大根畑をまわって裏庭から入る。大根畑と裏庭との境には小川があるだけ、塀も垣根もない。裏庭を入ってすぐのところに、白壁の二階建がある。

(ふむ、これがお化け饅頭をつくるときだけに使うという蔵もどきの釜場だな)

口の中で呟きながら、五十歩ばかり歩いて母屋の釜場を覗き込んだ。そこは百坪はたっぷりありそうだった。左の窓際に風呂桶ぐらいもある大釜をのせた大竈が五基並んでいた。中央には、幅一間、長さ八、九間の細長い台がふたつ、足駄の歯のように平行においてある。右側は広い板の間だ。丈の浅い木箱が高々と積みあげられている。見上げると釜場の四周は二階になっていて、いくつか部屋が並んでいる。

小麦粉やウルチ米粉やソバ粉で白い土間に踏み込んで、

「お里さんはいますか」

と声を発した。釜場の板の間に十数人の奉公人が坐っていたが、その中からお里が

立って、

「あ、先生……」

こっちへやってきた。

「いま、お役人が吟味に来ておいでなの」

「ほう」

と新八郎は正面を見る。正面には例の細長い台が二列に並んでいるが、そこにはだれもいない。でもいいのである。新八郎はやぶにらみだから、これでちゃんと右手の板の間が見えるのだ。奉公人たちと向い合い、鼻筋の通った若い男が腕を組んでじっと考え込んでいる。北町奉行の紋所のある丸羽織を着、腰には緋房の十手を挟んでいた。土間にはバラ緒の雪駄がみえる。

「同心か」

「そう、北の間宮忠行様」

義兄の森山喜内は北の筆頭与力だから、北の同心百数十名、すべて義兄配下の者、といっていえないことはない。が、間宮忠行という名前に憶えはなかった。

「ちょっと話をしてもいいかい」

「ええ、いいわよ」

お里が、手を伸ばせば届きそうなところまで、踏み込んでくる。

「お駒さんの屍はいまどこにある？」

「この上です」

お里は右手の人差し指を垂直に立てた。

「お駒さんは真宗だからすぐ火葬にしてもいいのだけれど、吟味が終らないうちは、そうもできないでしょう」

「どこの生れだね」

「みなし子だったんですって。二十三年前の冬の朝、裏庭でオギャオギャ泣いていた。それを先代（せん）の旦那様がお拾いになって育ててくださった。肌着に真宗の仏説無量寿経（ぶちせちむりょうじゅきょう）に出てくる菩薩の名前がびっしり書いてあったそうよ」

「なるほど。ちょっと仏様を拝ませてもらっていいかな」

「いいでしょう。こっちよ」

お里は横手の階段をそっと登って行った。新八郎がそのあとに続く。登り切ったところから、手すりのある廊下を逆に戻った。お里が襖を開けた。八畳間である。奥に、仏となったお駒がいた。掛布団の端を持ち上げて一呼吸するぐらいの間、新八郎はお駒の死顔を眺めていたが、

「綺麗なものだ」

唸るようにいって掛布団をもとにもどした。

「まるで生きているみたいだ」

「そうなの。だから余計悲しくて」

お里が袖で眼許を拭う。

「あれは……？」

新八郎が部屋の隅へ顎をしゃくった。真新しい旅行李がふたつ積み重ねてある。

「お駒さんの遺品です。わたしたちが詰めました」

「行李はだれのものだい」

「むろん、お駒さんのものよ」

「この部屋で寝起きしていたのは？」

「お見世の給仕女が全員」

「すると四名か」

「そう」

「ありがとう」

新八郎は部屋を出た。廊下からは釜場を見下ろすことができる。同心間宮忠行の膝許も見える。膝の前には田舎饅頭が四個、縦一列に並べてあった。

「うむ、どうにもならん」

間宮が十手でいきなり田舎饅頭を叩いた。

「今朝から姿を消している職人の通称が元吉。だが、どう並べかえたとて、『い』と『は』と『ほ』と『と』は『げんきち』にはならぬ」

「なにをじれているんだい？」

新八郎はお里に小声で訊いた。

「お駒さんの下手人らしい人の名前が浮びあがっているんです」

お里が同じく小声で答えを返してきた。

「元吉という釜方職人が今朝からふっとどこかに消えちゃったの。お駒さんとはとても仲がよかった。それがこの数日、口もきかない、目もそらしてしまう、そういう不仲になってしまって……」

「いさかいでもしたのかな」

「たぶんね」

「もし……」

突然、新八郎が目の下の板の間へ声をかけた。十五、六の顔が一斉にこっちを向いた。

「この町内に住む羽倉新八郎と申す者ですがちょいと思いついたことをいわせていただいてもよろしゅうございましょうか」

「無礼な」

間宮が怒鳴った。

「口をききたければ下へ降りてこい。高い所から口をきくやつがいるか」

新八郎は階段をおりながら、

「人の名前は通称だけではございません。本名がある……」

「職人だぞ、相手は」

「職人でも、たとえば戯作本を書く趣味でもあれば戯号を用いましょうが。俳句をつくるときは俳号、なにか芸事に凝っていれば芸名……」

「あ、そういえば元吉さんは俳句に凝っていたわ」

新八郎の背後でお里が叫んだ。

「食休み(しょく)などによく短冊を構え、筆を舐めていましたよ」

「トウバイだ。東の梅と書いてトウバイ」

板の間から声があがった。

「東梅か……」

間宮は自分がついさっき叩き潰した四個の田舎饅頭をかき集めせわしく動かしはじめた。並べては首をひねり、また並べかえては溜息をつき、そんなことを四、五回繰り返しているうちに、

「わかった」

腰を浮かし、膝を立てた。そのとき新八郎はちょうど間宮の横へ来ていたので、覗き込むと、四個の田舎饅頭は、

ⓣⓗⓗⓘ

の順に並んでいた。

「お駒と元吉とは仲がよかった。奉公人の中には『あの二人、できてるよ』と噂するものさえおった。ところが数日前から二人の間の雲行きがおかしくなって、ついに前夜、激しいいさかいがあり、元吉はお駒を殺してしまった。おそらく元吉はお駒の首をしめてしまったのだろう。はっとわれにかえった元吉は……」

間宮はそのへんをのっしのっしと歩き回りながら滔々と述べ立てる。

「死体の隠し場所を探しはじめた。そのとき、そこの土間にお化け饅頭の置いてあるのに気づき、そのなかに隠そうと思いついた。腹を裂いて、まず田舎饅頭を掻き出す。

次にお駒をお化け饅頭に移そうとする。が、そのときお駒は息を吹き返し、元吉が下手人であることを知らせるために、あたりに散らばった田舎饅頭のなかから『い』と『は』と『ほ』と『と』と四個を拾い集めた。それも苦しい息の下で、だ。さぞや辛かったろう、苦しかったろう」

　奉公人たちの間から啜り泣きが洩れはじめた。

「鬼畜の如き元吉は、もう一度、お駒の首を絞め、お駒を内部（なか）に移し、皮をかぶせた。そうして、田舎饅頭を始末し、雲を霞と逐電した。これがこのたびの事件のあらましだ。泣くな、泣かずともよい。きっと元吉は捕えてみせる。ところで……」

　間宮は腰の矢立てを抜き、懐紙を左手にのせて、

「だれでもよい、元吉の人相を申してみい」

「お待ちください」

「また、おまえか。うるさい男だな」

「見事な推理でした」

「なにせこれが仕事だものな」

「殆ど完璧です」

「たしかにわれながらうまく筋道がついた」

「ただし、一点だけ不審なところがありますね」

「な、なに？」

「あなたは『そうして、田舎饅頭を始末し』と、すらりと申された。しかし、田舎饅頭は四千個もあったのです」

「承知しておる」

「元吉はこの四千個の田舎饅頭を、どこにどう始末したのでしょう」

「背負って逃げたかもしれん」

「一個三十匁もあるのですよ。四千個では百二十貫……」

「では捨てたのだ。この近くの肥溜、池、井戸、小川……、後ほど配下の小者に探させよう」

「その前に元吉としてはやるべきことがあった。南鐐入りの田舎饅頭五百個、これを四千個から選別することです。一晩かかりますよ」

「初手から南鐐は諦めていたのではないかな」

「南鐐二朱銀が五百あれば六十二両にはなるのですよ。逐電するには金が要る。いったい諦めるでしょうか」

「消えろッ」間宮が吠えた。

「つべこべとまことにうるさい」

「消えます。ただ、この事件の鍵は四千個の田舎饅頭にあるということはたしかです。四千個の饅頭がいったいどうなってしまったか。これが解けぬうちは、一件落着とはまいりませんな。わたしにはその四千個の行方がぼんやり見えてきている……」

「ならば申すがよい」

「下手人の見当もついてきた」

「もたせっぷりをせずに申せ」

「へっへっへ……」

新八郎は後退り（あとじさ）しながら、

「その前に一個所、たしかめておきたいところがある。すべてはそのときに明瞭になりましょう。はっきりしたらあなたをお訪ねしてなにもかも洗いざらい申し上げます。ま、そのときまで、あなたはあなたのなさりたいように吟味をなさればよい。ではいずれまた」

戸口まで下ったが、なにを思ったか、板の間の隅に積んであった木箱にかけ寄って、田舎饅頭を三、四個、鷲掴みにし、

「お里ちゃん、こいつのお代は出世払いだ」

袂に捩じ込んだ。

裏庭から大根畑に出た新八郎はしばらく、西を向いて日没を眺めていたが、そのうち、子どもが苦い薬を飲みおろすときによくするように大きくひとつ頷いて、夕陽を背負ってゆっくり歩き出した。やがて加賀様の弥生町側の通用門に出て、水戸様の中屋敷に沿って根津権現へ行き、門前町の飯屋でたっぷりと晩飯をしたためた。楊枝を咥えて戸外（そと）に出たときは日はとっぷりとくれていた。いつの間にか雲が厚くなっており、月も星もない闇夜だ。門前町から宮永町、宮永町から七軒町、突き当ったところで左に折れる。左側は寺ばかり、右手はずーっと越中富山十万石の松平出雲守様のお屋敷、お化けだって怖がって出そうにない淋しい道である。ふっと背筋に悪汗（わるあせ）が滲み出してきた。たしかにだれかが尾行（つけ）てくる。平山行蔵の実用流演武場へ通うのをやめてから、もう四年経（た）つ。十代の終り頃は、白樫の木刀を五百回振り、加えて居合二百本が日課だったが、それもやめてしまった。だいたい、居合をしようにも竹光だから話にならない。鞘の中身は書物に化けた。

（あれから喧嘩ひとつしていないし、これはかなり辛いことになるかもしれないな。しかし、尾行がつくとは思っていた通りだった）

そのとき、背中に殺気が迫った。ふわっと身体を沈ませながら左に動く。いつの間にか両手に藤むらの田舎饅頭を摑んでいた。黒い影がふたつ鉄くさい風を起しながら新八郎の左右を走り抜けた。左右の頬が焼火箸を当てられたようにひどく熱い。

（斬られたな）

あの鉄くさい風。相手の得物は匕首だろう。ふたつの黒い影が戻ってきた。斬るときに息を止めていようというのだろう、黒い影たちは四、五間で口を開け、息を吸い込んだ。思わず、

「おっ」

と両手が上から下へ動いた。黒い影たちがうううと空足を踏む。口を開けたところへ新八郎の投じた田舎饅頭が二個ともすっぽりと嵌ってしまったのだ。今だ！　脇差を抜いて黒い影たちへ突きかかる。脇差の中身はまだ書物に化けていない。

と、黒い影たちは二匹の黒猿に変化して、松平様の塀へとびついた。身が軽い。一匹はすでに塀の上を、しゃっくりしながら七軒町の方へかけて行く。新八郎は別の一匹の足に左手でしがみつき、渾身の力をこめて、下へ引き摺りおろした。

「だれに頼まれた」襟首摑んで詰問した。

「それよりいったい何者だ」

しゃっくりしか返ってこなかった。が、そこへ雲が切れたか折よく月の光。

「ふん、半纏を裏返しに着てやがる。柄模様、襟の文字を知られまいとして裏返しにしたのだな。ほう、加賀鳶か。どうりで身が軽いと思ったぜ。加賀鳶と判りゃ用はねえ。とっとと失せろ」

右足でひと蹴り蹴り上げて、不忍池の方角へ走り出した。

本郷三丁目の桑山喜内の家へ駆け込み、姉に頰傷の手当をしてもらうと、新八郎は義兄に、

「藤むらのお化け饅頭の中から若い女の死体が転がり出したという一件、ご存知でしょうね」と切り出した。義兄は太い頸を振って、

「うむ」

と答えた。

「定廻り同心の間宮という者を当らせておる。どうも、その女は藤むらの釜方職人に殺られたらしいな」

「全部嘘です」

「まさか」

「お駒という女は生きています。死んだ振りをしていただけですよ。つまり藤むらの全員が大芝居を打った……」

「まてまて。そう意気込むな。ひとつひとつ話してみなさい」

そこで新八郎はその日の七ツ下り玉造の湯へ棒手振の吉次が飛び込んで来たときから加賀鳶に襲われたところまでこまかく話し、

「すべてが嘘だと気づいたのは、お駒の、真新しい旅行李を見たときです」

こんどは自分の推理を述べた。

「いわばお駒は藤むらの娘同様、それが旅行李を買い入れていたのはなぜか。むろん旅に出るつもりだった。ではなぜ旅か。姿を隠すためです。殺され、火葬にされた女が藤むらに居たのではまずい。火葬にされたということにしてこっそり江戸を発ち、どこか遠い土地で別の人間となって暮す。これがお駒の考えていたことではないか。旅行李を見たときそう思いました」

「なぜそんなことをする必要があったのだろうな」

義兄の表情は兎の毛で突いたほども変っていない。同じ調子で静かに盃を口に運んでいる。

「そのへんのことはどう思うかな」

「むろん、藤むらを救うためです。捨て子の自分にやさしくしてくれた藤むら、そこを救おうと思った……」

「藤むらはなぜ救われなければならぬ？」

「お化け饅頭で御上から睨まれていたのではありませんか。九十両の饅頭など贅沢にもほどがある、三浦屋も三浦屋だが、それを引き受ける藤むらも不届千万。今年こそ咎めてやろう。そういう御上のご意向がおそらく加賀様あたりを経て藤むらの耳に入った……」

「それならよせばよい」

「そうは行きませんよ。お化け饅頭を江戸中が待ちかねているんですから。御上のお咎めをおそれて引っ込めましたでは、藤むらの器量がさがりますよ。器量がさがれば売行きもさがる。藤むらとしては塩瀬や鳥飼和泉の風下には死んでも立ちたくない。そこでお化け饅頭を今年かぎりで中止するためのうまい口実、そして同時に、長く江戸市民の間で語り継がれるような派手な終り方、このふたつを狙って、架空の殺しをでっちあげた。だいたい、元吉ひとりで四千個の饅頭の始末がつくはずはないんだ。『四千個の饅頭を男ひとりでは始末できない』、このことを考えているうちに『もともと饅頭なぞなかったのではないか』とふと思いついた。そう考えるとすべての辻褄が合う。四個の田舎饅頭が全部南鐐入り、またその四個による下手人のほのめかし、あんまり間尺が合いすぎる。でも、仕組まれた芝居なら間尺がいくら合ってもふしぎはない」

「見事だ。よくぞ解いた。しかしな、新八郎、根本のところが大違いだ」

「根本……？」

「これを仕組んだのは御上と加賀様だよ」

「………」

「近ごろの世の中、万事派手すぎる。そこで派手なことをすれば碌なことはないぞという、あれは見せしめだった。加賀様にとっては藤むらは金の生る木だ。これまで通り運上金を取り立てるには藤むらを潰してはならない、そうお思いになって、御上とお組みになったのさ。お駒と元吉は金沢で世帯を持つはず……」

「ではあの同心の間宮も……？」

「いや、あの男は何も知らん。わしが手を引けというまでその辺を嗅ぎ廻っているだろう」

「ひどい。まったくひどい」

「おまえも一切忘れるんだな。明日にでも藤むらへ行き、今日のことなど知らぬ振りして田舎饅頭を注文しなさい」

「いや、もう饅頭はこわい。羊羹にする」

新八郎、腹を立てて、立ちあがったが、折しもそこへ五ツ（午後八時）の鐘ボオーン、拍子木チョンチョンチョンチョンチョン。

（第一話で中断）

質草（しちぐさ）

浅草今戸の姉の家を出るときは、ただ冷めたいだけだった大川からの潮風が、柳橋では雪を含んで、槍の穂先よりも鋭く頬や耳たぶに突き刺さってきた。

「ちえっ、いやなもののお出ましだ」

空を睨みつけていた太吉の目の端に、通りの角で揺れている粟餅屋の長暖簾が見えた。ふかふかの粟餅と熱いお茶であったたまって行こう。太吉は即座にそう決めた。

「粟餅一皿。それから三十ばかり土産に持って帰りたいから、よろしくたのむよ」

土間と薄縁を敷いた板の間が半々の店の中、太吉は尻端折りの裾を引き下ろしながら板敷へ上がった。すぐ奥に大きな竈がある。亭主がさっそく薪の太いところを四、五本投げ込む。火床からぱっと火の粉が舞い上がり、それだけでも太吉はずいぶん暖くなったような気分である。

「これから新しいのを搗きますので、しばらく手間どりますよ」

手拭を姉様に冠った女が茶をくれた。

「待つよ。待つ間に雪がやむかもしれない」

「だとよろしいですね。では大忙しでかかりますから」

太吉は茶碗を両手で包み込むようにして持ち、ふうふうとありがたく啜りながら、往来を眺めた。雪の飛白模様の向うで、将棋の「歩」の駒が揺れている。「入ると金になる」の意の、質屋の判じ看板である。

「おれもしばらくは質屋のご厄介にならずにすみそうだ。ありがたいことだ」

太吉は日本橋大伝馬丁の板元、鱗形屋孫兵衛の筆耕職人である。彫師が彫りやすく読み手が読みやすい字で、たとえば作者先生の原稿を浄書するわけだ。浄書したものは桜材の板に貼りつけられ、彫師の小刀で刻まれることになるが、太吉は黄表紙の原稿を浄書しているうちに自分でも書いてみたくなった。五歳で、姉と二人、鱗形屋に拾われて走り使い十年、浄書職人七年、黄表紙に埋まって育ったような身の上、知らぬうちにそのいろはを身につけていたとみえて、なんの苦もなく、『閻魔大王現世夢』と題する処女作を書き上げた。閻魔様が血の池丁の餓鬼野という花魁に逆上せて家産を使い果し、地獄に居辛くなって娑婆へ出稼ぎに出る。骨を折って金を貯め、明日は地獄へ帰るという晩、追剝ぎ数人に虎の子をふんだくられ、ああどうしようと思った途端、目がさめて、一切は地獄庁で執筆中に見た仮寝の夢——という他愛のない筋書。職人仲間に読ませて得意がっているうちに主人の孫兵衛に知れた。大目玉を覚悟していると、案に相違して主人が、

「次の春に出るうちの黄表紙の中に、太吉の悪戯(いたずら)を混ぜておけ」

と云った。五年前の夏のことである。部数三百。例によって正月の売出し。桜の咲く頃までにどうにか捌(さば)けてまず可もなければ不可もない門出。その後、太吉は四編の黄表紙を出した。中でちょっと評判になったのは、去年の春の『金銀(きんぎん)先生午睡夢(ひるねのゆめ)』。煙草を販(ひさ)いで気楽に日を送っていた銀平という若者が、午睡の夢に浅草観音のお告げを得て待乳山聖天(まつちやましようでん)の境内に駈けつけ、悪者の手籠(てご)めにあおうとしていた大店(おおだな)の美しい一人娘を救う。娘を送り届けると、その父親が銀平の俠気と勇気を見込んで、持家の屋敷に出没する怪火の正体を見届けて貰いたいという。行って調べると、その怪火は床下深く埋蔵されていた金銀から発する光であった。父親はいよいよ銀平を信頼し、「娘と金銀とを一緒に貰ってほしい」と申し出る。「はて、これは夢のような幸運じゃ」と、銀平、こっそり頰をつねると、やはりそれやこれやすべてが夢、店先の机に涎(よだれ)を落しながら居眠りしているところだったというお話。六百部が十日で売切れた。

この正月に出した新作『見徳邯鄲枕(みるがとくかんたんのまくら)』も売れている。魚の行商人(ぼてふり)の若者が朝の町

で、ボロボロの古枕を拾った。持って帰ってその枕でひと眠り。やがて魚を担いで売りに行く。と、盥の中の鯛が黄金の置物に変っている。そこでそれを売って二千両の大金を得、その金で吉原や祇園で遊び、俳諧や素人狂言や能や茶に凝り、長崎で唐人に書道を学び、国内ですることが何もなくなり、ついに船を仕立てて中国へ渡ろうとするが、唐津港を出て三日後に大嵐にあい難破……。むろんこれも妙な枕をして眠ったために見た夢だったというおきまりの筋立である。

また夢の趣向で書いてしまいましたと、こわごわ差し出すと、主人は一読してからこう云った。

「吉原に祇園、俳諧に素人狂言、みんな、江戸の人間の夢だ。その夢を主人公が全部叶えてしまうのだから豪儀じゃないか。しかも人間の夢がすべて叶うというのも夢と最後に太い釘を一本刺している。うまく結構がとれているよ、夢野一睡先生。これは千部刷りましょう」

千部とは一流作家の刷り部数である。これが全部売れれば「千部振舞」といって、一晩、吉原でドンチャン騒ぎをさせてもらえる。その金主は当然、板元。このドンチャン騒ぎがつまりは原稿料というわけだ。ちなみに夢野一睡は太吉の筆名である。

「太吉の作物の芯になっているのはいつも夢だね。夢を骨組に話をつくるのは月並みで野暮の骨頂とされているが、構うことはない、夢でいくつ黄表紙がこしらえられるか、そこの勝負をかけてごらん。なあに黄表紙の三割は夢を趣向の種にしているのだ。ちっとも恥しいことはない」

　主人にこう励まされて太吉は夢野一睡という筆名を考えついたのであった。

　数日前、鱗形屋の職人長屋で、近近、開板の川柳本の浄書をしているところへ主人がやってきた。

「太吉、おまえの新作に羽根が生えたらしいぞ。桜の時分に千部振舞をしよう。吉原に蜀山人先生もお招きするつもりだ。あの先生とお近づきになっておけば生涯の宝になる。なにせ、あの先生の月旦がその年の百編前後の新作を名作と駄作とに分けてしまうのだからね。それからお栄は相変らず苦労をしているらしいな」

　太吉は頷いた。姉は長いこと鱗形屋の勝手で女中をしていたが、今戸の焼物職人に見初められて、ここから嫁に出て行った。だが、楽しかったはわずか半年、亭主が胸の病いで臥ってからは貧乏と看病に追われ放しである。

「お栄に持って行ってやれ」

　主人は板の間に鼻紙でひねったものをそっとおき、その横にもうひとつおひねりを添えて、こう云った。

「それからこれは作者先生へのお小遣い。太吉、来春の新作はいい絵師と組もうな。そのためには夏中に原稿が上がっていなければならんぞ」

どちらの鼻紙にも南鐐二朱判が四個包んであった。南鐐二朱判四個は二分。小間使いの給金なら半年分である。千部売れるとは、たしかに大したことなのだ。この調子で千部売れる黄表紙をあと十編ほど書き、そのうちの四、五編が再板、三板になれば、どこかの空家を買い、入口の柱に「手跡手習一睡堂」という看板を下げるのも夢ではない。板木のための筆耕は、好きな仕事であるが、細字ばかりで目を酷使する。三十までに足を洗わぬと、仕事場のお荷物に成り下がる。太吉はそうなるのがおそろしい。

ふと思いついて太吉は女に声をかけた。

「南鐐でしか持ち合せがないのだが、釣りはあるかしら」

女は火吹竹を唇にあてがったまま宙を睨み、

「ひとつ四文でございますから、一皿四つで十六文。お持ち帰りの分が三十で百二十文。しめて百三十六文になります」

それから立って、天上から吊り下げた銭入れの笊をのぞいて、

「……どうやら釣りはございます」

「それはよかった」

「余計なことをうかがうようですが、粟餅を三十もどうなさいますので……？」

「仕事場の朋輩衆への土産ですよ」

「朋輩思いでいらっしゃるんですね」

「搗き立ての粟餅を懐中に入れて歩くと温かい。懐炉がわりにしようという太い魂胆で……」

太吉の顔色がさっと変った。懐中が空なのだ。南鐐が四個入った財布がない。姉の家ではたしかにあった。これ、旦那が姉ちゃんへと云ってくださったんだ、たしかに渡しておくよ、そう云いながら、鼻紙でひねった南鐐四個を財布から抜き出して渡した。だからあのときはあったのである。その財布を懐中の奥深く仕舞ったこともおぼえている。すると今戸からここ柳橋の間で落したのか、あるいは掏られたか。そういえば、元鳥越の門前丁で遊び人風の男が突き当たってきて、

「おっと、ごめんよ。風と雪をよけようと下を向いて歩いていたのが悪かった。おたがいに怪我がなくて仕合せ仕合せ……」

一気に喋り立てながら司天台（幕府の天文台）の方へ行ったが、あいつが掏摸だったのだろうか。

「どうかなさいましたか」

女は火吹竹をおいて、水屋で臼を洗っている。

「お顔の色がよくありませんよ。どこかお加減でもわるいんですか」

「別に……」

答えながら太吉の目は向いの将棋の看板に行っている。「気が変ったよ。おいらのためにこさえた粟餅は他のお客にたべさせてやってちょうだい」と、とぼけた顔で剽軽を云い悠然と店を出る手がある。太吉は作中で登場人物たちにちょくちょくそういう剽軽をやらせるのだが、自分ではそれができない。この風、この雪、しかも間もなく日が暮れる、客が来なかったら、売れ残ってこの夫婦の損。気の毒である。財布を掏られていました、代金が払えませんと正直を貫く手もあるが、それでも夫婦が損をすることには変りはない。そこで太吉は質屋の判じ看板に目をつけた。質草は腰に差した京伝店の煙草入れ。

「向いの質屋で銭にかえてもらってきます。南鐐で粟餅を買うのは、やはり野暮というものだ」

そう云い置いて太吉は往来を真っ直に横切った。

間口二間の店の奥に帳場がある。その帳場で老人が書物をめくっていた。

「これで百三十六文、貸してください」

老人は太吉が差し出した質草をじろっと見て、

「その煙草入れは出回りすぎている。うちの蔵にも五、六十はあるぞ。とても質草にはならん」

と云った。

「百三十六文でいいんですが」

「だから質草にはならんといったばかりだろうが」

「京伝先生の落款(らっかん)があるんですよ」

煙草を吸わないのにこれを下げているのも、山東京伝の署名が入っているからだ。主人の孫兵衛の腰に下がっていたのを見つけて、拝まんばかりにして貰った宝物なのである。

「京伝は商売上手、朝から晩まで店先に陣取って、客の買い上げたものに筆を振っている。したがって落款入りも珍しくはない。せいぜい五十文だな」

老人の表情が急にけわしくなった。

「鱗形屋孫兵衛様とあるが、あんたはまさかあの有名な地本(じほん)問屋の主人ではあるまい。どうやってこんなものを持っているのだね」

質屋は町奉行所の出店(でみせ)でもある。怪しい質草を持ってくる者があれば十分に調べよ、という触れが回ってきていることはだれでも知っていた。そこで太吉は、

「孫兵衛は主人、京伝先生は私淑する師です」

とはっきり答えた。

「京伝先生のような作物が書きたいと願い、そこで主人にねだって、お守りにしているのです」

「すると作者志願かね」

「いや、すでに五編、上梓しております。筆名は夢野一睡、駆出し者ですから、まだ知られておりませんが……」

「夢の趣向の、あの作者があなたか」

「そうですが……」

「これはこれは」

老人は太吉に向って正座した。

「わしは夢野一睡先生の御作を愛読しておりますぞ。この春の『見徳郡鄲枕』はとりわけ結構でした。あなたの筆に導かれて、わしはしばらく人生の栄華を満喫いたしました」

思いがけない知己を得て太吉の方も目を丸くしているばかりである。

「……夢の趣向、あれはつよい。いかに話がひろがっても、じつは夢でした、の一行で、すべておさまるところへおさまってしまいます」

「月並みすぎませんか。どんなに知恵をしぼって趣向をめぐらせても、結局は、じつは夢でしたに辿りついてしまうのです。才能がないんです」

「人生は夢。この年になると、それがよくわかる。つまりあなたは人生の親骨を趣向にしておいでじゃ。月並みだなんてとんでもない。夢の趣向一本槍で押し通しなさい。夢の趣向、これを表看板になさい」

「夢の趣向が質草になるでしょうか」

太吉は思いついて云った。

「つまり、元金と利息を持ってきて請け出さないうちは、わたしは夢の趣向が使えない。どうでしょうか」

老人はしばらく考えていた。それから大きく頷いて、

「その質草、お預かりしますぞ」

と云った。

「断わったりしては、これまでなんのために黄表紙に親しんできたのかわからなくなります」

質札と百三十六文をもって粟餅屋へ引き返すと、ちょうど粟が蒸け上がったところ

だった。あとは半殺しに搗いて、餡を包めば出来あがりである。

十日ほどたったある昼下り、太吉が鶯の声を楽しみながら『唐詩選』を浄書しているところへ、主人の孫兵衛が音もなく入ってきた。お茶を淹れようとする太吉を、孫兵衛が制して石よりも重い声で云った。

「お栄に会ってきてはどうだ」

「姉とは、このあいだ会ったばかりですが」

「もう一度、顔を見せておあげ」

「どうしてですか」

「じつは、今日、仲間行事から呼び出されてな」

江戸の板元五十余人が江戸書物屋仲間というものを結成しているが、仲間行事はその世話役である。どんな書物も、まず稿本のうちに仲間行事の検閲を受けなければならない。お上の発令した出版条目に違反していないかどうかを仲間行事が点検するのである。これで検閲がすんだわけではない。書物が刷り上がったところで、その一冊に前に許可ずみの稿本を添えてもう一度、仲間行事に提出して行事改メをうける。これが通ってはじめて売弘めが許される。そのほかにも板元同士の争いごとをおさめるのもこの仲間行事である。

「……太吉は柳橋の伊勢屋という質屋に趣向とやらを質入れしなかったか」

「あ、百三十六文で、夢の趣向を預けました。ついでのときに出してきます」

「それが質屋仲間で評判になった。そして町奉行所、お上のお耳に入った」

「……いけなかったんでしょうか」

「物以外のもの、目に見えず手でも触れられないものを質草に取ってはいかんというお達しがあったらしい。物以外のものを担保にとってはいけないと、質屋仲間の行事がきつく叱られた。そこで伊勢屋は店仕舞いを命じられ、質屋仲間の行事が一人やめさせられた」

「……」

「江戸書物屋仲間へもお叱りが来た。黄表紙作者はとかく突飛なことばかり思いつき、世の慣行を乱しがちである。これも仲間行事たちの態度が甘く、ぬるいからである。そこで仲間行事たちはこの鱗形屋の家産を半分没収と決めた」

「無茶です。なんで旦那様がそんな罰をお受けにならなきゃならないんですか。それに、夢の趣向は、おれにとって命の次に大事なもの、侍の刀、板前の庖丁、芸者の三味線と同じです。刀や庖丁や三味線が質草になるのに、どうして趣向だけがいけないんですか」

「……太吉は所払いらしい」

「所払い？」

「江戸十里四方所払い。もう江戸には住めぬ。だからお栄に会ってこいと云ったのだ。しかし今日中に帰っておいで。お達しがあるのは明日。そのとき、留守にしていると、ますます罪が重くなるからな」

「人間の頭の中にあるものは、一切、値打がないと、お上はおっしゃるわけですか。だから質草にならないと、お上はおっしゃるんですか」

「太吉、もうなにもいうな」

孫兵衛はいつかのように太吉の膝許に鼻紙でひねったものをそっとおき、その横にもうひとつおひねりを添えた。

「ひとつはお栄に持って行ってやれ。もうひとつは太吉の路銀だ」

「旦那様……！」

太吉はたまらなくなって孫兵衛の手をとって何度も推し戴いた。孫兵衛は静かに頷きながらやさしく太吉の肩を叩いている。

「お客様。もしもし、お客様、餅ができました」

目を擦ってよく見ると、女が右手にふかふかの粟餅を盛った皿を掲げ、左手でやさしく太吉の肩を叩いていた。あわてて懐中を探る。財布はあった。太吉は片手で汗を拭いながら、皿を受け取った。外では雪がいっそうはげしくなり、将棋の駒の判じ看板も、もはや定かには見えぬ。

合牢者

一

四谷区若葉町下の自宅から四ッ谷署に引っ立てられたのは四月五日の朝で、そのときおれは縁側で新聞を読んでいる最中だった。巡査たちが踏み込んできたとき、ある記事を眺めながらくすくす笑っていた。

「警視庁巡査本部特務巡査部長矢飼純之助、貴様を強盗殺人未遂容疑で逮捕する」

といったようなことを四ッ谷署の巡査が声高に喋っているあいだも、おれのくすくす笑いはやまない。とうとう四ッ谷署の巡査がおれに訊いた。

「なにがおかしいのだ？」

巡査には強い茨城訛があった。

「いつまで笑っている気なんだ、図太いやつめ」

おれは、そこで、その新聞記事を読みあげてやった。

《……府下東多摩郡高円寺村千二百三十七番地安川弥吉の妻おみさ（二五）と言うは、性来大食自慢の女なるが、二、三日前、近隣の女房達と集りて桜餅の競食をなせしに、同村の町田おまつ（二三）と言うが三十余を食い、当日の筆頭と注されければ、会主おみさは躍起となり、我何条彼に劣らんやと帯を緩めて見る間に四十三個を食い尽し、尚も食わんと急き立つるを、人々漸く押し止めたるが、おみさは之がために病気をやり起しけん、ウン！　と一声叫びて尻居にドッと倒れて気絶したり。人々驚きて直ちに医師を迎えて治療せしが、最早事断れて帰らぬ旅へ赴きたりと》

茨城訛の巡査は途中でおれの手から新聞を奪い、部下たちにおれの両手を縛りあげるように命じた。

「自分が引っ立てられようとしているときに、そんな下らない記事に笑っていられるとはいい度胸だ。さあ、矢飼、署まで来い。署へ着くまでずうっとそのまま笑っていられるかどうか。もしもそれまでその顔から笑いが消えなかったら、そのときこそほめてやるがね」

縁側の騒ぎを聞きつけて、勝手から母が、庭から父が顔を出した。

「純之助、どうしたの」

　母は前掛けを外しながら茶の間へ出てきたが、おれが縛られているのを見て、そのまま絶句してしまった。

　父は庭から、ぽかんとした表情で、おれの顔と、縛り合わされたおれの両手とを、かわるがわる見つめている。

「ちょっと四ッ谷署まで行ってまいります」

　おれは出来るだけ明るく、さらりと言った。

「なあに、ほんの数日で戻って来ますよ」

「ふん、それはどうかな」

　茨城訛が顔に冷笑を泛(うか)べた。

「昨夜十時ごろ、四ッ谷区北伊賀町の質屋(しちや)井上卯兵衛方に賊が侵入した。賊は覆面の小柄でまるまっちい男。彼奴(きやつ)は家人に騒ぎ立てられて、何も奪(と)らずに逃走したが、そいつが貴様だったということは、こっちにはちゃんとわかっているのだぜ」

「この東京には百三十七万からの人間がいる」

　おれは茨城訛に向って言った。

「その百四十万のなかには、小柄でまるまっちい男など何千何百といるだろう。なのになぜその小柄でまるまっちい男がこのおれだとわかるのだ。与太(よた)もいい加減にしろ」

「それがわかるのさ」

茨城訛はにやりと笑った。

「その賊は現場に書物を一冊落したまま逃げて行きやがったのだ」

「なんという書物だ？」

「森田思軒の翻訳小説で『探偵ユーベル』という書物さ。刊行所は民友社。それでな、矢飼、この書物の扉には〝警視庁巡査本部勤務、矢飼純之助〟と持ち主の姓名が記入してあったんだぜ。空威張りの薄ら笑いはもうやめにしたらどうだ」

母がへたへたと蹲み込む姿が眼の端に入った。庭の方へちらっと眼をやると、父はうなだれて足許の草の新芽を毟っていた。

「……それはたぶんなにかの間違いだ」

おれは父や母に聞えるように大声をあげた。

「それに、巡査本部の机の引き出しに、おれはこのところずうっとその書物を入れっぱなしにしてある。だれかが盗み出したかもしれん。盗み出さないまでも、だれかが二、三日のつもりでこっそり持ち出したのかもしれん。そしてそれが人から人へと渡って……」

「そういう言いのがれも、気の毒だが通らないね」

茨城訛はおれの背中を二、三度強く小突いて、歩くようにと促した。

「昨夜八時半頃、貴様が巡査本部の机の上にその『探偵ユーベル』をひろげて読んでいるのを見た、という証言が今朝のうちにもうこっちには入っているんだぜ。その証言者はもうひとつべつの証言もしておいでになるのだ。矢飼はその書物を風呂敷に包んで小脇にはさみ部屋を出て帰途についた、とな。四ッ谷区北伊賀町の質屋井上卯兵衛方に押し入った賊がその書物を落して行ったのはそれから一時間後だ。つまり、その書物を現場に落すことのできたのは貴様以外にないというわけさ。まぁ、詳(くわ)しいことは署に行って取調べ担当の警察副使からきくことだな」

証言をしたのは上司の巡査副総長、粟野清徳だということは誰に聞くまでもなくおれにはわかっていた。鹿児島の士族出で人使いの荒い巡査副総長の、赤く酒焼けした顔を心に泛べながら、おれは引き立てられて玄関へ降りた。背後から、母の泣きじゃくる声が追ってきた。


　四ッ谷署の留置場でおれは五日過した。どんな訊問にもおれは首を横に振って通した。ひょっとしたら拷問(ごうもん)もあるかも知れぬ、と覚悟はしていたが、訊問はきびしかったものの、躰はべつに痛い目にあうこともなかった。おそらく巡査副総長が蔭から手をまわしてくれたのだろう。

とにかくひとことも喋らぬ上、首を横に振るだけなので、とうとう六日目に四ッ谷署の取調べ担当の警察副使が、

「これは相当にしぶとい。鍛冶橋まわしにする外はなさそうだ」

と向うのほうから音をあげてきた。

おれは、いよいよきたな、と思った。

東京には鍛冶橋と市ヶ谷と石川島の三カ所に監獄があり、監獄本署は鍛冶橋に置かれているが、この鍛冶橋監獄の一隅に、拘置所が設けてある。この鍛冶橋拘置所は脛に傷を持つ連中の恐怖の的だ。白を切って容易に泥を吐かぬ容疑者はすべてここに集められ、警視庁第二局第二課の猛者連によって徹底的に苛め抜かれる。度胸免許は平凡人の何層倍もある生れついての悪人もここでは十日と保たない。たいてい躰が参って反吐を吐き、吐きついでに罪状の方も白状してしまうのだ。

こんどこそ拷問の連続だろう。いったい自分は逆手ねじりや爪はがしに耐え切れるだろうか。そんなことを思いながら、七日目の朝、おれは護送馬車に揺られて、鍛冶橋監獄の門を潜った。

監獄は警視庁の管轄下にある。だから警視庁の人間であったおれには親戚の家のようなものだが、おれは巡査本部特務課の探偵係で市中をふらつきまわるのが仕事だったから、それまで鍛冶橋監獄を覗いたことはなかった。

はじめて内部を見て、なるほどこいつは監獄という名にふさわしい陰気なところだ、と思った。花曇の灰色の空の下に、黒く変色しかかった褐色の木造の建物がいくつも並んでいる。地面にはびっしりと石炭の燃えかすが敷きつめてあり、花どころか草一本生えていなかった。あちこちに点在する立木も、気のせいでそう見えるのか、葉がひどく少いように思われ、なんとなく肌寒い感じだった。周囲はぐるりと高い煉瓦の塀だが、煉瓦の赤い色だけが妙に鮮やかで、まるで血糊を塗りたくったようだった。

事務棟で、四ッ谷署からついて来た巡査から監獄の看守に引き渡され、綿密な身体検査のあと、水色のお仕着せをあてがわれ、その看守に連れられて拘置所へ行った。

それは小学校の雨天体操場のような造りで、中央に三和土の長い通路が一本通っていた。そしてこの通路の両側に格子牢がずらりと並んでいた。通路の途中にいくつか重くて頑丈そうな格子の戸があって、その格子戸にはいちいち大きな錠前が下っている。

通路の左右の格子牢の中には人の気配がしていた。が、通路も牢の中も黄昏時のように暗くて、どんな連中がいるのか見当もつかぬ。ただ声だけはしていた。

「よお、若いの、殺しでもやったのかい」

「殺しのやれそうな顔じゃなさそうだ。せいぜい公金横領罪か殴打創傷罪ってところだろう」

などと冷やかし半分に品定めをするやつもいる。

通路を奥へと進むにつれて鼻が捥げそうになってきた。臭気がひどいのである。その臭気がどんなものか、これはたとえ日本一流の文章家でも表現することは出来まい。「饐えた」という表現がかなり近いような気がするが、むろんこれだけでは正確とはいえぬ。汗の臭い、垢の臭い、糞尿の臭い、その他どぶ川や腐った魚の捨て場などでする臭いをひとつにまとめてそれをアンコにし、その上に「饐えた」という言葉を皮がわりにして包んだ悪臭の饅頭とでもいえば、すこしは実体に近づけたかもしれぬ。

「貴様はここに入るのだ」

通路の三分の二ぐらいのところで看守が不意に立ち止った。見ると、

『雑居房・参号』

と書いた木札が格子の上に打ちつけてあった。看守が鍵束をがちゃつかせながら潜り戸の錠を外した。

「縄付のまま中に入れ」

言われたとおりにおれは潜り戸をくぐった。ばたんと潜り戸がしまった。看守は戸に錠を下してから、格子の間から顔をつきだすようにして牢の奥へ声をかけた。

「おい、原田、原田源太郎。新入りの縄をほどいてやれ。ほどいた縄は格子の間から外へ出すこと……」

牢の奥の暗がりから背の高い男がひとり、おれのほうへ近づいてきた。色の白い、顔立ちのよく整った、おれと同年輩の男だ。額が広く、頭もよく切れそうである。

（こいつか、原田源太郎は……）

おれは心の中で呟いた。

（おれの標的はこいつか！）

二

その日、取調べのための呼び出しはなかった。そこで、それからのおれの仕事場になるはずの、牢の中を仔細に観察してすごした。

牢の広さは約十二畳ほどあるが、格子、すなわち通路に近いところは四畳分ほど板敷になっている。したがって琉球表の畳の敷いてあるのは八畳ぐらい。

板敷には蓋(ふた)つきの樽(たる)がひとつ置いてある。これは便器だった。小便のときはその蓋で前を、大便のときは臀部(でんぶ)を隠して用を足すのだ。

三方の壁は部厚い杉板で、窓はひとつもない。両隣りの房には人の気配がなかった。おそらく空房(あきぼう)なのだろう。

通路とは反対側の板壁にぴったりくっつけるようにして俎板(まないた)ほどの、小さな、粗末な机が四つ、等間隔に並んでいた。

最左端の小机が原田源太郎のもので、書物が四冊、きちんと重ねて置いてあった。何気ないふりを装ってそれらの書物の表題を窺(うかが)うと、次の如くであった。

内田魯庵(ろあん)　『文学一斑』
内田魯庵訳　『小説／罪と罰』上・下
勝海舟　『開国起源』

罪の確定した者の入る監獄とはちがって、拘置所は規則が比較的にゆるやかである。願い出れば衣類・寝具・糧食など（むろん自弁でだが）ある程度までは持ち込むことができる。書籍や筆紙も検閲さえ受ければ持ち込み可能だ。

（それにしても……）

とおれは思った。

（おれの標的はかなりの勉強家らしい）

最右端の机を占領しているのは、猫背の三十男だった。

（……こっちが堀内という職人だな）

おれは頭の中に仕舞い込んである覚帳の「堀内」という頁（ページ）を開いた。

それによると、堀内は三井呉服店（三越）の女子洋服の裁縫工だった。この男、腕はよかったが、かなりの呑（の）ん兵衛で、勤め先でしばしば酒の上の失敗をくりかえしていた。ところが数年前、三井呉服店では五名の仏蘭西（フランス）人のミシン裁縫女工を雇い入れ、それと前後して堀内はくびを言い渡された。

（おれの職を奪ったのは仏蘭西の裁縫女工だ）

堀内はそう思い込んだようだ。酒の勢いをかりて裁縫女工たちの宿舎に暴れ込み、二人に重傷、一人に軽傷を負わせてしまったのだが、これは外国が絡んでいるだけになかなか片が付かず、彼はこの雑居房・参号に足かけ三年も住んでいる。

「こいつは酒さえ飲まなければ実義実体の、まじめな、気のやさしい男だ。そう気にすることもないだろう」

と、おれの上司の巡査副総長がいっていたが、どうやらその通りらしい。

堀内は一日中、机に坐りっぱなしで、新聞紙で袋を貼っていた。おれがその素早く的確な手の動きをぼんやり眺めていると、彼は手ではあいかわらず素早く袋を貼りながら、顔だけこっちに向けて、

「あしかけ三年、朝から晩までこればっかりやっているんです」

と照れ臭そうに言った。

「馴れたせいか、一日に二、三千枚は貼りますよ。百五十枚貼って一銭になります」

「すると一日三千枚として、二十銭。月にしてざっと六円か。巡査の初任給とほぼ同じだ」

おれは感心してしまった。

「そんなに稼いでどうするんです?」

「年とったお袋がおりますんでね。そのお袋が飢え死にしねえようにせっせとやっているんでさ。暗いところで袋を貼ってお袋を喰わせる。あたしの人生はなんだか悪い駄洒落みたいなものですよ」

拘置所のなかでとくに申請して内職するのを請願作業というのだ、と堀内は袋を貼りながらおれに説明してくれた。

「稼げるうちに稼いでおかないとお袋が可哀相です。刑が確定すれば、監獄での稼ぎは、一銭残らずお上に吸い上げられてしまいますから、ほんとうにいまのうちですよ」

こう喋る間にも、堀内は五十、百と袋の山を着実に高くして行った。

おれは原田源太郎と最初から近づくのは不自然だから、この堀内の隣りの机を占領することにした。そして、原田源太郎に近づくきっかけを狙っていた。なにかひとこと、彼が口をきいたら、それを糸口に会話を重ね、そうしながら次第に仲よくなって、いつの間にか標的の胸に飛び込む。それがおれの任務なのだ。だが、原田源太郎は黙りこくったままその日一日を過した。

昼飯は麦飯とひじきの煮付、夕飯は同じく麦飯、それに鰺の干物と大根汁だった。飯の間、堀内はよく喋った。おれも調子を合わせて、外の世界でいま流行っているのは、一が電話の架設に二が自転車、三が婦人の肩掛けで四が雪駄だ、などと愛想よく座をとりもったが、原田は表情ひとつ動かさず、ただ黙っているだけだった。

ただ、夕飯のとき、ただひとこと、原田はおれにこう訊いた。

「君は何の容疑なのだい？」

「質屋を襲った強盗ではないか、という疑いをかけられているんですよ」

おれが答えると、原田はふうんとひとつ頷いて、また元の石のような表情に戻った。

「ところであなたは何の容疑です？」

おれが訊くと、原田は面倒くさそうに首を振ったきりで問いには答えず、ぽんと箸を置くと、壁ぎわの机の前に引っ込んでしまった。

拘置所の夜は灯りというものが一切ない。通路の両端の入口にランプが一個ずつぶらさがっているだけである。むろん、そのランプの灯りはおれたちの房にまでは届かない。布団にもぐり込みながら真の闇とはこのことだろう、とおれは思った。

隣りに横になっていた堀内がおれが何を考えているか察したのか、

「監獄のことをよく〝暗いところ〟などと言いますが、どうです、その言葉どおりに暗いでしょう」

と話しかけてきた。おれが、うむと言い返したとき、堀内の向うで原田が安らかな寝息を立てはじめた。

「……房では寝ることだけが楽しみなのです」

堀内がおれのほうへ躰を伸して囁いた。

「あなたとすこし話をしたい気もしますが、原田さんの寝つきの邪魔になるといけませんや。明日の朝まで口を閉じることにしましょうよ」

「ひとつだけ聞きたいことがある」

　おれは低い声で堀内に訊いた。

「……原田というやつのことをずいぶん気にしているようだが、彼はそんなに気難し屋なのかい？」

「気難し屋？」

　堀内は闇の中でちょっと考えているようだったが、やがて、こう答えてきた。

「そんなことはありませんよ。たしかに取っつき難く、愛想の〝あ〟の字もありませんが、いい人です。あたしは同じ房に半年も暮していますが、あの人が因で不愉快な思いをしたことはただの一度もありませんわ。いってみれば聖人ですね」

　巡査副総長の粟野清徳は、たしか前の夜、おれの標的である原田源太郎は『卑怯で』『人の生命を虫けらとも思わぬ男』、『人非人中の人非人』にして『打算と計算に凝りかたまった』『大悪徳漢だ』というような言葉をずいぶん並べたはずである。だが、半年間、同じ房に寐起きしている堀内は『聖人だ』という。いったいどちらが本当なのか。

　あくる朝からまた始まる標的との闘いに備えるために、原田と堀内との規則正しい寐息の音を聞くともなく聞きながら、おれはその一週間前のある夜のことを思いだしていた。

三

……その日、五分咲きの桜を眺めに出た沢山の人で賑う上野のお山へ、警備の応援に出かけていたおれは、途中から警視庁へ呼び戻された。

警視庁に帰着したのが午後六時。まっすぐに特務主任のところへ行ってみると、主任はにやにやしながら、

「巡査副総長がおまえをお呼びだ。どうやらおまえ、出世街道のとば口に立つことになりそうだぜ」

謎々みたいなことをいって、巡査副総長室の方へ顎をしゃくってみせた。

巡査副総長といえば、巡査本部では、本部長の巡査総長の次に権力のある人物である。おれたち巡査部長にとっては年に一度、新年祝賀会の席で遠くから顔を拝むのがせいぜいの、はるかに遠い存在のお人だった。

そのお偉方がこのおれになんの用だろうか。首を傾げながら、こわごわ巡査副総長室の漆塗の厚い木の扉を叩くと、

「入れ！」

と、中から野太い声がした。

内部（なか）へおずおずと躰を滑り込ませ、入口の傍に立っていると、しばらくの間、机上の書類に目を落していた副総長が、やがてきっとおれの方に目を据（す）えた。

「きみが矢飼純之助か？」

「はい。特務課の探偵掛であります」

答えつつ机の前まで進み出る。

「探偵掛の前にはどこに居た？」

「同じ特務課の、皇居掛をさせていただいておりました」

「その前は？」

「特務課・風俗掛であります」

「さらにその以前は？」

「赤坂葵町霊南坂の警官練習所の生徒でありました」

「ふむ。すると警官練習所に入所して今日まで何年になる？」

「はっ。……九年であります」

「九年で巡査部長か。出世が遅いな」

副総長はここで葉巻に火を点（つ）けた。

「矢飼くん、君は出世したいと思わないか」

いやなことを訊くやつだ、とおれはそのとき思ったものだ。こっちだって生身のからだだ。三度三度に餌を補わねば干上ってしまう。それにおれには年老いた両親がいる。その両親のためにも出世はしたい。つまりすこしでも多い月給が欲しい。おれの両親は月に一回寄席に行き、帰りに鰻を喰うのを無上の楽しみにしている。給料があがれば月一回を二回に殖してやることだってできるではないか。だが副総長のようにおれは鹿児島県人ではない。むろん山口県人でもなければ高知の出身でもない。薩長が最も嫌う東京士族の伜である。出世したくってもできるわけがない。

「きみは出世したいと思わないのか!」

副総長が灰皿を葉巻でこんこんと叩いた。

「……できればしたいと思います」

「できるさ」

副総長は事もなげに言った。

「巡査部長から巡査副長をひとつ飛び越して巡査長ぐらいにはなれる。給料はいまの二倍半にはなるだろうな」

そしたら両親の寄席通いを月三回ぐらいに殖してやれるぞ、とおれは思った。

「だが出世するためにはそれなりの仕事をせねばならん」

そんなことは百も承知だ。問題はその仕事の内容だ。おれに出来る仕事だったらいいのだが。

「去年の八月、麻布署の管内で質屋の女主人が殺される、という事件があった」

副総長はおれの方へ書類の綴をぽんと抛ってよこした。書類の表紙には『麻布一ノ橋質店〝有馬屋後家殺し〟事件』と達筆で書いてあった。

「くわしくはその書類を研究してもらえばわかるが、かいつまんでいえばこうだ。麻布一ノ橋に『有馬屋』というかなり大きな質屋があった。主人は一昨年に病死し、それからは奥さんのわかさんが番頭と力を合わせて店や家作を切りまわしていた。ところがそのわかさんが去年の八月十五日の夜、何者かによって短刀で胸を抉られ殺害された。現場検証や聞き込みによって容疑者は三日後に挙った。麻布署管内一ノ橋派出所の巡査原田源太郎というのが、その容疑者だ。まずこの原田には動機がある。原田は十三歳年上のわかさんにうまく取り入って、わかさんと躰の関係をつけた上、番頭も知らぬうちにいつの間にか彼女の養子になってしまっていた。戸籍もちゃんとそうなっている。つまり、わかさんの身にもしものことがあれば、有馬屋の身上はかまどの下の灰にいたるまで、原田のものになるというわけだ。しかも問題は入籍の月日が八月十三日ということだ。これはわかさんの殺害される二日前である。原田という若造はよほどのそそっかし屋にちがいない。なにしろ二日で殺してしまったのだからな」

おれもこの事件のことは知っていたが、副総長が気分よく喋っているようなので、口をはさむのは遠慮した。

「……原田はわかさんが殺害された夜も、この養母と同衾している。すなわち原田には彼女を殺そうと思えばいつでも殺すことができるわけだ。のっぴきならない動機があり、殺害の機会もある。こんな事件は事件と言うにも値いしない、すぐに片付くだろうと思ったのだが、これがじつは意外な難事件となった」

副総長はおれの目の前にある書類を指した。

「付箋のはさんであるところが、番頭の喜助の証言だ。さっと読んでみたまえ」

おれは番頭の喜助の証言を走り読みした。それは次のような内容を持つ証言であった。

《……ちょうど九時ごろでした。奥様の寝所のほうで叫び声がしたように思い、様子を見に参りますと、奥様の布団から起き上られる姿が障子に写っておりました。

『大丈夫でございますか。なにかあったのでございますか』

と廊下から声をかけますと、中から奥様の声で、

『べつに……』

というお答え。そして奥様はまた横におなりになりました。それと入れかわるようにしてすぐ、原田源太郎の立ちあがる影が障子に写りました。

『ぼくは帰りますよ』

原田の声がそう言いました。すると奥様がわたくしにこう申されました。

『喜助さん、派出所の近くまで原田さんをお送りして……』

わたくしは、

『はい』

とご返事申し上げますと、原田の、

『巡査が夜道を送られるなんて変なはなしだが、番頭さんの提灯でその辺まで足許を照らしてもらおうか』

という声がして、しばらくの間、障子に、原田が浴衣から制服に着かえる動作が写っておりました。やがて、障子が開いて原田が出てまいりましたので、そのまま派出所まで送りました。

派出所から店へ戻ってみますと、たいへんな騒ぎになっておりました。さるお得意さまから奥様に火急の使いがまいり、女中が奥様を呼びに行き、布団の上に奥様が朱に染まって仆れておいでになるのを見つけたのでございます……。わたくしが店を離れていた時間はほんの十分ほどでございました》

喜助の証言から目を挙げると、それを待っていたとでもいうように、副総長がおれに質問を浴びせかけてきた。

「その証言をきみはどう思う？　その前に言っておくが、第二局第二課のデカ君たちの調べたところでは、その喜助という番頭はすこぶるつきの正直者で、女主人思いの忠義者でもあるそうだ……」

「だとしたら、この原田源太郎は下手人ではない、ということになります。この証言が真実であれば、原田は女主人が生きているうちに店を出て、派出所まで喜助と一緒だったのですから……」

「その通りだ」

副総長は葉巻を灰皿にぎゅうっと押しつけて火を消した。

「喜助の証言を信ずる限り原田が下手人ということは有り得ない」

副総長は机の端を爪の先でこつこつと叩いた。

「……が、しかし、情況は、すべて下手人が原田であることを指し示している。そこで、きみに原田と合牢になってもらいたい」

副総長は立ち上って、おれの顔に酒焼けの赤い顔を寄せてきた。

「きみは鍛冶橋監獄の拘置所の、彼奴の房へ、べつのある事件の容疑者として入りこむのだ。そうして彼奴と無二の友となれ。そうなればこの事件はきれいに片がつくだろうと思う」

「つ、つまり、わたくしが原田から事件の核心についてあれこれ訊き出すわけですか？」

「そうだ。きみの出世は彼奴と親友になれるかどうかにかかっているわけだ」

「待ってください」

と、おれは言った。

「ど、どうも変です」

「なにが変だ？」

「たとえば、首尾よくわたくしが原田と親友になったとします。そして、原田が心を許してなにもかもわたくしに打ち明けたとします……」

「だから、それを第二局第二課の連中に耳打ちしてくれればいいのだ」

「それでは親友を裏切ることになります。……親友にならなくては打ち明けてはもらえない、親友になれば打ち明けられたことを他には洩らすことができない。どちらにしてもうまくいきませんが……」

「拘置所のなかで原田と親友になること、これがおまえの任務なのだよ」

副総長のおれを指して言う代名詞が『きみ』から『おまえ』に変った。これはよくない変り方だった。おれは黙って下を向いていた。

「それにおまえは今年の警官練習所の入所試験の倍率をしっているのかね。今年は六倍の高率だ。つまり言うなれば警官の志望者がめじろ押しなのだよ」

これは体のいい恫喝である。おれの頭のどこかに月一回の寄席通いを半年に一回に減らし、手持ち無沙汰に縁側で出がらしのお茶をすすっている両親の、小さなまるい背中が泛んだ。

「……やってみることにします」

おれは小さな声で言った。両親の、小さなまるい背中が消えた。

「しかし、どうやって鍛冶橋監獄の拘置所に入りますか？」

「今夜の十時、四ッ谷区北伊賀町の質屋井上卯兵衛方に押し入りたまえ。井上卯兵衛方のまわりに第二局第二課の猛者連を張り込ませておく」

「な、なんのために、ですか？」

「きみが井上卯兵衛方の使用人や近所の連中に捕まって袋叩きにあったりしては可哀相だからね、捕まりそうになったら連中が飛び出して、わいわい騒ぎ立て、きみをうまく逃がすようにする」

「……は、はあ」

「ただし、現場に押し込み強盗がきみであることが一目で判るようなものを残して行くことを忘れるな」

「……たとえば？」

「署名入りの本、警察手帳、なんでもよい」

「では、いま読んでいる『探偵ユーベル』という本に署名して持って行くことにします」

「よろしい。明日あたり、四ッ谷署の連中がきみを逮捕しに行くことだろう。だが、きみはすべてを否認する。そうすれば難事件だ、ということになって、きみは鍛冶橋送りだ」

「……はあ。とにかくやってみます」

「うむ。しっかりと頼む」

――こうしておれは、あの夜、第二局第二課の手をかりながら、井上卯兵衛方に押し入ったのだった。

耳を澄ますと、さっきまで口論をしたり、冗談を叩きあったりする声の上っていた向いの房やその隣りの房から、高低強弱さまざまの鼾(いびき)がきこえてくる。そして、その間を縫って気の早い蚊(か)の羽音がひとつ。

(……ここは夏になったらひどい蚊攻めにあいそうだ。その前までに、おれは標的と仲よくなりたいものだ)

そんなことを考えているうちに、やがておれも眠りの中に落ちて行った。

四

雑居房・参号へ来てから一週間たった。だが来たときと事情はなにひとつ変りはしなかった。原田源太郎は机の前に正座して書物を読み、おれはとりつく島もなくただそれを眺め、堀内はやたらに袋を貼りながら、看守の、

「雑居房・参号の何某、取調べのために出房すべし」

という呼び出しを待っているだけだった。

この一週間で、おれが原田と交した言葉は二十行にも足りぬ。

「……原田さんは熱心に勉強なさいますね」

「……」(黙殺)

「内田魯庵がお好きなんですか。わたしは魯庵は難しそうなので、あまり読んだことがありません。ただ、わたしがこんなことになるちょっと前、魯庵の書いた『文学者となる法』という論文が、新聞やなんかでだいぶ評判になっていたようです。論文のさわりの個所が新聞に抜粋されて載ってましたが、それが大体こんな調子で……。

文学者となり得る資格には、美少年で怠慢で無精で放浪癖があって無頓着で偏見・狭量で絶えず愚痴をこぼし、履歴に女があり、無学文盲を尊しとなし、あっさり万事を飲み込んで早合点するのが秘訣である。そのほか、なるべく人の目につくように心がけ、門戸を高くし城を造り、自分を大いに広告し、小党派をつくり表面は親密にして真心は決して明かさず、適当に居留守を使い嘘っぱちを並べたて、食って寝て起きて飲んで不平を訴え、自作の手前味噌を並べ、世間の悪口を叩き、おべんちゃらを使って調子を合わせ、富貴のときは兄弟の如く、貧賤のときは路人の如く他人を見るがよい。いずれにもせよ文学者というものは、バッタと比すれば『イバッタ』『ヨクバッタ』『ヘイツクバッタ』『イジバッタ』『フンバッタ』『ゲスバッタ』『シャチホコバッタ』『デシャバッタ』もので、白昼は躍り、半夜は歌うのを天職とし、草の葉に置く露を吸って空しく跳ねまわり、秋風とともに枯れゆく身の果てを知らない憐れなもの……。
……これだけしか憶えておりませんが、なかなか思い切ったことを言うお方のようですねえ」
「………」(黙殺)
「あのう、その『文学一斑』というのもやはり、いま申しあげた式の、おもしろおかしい調子で書いてあるのですか?」
「………」(まったき黙殺)
「いまお読みになっている『小説/罪と罰』という書物ですが、小説となればわたしにも読めそうです。ちょっと読ませていただけませんか、いつでも結構ですから……」
「………」(完全なる黙殺)
とまあこんな具合だった。
八日目の午前、おれに呼び出しがかかった。両手を前で縛られ、看守に引き立てられて、隣りの事務棟にある取調室へ行った。警視庁の第二局第二課の刑事たちが数人、手に竹刀を構えて待っていて、おれが内部に入ったとたん、四方八方から打ち込んできた。これには驚いた。縛り合わされた両手を頭上にかざし、顔面を護った。すると連中は背中や腹部を狙い出した。

おれはとうとう悲鳴をあげ、あげているうちにその場に昏倒してしまった。

気がつくとおれの前に副総長が立っていた。

「……副総長、これだけは申し上げておきますが、わたしは副総長の命をうけて質屋に押し入ったのです。どんな訊問にも無言で通せとあなたがおっしゃるからその通りにしたのです」

おれは吐き気がするのを必死でこらえた。

「なのにこれではあまりひどいではないでしょうか……」

「これも手なのだ」

副総長は床にのびているおれの上で、葉巻の灰をぽんぽんと払った。

「これだけ痛めつけられれば、拘置所の連中も、まさかおまえがこっちの犬だとは思うまい。ところで彼奴の様子はどうだ？」

「まったくとりつく島がありません」

おれの顔の上にまた葉巻の灰が降ってきた。

「この一週間、おまえはなにをしていたのだ！」

「懸命につとめたつもりです。だが、だめでした。とにかく何を言っても返事ひとつしてくれないのです」

「……ふうむ。どうもおまえと彼奴をぺたりと貼る糊が要るようだな」

副総長はおれの傍に蹲み込んだ。

「ほかになにか言いたいことはないか？」

「べつに。ただ……」

「ただ、なんだ？」

「部下のどなたかに、内田魯庵という文学者の書物を読ませておいてください。とくに『文学一斑』と『小説／罪と罰』という書物を……」

「その書物がどうかしたのか？」

「とりわけどうということもないのですが、ちょっと気になりますので……」

「なんだか知らんが、だれかに読ませておこう」

ここで副総長はどういうわけかにやりと笑った。

「これからおまえに、一週間、無為に過した罰を加える。それにおまえが犬だと見破られないための細工をより完璧にするためにも、これは必要なことなのだよ」

副総長は葉巻の火を、おれの手の甲にぐいぐいと押しつけて消した。おれはまた気を失った。

気がつくと、おれは雑居房・参号の隅にしいた布団の上に横になっていた。気を失ったまま運び込まれたらしい。

「……ずいぶんひどいことをする」

おれの額の濡れ手拭を、飲料水を入れてある桶でしぼり直しているのは原田源太郎だった。

「むろん、疑われるようなことを仕出かしているおれたちも悪いのだが……」

「……どうも」

と、おれは原田に向ってゆっくりと顔を振った。原田は答えなかったが、目の奥にかすかに、柔かな光があった。

堀内が布団の裾のほうに坐って、おれの足を丁寧に濡れ手拭で拭いてくれていた。

「矢飼さん、竹刀の跡が全部で十七もありましたぜ」

堀内の口調にもいままでにない親密な感情が籠っていた。癪なことだが、副総長の仕掛けが見事に功を奏したようだった。

この次の日、原田が取調室に呼び出された。四時間ほど経ってから、原田は看守の肩に躰を預けるようにして通路を戻ってきた。両足はだらりとなって、まるでボロ布のようだった。

布団を敷き、その上に原田を寝かせたが、彼の足を一目見て、堀内もおれも思わず目を擦った。原田の股は左右とも腫れ上って酒樽のようになっていた。

原田はその日の午後、ただうんうん唸ってばかりいた。

夕方になって看守が縄つきの男を引っ立ててやって来、おれたちの房の前に足をとめた。

「おい、堀内、新入りが来たぞ」

看守は大声で怒鳴って、その男を潜り戸に押し込んだ。

「縄をほどいてやれ。ほどいた縄は格子の間から通路へ投げて寄越せ！」

原田の額に載せる濡れ手拭をしぼりながら、おれはその男をそれとなく観察していた。

年恰好は三十一、二。背丈はおれとちょぼちょぼだが、肩や腕や股に見事な筋肉がついていた。顔つきはいわゆる険相というやつで、なんとなくしっこそうな眼付をしている。眉毛の間隔がひどく狭く、その上方に、些細なことにもすぐ青筋が立ちそうな狭い額があった。唇が薄いのも不気味である。

男は房の中央にどしんと勢いよく腰をおろし、おれたち三人の顔をひとわたり見渡してから、

「ふん、どいつもこいつも陰気なしゃっ面をしてやがる」

と、聞えよがしに呟いた。

愛想のいい堀内が、

「あなたは何の容疑です？」

と訊いた。

男は畳に爪を立て、イグサを二、三本毟りとり、一番長いやつを楊枝がわりに口に銜えた。

「婦女強姦てえやつでひとまずしょっ引かれてきたのよ。だが婦女強姦てのは警察の表向きの口実、去年の暮から今年の春にかけて三件ばかり立て続けに起った娘殺しの下手人が、このおれじゃねえかと勘ぐっているようなのさ」

「……で、どうなんです？」

「なにが？」

「その三件の娘殺しはあなたのお仕事で？」

「馬鹿じゃあねえのか、おめえは」

怒鳴るよりも早く男の左の手が堀内の右頰に飛んでいた。ずいぶん年期の入った平手打と見えて、堀内の躰が三尺ほども吹っ飛んだ。

「奴等にも白状(げろ)しねえことを、なんでおめえに白状(げろ)しなきゃあならねえんだ？」

堀内はその剣幕にすっかり恐れ入ってしまい、机の前に戻って袋貼りをはじめた。

「ああ、いやな房へ入れられちまったもんだぜ」

ごろりと躰を横にし、男は肘枕(ひじまくら)をする。彼のしつっこそうな眼は、おれや原田の方を向いていた。これはちょっとばかり絡まれそうだな、とおれは思いながら、濡れ手拭をしぼり続けていた。

「おう、そこの病人、すこし五月蠅(うるせ)えぞ」

男は口に銜えていたイグサの茎(くき)をぷっと吹きだした。

「四つ五つの餓鬼(がき)じゃあるめえし、すこしぐらい痛めつけられたからってそううんうん唸るんじゃねえや」

男は肘枕をしたまま、獲物を狙う蛇のように、ゆっくりとおれたちの方へ躰をずらしてきた。

「……その桶はなんだ？」

男の足が、盥(たらい)がわりにおれが使っていた飲料水用の桶を軽くゆすった。

「飲み水を入れておく桶です」

「飲み水用の桶で汚え手拭をゆすいでいいのかい？」

「よくはない。しかし、これはみんなが納得していることで……」

「みんな？　みんなというのは誰と誰のことだい？」

「つまり、この房に居る者のことです」

「するとおれもこの房に居る者のうちのひとりだが、おれは納得しちゃいねえよ」

男はついにおれの言葉尻をつかまえたようである。

「おれゃァ、水が飲みてえ。だが、その水が泥水みてえに汚れちまっている。さあ、どうしてくれる？」

「看守さんに頼んで取りかえてもらいますよ」

「いや、おれはいますぐに飲みてえのさ」

「いいがかりをつけるのはもういい加減にしてください」

おれは思わず硬い口調になった。

「ねちねち絡まないでほしい」

「おっ、こいつはおれが悪かった」

意外なことに男が畳に両手をついた。

「まことに申しわけねえ」

男は桶を両手で持ち上げた。

「この水をこのまま戴かせてもらいます」

男は桶の縁に口をつけた。が、ふっと思いとどまって、

「……新入りのこのおれがまっさきにお水をいただいちゃ申し訳がねえ。まず、手はじめに、うんうん唸っておいでの病人さんから口をつけていただきましょう」

いきなり原田の顔に桶の水をぶちまけた。

おれは許せないと思った。男はどうやら喧嘩の専門家らしい。こっちが負けるに決っている。だが、これはこのままにしてはおけない。おれは男にとびかかっていった。おれと男は畳から板敷の上へごろごろ転がった。すると驚いたことに、男は転がりながら、おれの耳に早口でこう囁いたのだ。

「矢飼さん、二、三回揉み合ってから立ち上ってください。そしてすぐに足払いを掛けるんです。いいですか」

なにがなんだか、なにがどうなっているのか、わからなくなってしまい、おれは男に言われた通りにした。男は見事に吹っ飛んだ。いや、正確には自分から吹っ飛んでくれた、といった方がよいかもしれぬ。

「こら！　房内で喧嘩をしてはいかん！」

板敷の鳴るのが看守室まで届いたのだろう、看守たちが駈けてきた。

「雑居房・参号に収容中の者は全員、今日の夕食を停止するッ！」

床を見下すと、足許に男が倒れている。

格子にぶっつけたのだろう、男の額がぱっくりと割れていた。おれの右足は男の血で赤く染まっていた。足を持ち上げようとすると、足の裏で血が粘った。

「おまえと彼奴を貼り合わせる糊のようなものが要るな」

と言っていた副総長の顔が眼の前に現われ、にやりと笑って消えた。彼の言っていた糊とはこの男のことだったのか！

振り返ると、ずぶ濡れの原田が房の隅から凝とおれを見つめている。彼の視線は春の陽光のようにあたたかく、眩しかった。

五

男は看守たちの手で拘置所の入口のすぐ横にある溜りに移された。溜りとは病室のことである。おそらく男はそのうちに姿を消すことになるだろう。おれと原田とを結びつけることに見事に成功した以上、もう拘置所にとどまっている必要はないのだ。

男との一件から数日たったある午前、机に向って勝海舟の『開国起源』の頁をめくっていた原田が、突然、ぱたんと勢いよく書物を閉じた。

堀内の袋貼りを手伝っていたおれは、その勢いにすこし愕いて、

「どうしたんです?」

と、訊いた。

すこし前までなら、そんな質問をしても黙殺されるのがオチだった。が、もういまはちがう。

「腹が立つんです」

と、素直に答える。

「なにに対して、ですか?」

なおも訊くと、原田は『開国起源』をぽんとおれの方へ抛って、

「きみは勝海舟という人物をどう思う?」

と、逆に訊き返してきた。

「大嫌いだ」

おれはその書物を爪で弾いた。

「伯爵にして従三位、枢密顧問官で元老院議員と、幕臣にしては空おそろしいような

出世ぶりだが、あんな法螺(ほら)吹きはいない」

「どんなところが法螺吹きなんです……？」

それはじつに嬉しい、というような表情をして原田は先を促した。

「たとえば咸臨丸(かんりんまる)だ。あの人は氷川(ひかわ)町の邸に取巻き連を集めて、自分がいなければ咸臨丸の太平洋横断の壮挙はなかったろう、なんて言っているらしいけど、じつは彼、行きはほとんど船室で寐ていたらしいぜ」

「それどころか、途中でときどき癇癪(かんしゃく)玉を破裂させ、日本へ帰るからバッテラをおろせ、なんて無理を言い、同乗の亜米利加(アメリカ)船員を悩ませていたそうだ」

原田がうきうきしながら註釈(ちゅうしゃく)をつけ加え、

「で、ほかには？」

と、また先を促す。

「次は江戸城明け渡し、これもあの人が吹いているほどの大事業ではなかった、と思う」

「その理由は？」

「徳川家には官軍と闘う力がなかった。これが理由のすべてさ。たとえばおれがやっても、きみがやっても、無血開城のほか術(すべ)はなしだったろう。なのにあの人は、おれがやったから成功したのだ、おれがいなかったらひどいことになっていたろう、と、おれがおれがの大押売りのおれおれ大会。氷川町の大法螺吹きという異名も立つわけさ」

「まったく同感だ」

原田がにこにこしながら何度も相槌(あいづち)を打った。

「どうしてあの人の書いたものが売れ、しかもあんなに人気があるんだろうねえ」

「インチキくさいものの方がホンモノよりも人の口には入りやすいんだ」

おれはすこし昂奮してくる。氷川町の法螺吹き爺について云々(うんぬん)しはじめると、おれはいつだって昂奮してしまうのだ。

「ほんとうに何がインチキだといったって、あの人ほどのインチキはないんだ。あの人はおれは江戸っ子だ、だから腹はきれいだ、と口癖のように言う。だけど、あの人の親父さんのおじいさんは越後の百姓だろう?」

「でも三代江戸に住んでいるんだから、そのことについてはまあ許せる」

原田はおれの話を途中からとって、

「だが、どうしてもわからないのはご一新の後の、あの人の生き方だ」

と、熱っぽい口調になった。

「ご一新後、数万に及ぶ徳川家の家臣たちが、官位と邸を召し上げられ、路頭にほうり出された。首を吊るものがあり、乞食にまで落ちぶれるものがあり、娘を曖昧宿に叩き売ってようやく糊口をしのぐものあり、そのほとんどが辛い目にあった。たとえばおれの親父は、ご一新前はちょいとした御家人だったが、明治になってからは巷を流して歩く声色屋にまで落ちぶれ、最後は頭がおかしくなって狂い死をしてしまった。もちろん、これも時の流れだから仕方がない。だれを恨むつもりもない。ただ、こういったことのきっかけをこしらえた張本人のあの人が大出世していけしゃあしゃあ、おまけに脳天気な法螺を吹いて世の中を渡っていることができるというのは、いったいどういう神経なんだろう」

「きみも貧乏御家人の伜だったのか」

おれは思わず原田の手をしっかりと握りしめていた。

「道理で氷川町の法螺吹き爺さんを酷評すると思った」

「するときみも御家人の……？」

「うん」

おれは大きくひとつ頷いた。

「三十俵五人扶持という微禄御家人の長男なんだ。親父はご一新後、おでん屋に商売替えをしてね、まあ、お袋がしっかり者だったから、なんとか首も吊らずにここまで生きてこられたけれども……」

……つまり、原田とおれとは双生児のようにすべてが似ていた。ともに御家人の伜で、ともに上野の戦争に間に合わなかった口で、ともに出世の糸口を警察官に求めて、ともに薩長出身の上司にこきつかわれているというわけだった。

これでおれは原田と友だちになれたな、と思った。そしておれは原田が麻布一ノ橋の質屋の後家殺しの下手人であろうがなかろうが、もうどうでもいい、とも思った。たとえ、原田が後家殺しの真相を打ち明けてくれたとしても、おれはそれを上司の副総長に報告したりはしないだろう。御家人の伜が同じ御家人の伜をどうして裏切ったりするものか。

また数日経った。珍しく堀内が看守に呼び出されて取調室へ出かけて行った。

「矢飼、じつは話しておきたいことがある」

堀内が出て行くとすぐ、原田が変に改まった口吻でこう切り出した。

「おれがどういう容疑でこんなところに叩き込まれているのか、きみは知っているか？」

一瞬、おれは息が詰った。原田が、おれが犬であることを見破ったのかも知れぬ、と思ったからだ。

「……だ、だ、だいたいのことは、知っている」

おれはひどく吃った。

「だが、そ、そんなことはどうでもいいじゃないか」

「いや、きみには本当のことを言っておきたいんだ。真実を打ち明けることによって、きみとの心の繋りがより強くなれば、おれは嬉しい……」

考えてみれば皮肉なはなしである。真実を聞き出したかったとき、彼は口もきいてはくれなかった。そして、真実などどうでもよくなってしまったいま、彼はそれを聞いてほしい、という。

「……有馬屋の後家を殺したのはおれだ」

原田は低い声でゆっくりと言った。

「有馬屋の後家は悪辣な女だった。客の持ち込む品物は徹底的に叩いて雀の涙ほどの金しか貸さない。流すときは情容赦もなく流してしまう。あの女は家作もずいぶん持っていた。が、一日も家賃を待ってやったことはないのだ。一日待ってもらえれば家賃を払えますから、と嘆願する貧乏な人たちをあの女はびしびし追い出した。そんなにまで貧乏人を泣かせて貯めた金を彼女はどうしたか。どうもしない、銀行に積んで通帳をただにやにやして眺めているだけさ。二年ばかり前、おれは書物を買う金に困って、官給の外套を質に入れたことがある。期限が近づいたので金を工面して外套を出しに行くと、あの女は『あたしの言うことをきいてくれなきゃ、官給品を質入れしたことを署長さんに言いつけるわよ』と脅してきた。あのころのおれは出世第一だったから、目をつぶってあの女とひとつ布団に寝た。それがそもそもの、醜いなれそめだったのさ」

相槌を打てるような話ではない。おれはただ黙って耳を貸していた。

「……女の持っている金を、自分のために、そしてまた世の中のために、自由に使うことができたらどんなにいいだろう。おれはそのうちにこう考えるようになった。そんなときに、おれは内田魯庵訳の『小説／罪と罰』を読んだんだ。この小説の主人公は、醜く世の中の役にも立たぬ虫けらのような老婆が死金を持ち、若くて世の中の役に立ちたいと望んでいる若者に金がないのは、不合理だ、と考えている。そして彼は金貸しの老婆を殺してその不合理を合理に改めようとする。おれはこの考え方に共鳴した。この主人公のように生きたいと思った。そこで、このおれを養子に引きとれば、昼も夜も一緒に居れるから、とあの女をそそのかして入籍させ、それから殺したのだ。おれがどんな拷問にも耐えて『自分は有馬屋の後家を殺したりはしていません』と言い張り続けることのできるのは、つまり自分は毫も間違ったことはしていない、という自信があるからさ」

「……あの夜、きみが有馬屋を出たとき、女主人は生きていた、という正直者の番頭の証言があったはずだ」

おれはようやっとのことで重く堅い唇をこじ開けた。

「あの証言があるかぎり、きみは下手人ではない。あの証言があるかぎり、きみはだれも殺してはいないのだ。もう口を閉じたほうがいい。そして、こういうことを他人にあまり口外しないほうがいいぜ」

「わかっている」

原田は首を大きく縦に振った。

「それにこのことを話すのは、きみが最初で、かつまた最後だ。ところで番頭の証言だが、彼はじつは死人の声を聞き、死人が動くのを見たのだ」

おれは両の耳にしっかりと栓をしたかった。しかし、金縛りにでもなったように躰がぴくとも動かぬ。

「おれはあの女の胸に、店で見つけておいた短刀を突き立てた。女はひゅーっと笛の音のような悲鳴をひとつあげて、息が絶えた。間もなく、その悲鳴を聞きつけて番頭が飛んできた。そこでおれは女の躰を抱き上げる。障子に女の影が写った……」

「番頭はその影を見たのか」

「そうさ。しかもおれは女の声色を使った」

そういえば原田の父親は、ご一新後、声色屋をしていたはずである。声色の技術はそのときに仕込んだのだろう。

「……影と声で番頭は女主人が死んでいるなどとは夢にも思わず、おれを派出所まで送ってきた。これでおれの話はすべて済んだ」

通路に雑役夫の姿があらわれた。雑役夫は両腕に木製の弁当箱をいくつも抱え込んでいる。そろそろお昼どきらしかった。

六

数日経ったある朝、通路で看守がおれの名前を呼び上げ、取調べたいことがあるからすぐ出房するように、と告げた。

取調室に入って行くと、副総長が葉巻を持った手を挙げて、

「やあ」

と、声をかけてきた。尊大な態度が売物の副総長にしては、珍しい動作である。

「わしの送り込んだ糊の効き目はどうだった？」

「糊、といいますと？」

「入房するとすぐきみや原田に喧嘩を売った男がいたろう？　きみと原田とを貼りつけ、親密な間柄にするために、わしが送り込んだのだが……」

「ああ、あれはやはり……？」

「うむ」

副総長は満足そうに頷いて、

「あの男の打った大芝居のおかげで、だいぶ仲よくなっただろう？」

と、おれに向ってまた葉巻を振ってみせた。

「あまり香しくはありません」

おれは嘘で逃げることに決めた。

「あの原田という奴はまるで石ころみたいな男です。万力で口をこじあけるほかはなさそうで……」

副総長が凄い剣幕で机を叩いた。

「おまえ如きに舐められるほど、わしは甘くはない！」

葉巻が床の上に転がって、一条の紫の糸を紡ぎ出していた。机を叩いた拍子に床に飛んだのだ。副総長はおれの顔を睨（にら）みつけながら葉巻の火を踏み消した。

「この間、おまえたちの房の堀内をわざと外へ呼び出した。むろん、おまえたちの様子を見るために、だ。おまえと原田は二時間近くも、額を寄せ合ってひそひそ声で話し合っていたというではないか。看守や雑役夫がそう報告してきたのだ」

うかつに口を開いてはならぬ、とおれは思った。うっかりしていると、原田を売ることになってしまう。

「あの二時間、おまえたちはいったい何を喋っていたのだ？」

「……勝海舟先生の悪口をしあっていました」

「たしかか？」

「はい、誓ってたしかです」

「一分前には原田は石のように無口だと言い、その口も乾かぬうちに今度は、その石のように無口な男と勝海舟の悪口を言っていた、とほざく。どっちが本当なのだ？」

「……」

「それともやはり友情は裏切れないか？」

「友情などまだ二人の間には……」

「いや、すでにある」

副総長は新しい葉巻に火を点け、ゆっくりと天井に向って煙を吹き出した。彼の酒焼け顔には微笑が泛んでいる。

「友情を大切に思う気持は尊い。友情をわきまえぬ男など豚だ、いや豚以下だといっていい」

副総長はおれの方を向いた。

「ところで矢飼、おまえはすでに豚以下だ」

「な、なぜです？」

「おまえはとっくに原田を売ってしまっている。おまえはすでに彼を裏切ってしまった」

副総長は、机上の黒皮鞄（かばん）から書物を二冊抜き出した。どこかでたしかにお目にかかったことのある書物である。よく見るとお目にかかったも道理、それは原田の机にいつも載っている、例の上下二冊の『小説／罪と罰』だった。

「この間、おまえはたしか、部下のだれかにこの小説と『文学一斑』という論文集を読ませておいてほしい、と言ったはずだが、憶えているか？」

「……憶えています」

「そこでわしは自分で読んでみた。読み終えた瞬間、わしは有馬屋の後家殺しは原田でなければならぬと信じた。おまえを豚以下だ、と言った意味はじつはそこにある」

おれはただ蒼ざめて立っているだけだった。

副総長はおれの顔を眺めてしばらくにやにやしていたが、またも黒皮鞄に手を差し入れて、こんどは三通の封筒を取り出した。

「矢飼くん……」

副総長は急に猫撫で声になった。

「この三通の封筒をよく見ておくんだ。いいかね、一通はきみの襲った四ッ谷の質屋井上卯兵衛からの『被害届』だ。金時計二個、写真機一台が四月四日の夜にたしかに盗まれました、と認めてある」

「ま、まってください」

おれは机に向って突進した。

「わたしがただ押し入っただけだというのはあなたが一番よくご存知のはずです！」

副総長はおれには構わず二通目の封筒をひらひらと振って、

「この一通はきみの家を家宅捜索した四ッ谷署員によって書かれたものだ。内容は、さっきの『被害届』とよく似ている。きみの家の庭の東隅を掘ったところ、壺が一個発見され、その壺の中には、金時計二個と写真機一台が入っていた……、こんなことが書いてある」

「嘘だ！」

　おれは叫び声をあげた。

「でっち上げだ！」

「そう騒ぎ立ててはいかん」

　副総長は三通目の封筒をおれの鼻の先にかざした。

「この封筒の中身を知りたくはないか。知ったら騒ぎ立てたことが恥かしくなるよ。いいか、これはわしが庶務掛に書かせた辞令だ。内容はこうだ。……矢飼純之助、右の者、勤務成績抜群なり。よって巡査長に昇格、月額六十円を給す……」

　副総長は三通の封筒を机の上に並べ、おれの顔を覗き込むようにして囁いた。

「きみの仕事は犬。犬なら犬に徹することだ。さてこの三通を破り捨てようが、大切に懐中に仕舞おうが、どうしようが一切きみの自由だ。どうするかね？」

　おれは長い間三通の茶封筒を睨みつけていた。額にも腋の下にも掌にもじっとりと脂汗、そのうちに三通の封筒がぐるぐると廻り出した。その渦巻の中に、両親の小さな背中や原田の顔が現われ、そして消えて行った。おれは怖くなってきた。なんとかしてその渦巻を停めなくては、と思った。でないと渦巻の中に自分が吸い込まれてしまう。

おれの両手は手首のところを合せて縛られていた。それで両の掌だけをいっぱいにひろげ、それで渦巻を押えた。

ぴたりと渦巻は静止し、静止したとたん、それは三通の封筒に戻っていた。おれの両の掌は左端の封筒を押えている。

「うむ、よくそれをとってくれた」

と、副総長が言った。

「それは昇格の辞令だ」

――すべてを副総長に話し終えてから、ふと気のついたことがあって、おれは彼に訊いた。

「……なぜこんなに熱心なんです？　部下に卑劣な犬の真似までさせて、なぜこの事件の謎を解こうとなさるんです？」

「鹿児島県出身の現大臣と、あの有馬屋の後家は、遠い親戚でねえ」

副総長は他の二通の封筒の中から、それぞれの中身を引き出しながら言った。

「大臣の遠縁が殺害されたというのにいつまでも迷宮入りにしておくわけには行かぬ

のさ。わしの立場がないではないか」

　副総長の引き出した二通の封筒の中身は、おれが押えたのと同じ昇格の辞令だった。

「つまりどれを選んでも、きみは喋ることになっていたのだ。犬には犬の生き方しかないのさ」

　どっと疲れが出て、おれは這うようにして房へ戻った。這う！　なるほどやはりおれは犬ッコロだと、自分を苛めながら――。

　――房に戻るとおれは布団を敷き、その上に横になった。どうかしたのか、またひどいしごきを受けたのか、と原田や堀内が気を使ってくれた。そのたびに二人の言葉が針となっておれの躰に突き刺さってきた。

　昼近くになって、通路で副総長の声がした。

「原田源太郎、出てくるがいい」

　頭を擡げて通路を窺うと、看守たちにかこまれるようにして副総長が立っていた。

「貴様はよくここまで頑張ったな」

　原田は知らぬ顔で書物の頁をめくっている。

「だが、貴様の頑張りもここまでだ。早く取調室へ行くんだ。第二局第二課の連中が待っているからな。今日は忘れずに、死人を起き上らせ、死人の声色を使ったことを、連中にきかせてやってくれ」

原田の手から書物が滑り落ちた。しばらくは正面の板壁をじっと見つめている——。

不意に原田の顔がおれのほうに向いた。

「まさか……！」

「そうだ、わしには優秀な犬がいるのだ」

副総長は上機嫌のようだ。

「原田、貴様の負けだな」

「原田源太郎、出房だ。早くしろ」

看守たちが格子を叩いて促す。原田の、おれを見る目が、ふっと優しくなった。

「たしかにきみは凄い犬だ」

原田はおれの傍へ寄ってきながら、こう言った。

「……躰を竹刀で叩かせ、手の甲には火ぶくれをこしらえ、新入りの入房者と血みどろの取っ組み合いをし、いっしょになって勝海舟をけなし、おれをまんまと乗せて……、たしかにすばらしい犬だ」

おれは依然として口がきけぬ。代りにまた副総長。

「瘦我慢はよせ。貴様、犬が憎いだろう。なんならひとつふたつ殴ってやったらどうだ」

「憎い、とはこれっぽっちも思っていない」

原田は、副総長にではなくおれに言った。

「ともに御家人の小倅、ともに巡査になり、ともになにかを摑もうとし……、おれたちは一緒だ、同じ人物なんだ。きみを憎めば、つまり自分を憎むことになっちまう。おれはやりたいことをやったんだ。その自分を憎むなんて真平だ」

原田は立ち上って潜り戸の方へ歩き出したが、すこし行ってからまた足を停め、おれの方に向き直って、心の底から感心したとでもいうように、微笑を泛べた顔を何回も振った。

原田が市ヶ谷監獄で死刑になったのはその年の暮のことだった。立ち会った市ヶ谷監獄の典獄のはなしでは、原田は絞首台への十七段の階段をとにかくひとりで登って行ったそうである。内田魯庵はいつかの論文のなかで、文学者をさんざんにこきおろしていたが、同じ魯庵の訳した小説を自分の心のなかにとりこみ、堂々と罪を犯し、くだる罰は発止と受けとめて死んで行ったあいつのようなやつもいる。小説が人間より小さいのか、あるいは大きいのか、おれにはいまだによくわからないが、あいつのことを考えるたびに、小説は人間より大である、というような気がしてならぬ。

帯勲車夫（たいくんしやふ）

一

浅草馬道から上野へ、上野から銀座へ、銀座から市ヶ谷へ、そして市ヶ谷からこの南豊島郡大久保村へ、きょうは朝から半日、おれは標的にいいように引きずり回されている。今日は五月の十三日、この大久保村辺は躑躅のさかりで、雨のなかに赤い提灯や花のれんをかけた休み茶屋が軒を並べ、紅襷の女たちがしきりに客呼びの嬌声を張りあげている。が、やはり雨がわざわいして思ったほど見物人は出ていないようだ。

現在の仕事を始める前、おれは記者として東京日日新聞の禄を十五年近くも喰んでいたから、東京郊外に花が咲いたとなると、きっと取材に出かけてきたものである。たしか東京郊外の五月の花は大久保の躑躅がもっとも早く、その次が亀戸の藤、それから堀切の菖蒲の順だったと思うが、大久保の躑躅には、団子坂の菊人形と同じようにさまざまな人形仕立てがほどこしてあるので、見物する分にはここが一等おもしろい。むろん、今日は大事な仕事で来ているので、躑躅人形を見るどころではなかった。おれが見ていたのは標的の背中だけだ。

おれがいま立っているのは大久保村久右衛門坂下の小さな寺の裏手である。もっと詳しくいえば、道路と墓地を隔てている生垣の下で身を縮めながら、向いに並ぶ六軒の貸家のうちの一軒を凝と睨んでいる。「お仕立物うけたまわります」と書いた板切れを門口に打ちつけたその家の中に標的がいるのだ。つまり、おれは半日かかってようやく標的の妾宅を突き止めたところなのである。

雨はまだ降りやまない。それどころか雨足は前よりもかえって強くなったようだ。洋傘は持ってきているが、尾行中ならともかく、待伏せの最中にひろげるわけにいかない。墓地を背負って黒い洋傘をさしたのでは目立ちすぎる。尾行が居ると標的に気取られたのではこれまでの苦労が水の泡である。おれは傘がわりにしていた杉の木の下で、芯まで濡れた軀をさらに小さくした。

時間潰しに一服を、と懐中に手を突っ込んで紙巻烟草を一本抜き出そうとしたが、途中でよしにした。烟草も濡れていて、まるで池から取ったばかりの藻よろしく、強く摑むとじゅくっと水が出たのだ。

（烟草がこれでは、例の大黒さまもべとべとになっているかもしれない）
と思い、財布を取り出し、背中まるめて雨を防ぎながら覗いてみると、四つに折った大黒さまはすこし湿っているがまだ大丈夫のようである。おれは吻として、財布を懐中の奥深くへ押し込んだ。

大黒さまとは、つけ加えるまでもなく俗称で、正しくは日本銀行が六年前の明治十八年九月八日発行の額面百円の兌換銀行券のことである。向いの家で妾と逢っている標的には、この大黒さまを偽造し、今年の三月、日本橋越後屋呉服店でそれを使ったのではないかという疑いがかけられている。おれが標的を尾行ているのは、むろんこの真偽をたしかめるためである。

その偽造札は精巧な手書きによるものだった。そこで絵師をはじめとする絵筆を持って世渡りをしている人間の所業にちがいないだろうと判定されたが、ある絵師から捜査当局へ、

「浅草馬道に歌川芳久といううだつのあがらぬ中年の絵師が住んでいるが、彼がこの春あたりから急に羽振りがよくなったようだから一度調べてみてはどうか」

という密告の手紙が舞い込み、それでおれが引っぱり出されたわけだ。密告の手紙の末尾には、

「なお、彼の歌川芳久は米粒に裸女を描いたり、親指ほどの小さな紙に媾合中の男女の喜悦図を描いたりする、いわゆる精密淫画の練熟者であることを申し添えます」と付記してあったという。精密淫画に練熟しているなら、なるほど百円札の表の大黒さまを模写するぐらいは朝飯前だろう。

久右衛門坂の石段の方から、カラカラと雨下駄の鳴る音が聞えてきた。生垣の上に首をぬっと伸して音のする方へ目をやると、蛇の目をさした老婆がひとりこっちへ歩いてくるのが見えた。見覚えのある老婆だ。一時間半ばかり前、歌川芳久が来るとすぐ、向いの家から入れかわるように出ていったばあさんにちがいない。ばあさんは旦那の芳久が気兼ねなく女と遊べるよう、気をきかして雨の中をどこかへ出ていたのだろう。ばあさんは手にふたつみつ、躑躅の花を持っていた。すると、躑躅見物にでも出ていたのか。

ばあさんは家の前で蛇の目をたたみ、いきなり空咳を三つばかり発した。間もなく雨戸が開いた。

「……おかあさん、お帰り」

雨戸の開いたところから、女がひとり顔を出した。雨が煙幕となってはっきりとはわからないが、年は二十二、三、頸の長い、面長の、なかなかの美い女のようである。

「躑躅を見てきたよ。これはそのお土産さ」

　ばあさんは手に持った花を頭上に掲げてみせたが、すぐ低い声になった。

「買物することがあったらこの足で行ってきてあげるが、なんかないかい？」

「べつに」

　女は白い手をひらひらと横に振った。

「おっかさん、早くなかへおはいりなさいな。風邪を引くわよ」

　うなずいてばあさんは家の中へ姿を消した。

　ばあさんの空咳や、それ以後の一連の、ばあさんと女の会話(やりとり)は、いってみれば一種の暗号のようなものだろう、とおれは思った。空咳は「帰ったよ」という合図だろう。買物うんぬんは「旦那の御用がまだすんでいないのなら、もうすこし外に居ようか」という謎にちがいない。そして女の「べつに」という言葉は「旦那の御用はすみました」を意味しているはずだ。

（……となると、歌川芳久は間もなくここを立ち去るな……）

　と思い、そのときに備えるために、おれは立ち上って、五、六度、膝の屈伸を繰返した。しゃがみっぱなしだったので痺れがひどい。思わず軀がふらついて、傍の杉の幹に獅嚙みついてしまった。

（尾行や張り込みを本職とする警部かなんかだったら、痺れを切らすことなくしゃがんで待っている要領を知っているだろうが、こっちは開店間もなくで、そういう実際的な智恵に乏しい。もっと尾行術を研究しなければいかんなぁ）

杉の幹につかまりながら、おれはそんなことを考えた。おれの職業は私立探偵である。この四月、銀座の煉瓦通りに「高田栄之助私立探偵事務所」という長ったらしい看板をぶらさげたばかりのなりたてのほやほやだ。所員はいまのところおれひとりである。三月までおれの勤めていた東京日日新聞の求人欄に、三日に一回ずつ、「日本最初の私立探偵事務所に、貴君も入所するつもりはないか」という広告を出しているが、今日までのところ、まるで反応はない。したがって所長のおれがおんみずから雨の中で濡れ鼠になっているわけである。それにしても大黒札偽造の容疑者を私立探偵が追いかけているのは妙といえば妙なはなしだ。こういう仕事は警察がやるべきことだろう、とおれも思う。が、日本銀行のお偉方が「はっきりした証拠を摑んだら、警察に事件を渡すこと。それまではきみの仕事だ」とおっしゃるから、その通りにしている。私立探偵というものは警察の下請けではない、と筋を通すべきだと思わないでもなかったが、筋は通っても顎が乾上る。それでおれはこの仕事を引き受けたのだ。
がらっと向いの家の表戸が開いた。女が出て来て、右から左へと人通りをたしかめながら蛇の目をひろげた。女から一呼吸おくれて玄関に出てきた小柄な男がその傘の下に隠れるようにして納まり、女がさしかけたときと同じ角度で傘を傾けたまま、せかせかと急ぎ足で久右衛門坂の方へ歩き出した。男は疑いもなく歌川芳久だが、妾宅をつきとめた以上、今日のところは芳久に用はない。芳久の傘が坂上に消えるのを見届けてから、おれは生垣の破れたところから道路に出た。

　家のなかへ引っ込もうとしていた女がおれに気付いて、おや？　という目になった。黒味の勝った大きい瞳だ。

「……ちょっと伺いたいことがある。失礼だが家へ入れていただけまいか」

　言いながらおれは女の横をすり抜け、彼女よりも一足先に玄関に入り込んだ。玄関といっても半坪あるかなしの土間である。むろんおれは玄関に入るときに、門柱に打ちつけてある「お仕立物うけたまわります」と書いた板切れの左下隅に、小さく橋本和佳と記してあるのを見落さなかった。橋本和佳とはこの女のことだろう。

「いまここを出て行った歌川芳久という絵師のことで、聞きたいことが二、三あるのだがね」

「歌川芳久……？」

　女は簪がわりに髪にさした躑躅の花を手で撫でた。その手がかすかに慄えている。

「知りません、そんな人……」

「おっと白を切っても無駄なことだ。おれは今朝、浅草馬道の家からずうっとあの芳久を追っているのだからね。あんたがいま送り出した男が歌川芳久だということは、こっちは先刻承知なのだ」

言い立てつつ内部を素早く見まわす。目の前に六畳の茶の間。茶の間には長火鉢がひとつあって、その上で銅壺が勢いよく湯気を吹き上げていた。それから長火鉢の猫板の上に銚子が二本、猪口がひとつ。茶の間の左が同じく六畳の座敷になっていた。布団が敷きっぱなしになっている。茶の間の右が勝手だ。

「警察の旦那かなんかで……？」

勝手から嗄れ声がして、さっきのばあさんが顔を出した。

「警察の人間ではないが、まあそれと同じようなものだ。日本銀行の依頼を受けて調べてまわっている私立探偵だ」

警察と同じようなものだ、と言ったのが効いたらしい。

「それで御用は？」

と訊き返してきたばあさんの口調は前よりも穏やかになっている。

「歌川芳久はいまお手当を置いて行かなかったかね？」

「頂戴しましたよ」

ばあさんが黄色い歯を剥いてにやっと笑った。女は戸口に凭れてぼんやりと外を眺めている。外では雨が上っていた。生垣の濡れた青葉が陽の光を浴びてきらきらと光っている。それにしても尾行と待伏せが終ったとたん雨が上るとは皮肉なはなしだ。

「それで、ひと月のお手当はいくらだい？」

外の青葉からばあさんに視線を戻しながら、おれは訊いた。

「正直に教えてもらえるとありがたいが」

「百二十円で」

大工の手間賃が一日二円から二円五十銭、会社の課長で月給が百円から百二十円ぐらいだから、これは破格の部類に属する手当である。

「凄いな」

おれは唸った。

「優しい旦那で、うちの和佳はつくづく仕合せ者でございますよ」

ばあさんがうなずいてみせた。

「それで、旦那は百二十円を全額置いて行ったかい？」

「はい。大黒さま一枚とイノシシが二枚をちゃんと」

イノシシとは拾円札のことである。この札の表には、上に六頭下に二頭のイノシシが思い思いの恰好で飛びはねているので、俗にイノシシと呼ばれている。

「旦那の置いて行った大黒さまをちょっと拝ませてもらえまいか」

ばあさんの顔がすこし嶮(けわ)しくなった。

「あんた、まさか、取って逃げちゃおうというんじゃないでしょうねぇ」

「はばかりながらわたしだって大黒さまの一枚や二枚は持っている」

おれは懐中の財布から、例の湿った大黒さまを引っぱり出して、ばあさんの鼻先にかざして見せた。

「大黒さまを持つ身がそんな阿漕(あこ)ぎな真似をするものか」

「すみませんでしたねぇ、いやなこと言っちまって」

叩頭(こうとう)しながらばあさんは茶の間へ行き、茶簞笥(だんす)の引き出しをがたぴし音をさせて開けはじめた。

「あたしどもはこないだまで厩橋(うまやばし)に住み、ご近所の仕立物をうけたまわりながら細々と竈(かまど)から煙を上げていたんですよ。ところがうちの和佳が芳久先生のお目にとまりましてね、ぜひ和佳を描きたい、とおっしゃるので、先生のお宅へやったんです」

「そのうちにお手がついたというわけか」

「そういうことで。先生の奥さんが額に角(つの)を生(お)やして一時は大騒ぎになりましたよ」

ばあさんは引き出しを閉め、大黒さまを大事そうに持っておれの前へ戻ってきた。

「そこで奥さんの目を避けてこの寂しい大久保村住いとなったわけですが……、寂しいなんて言っちゃァ芳久の旦那に申しわけないか。あ、これが旦那の置いてってくださった大黒さまで……」

おれは自分の手にある大黒さまと、ばあさんのかかげる大黒さまを慎重に較べはじめたが、じつをいうとおれの持っている百円札は日本銀行から借りてきたものなのである。東京日日をやめるときのおれの給料は九十五円で、それまでおれはこの大黒札を自分のものにしたことがない。私立探偵事務所を開設するときの費用金五百円也は、おれが師事する陸奥宗光様から融通してもらったが（ついでに言えば、欧米には私立探偵というものがあるが、おまえ、それを日本でやってみる気はないか、とおっしゃってくれたのも陸奥の御前(ごぜん)である。さらにもうひとつついでに言えば、日本銀行から偽造(にせ)札(さつ)使い探索の仕事がまわってきたのも、おそらく陸奥先生の、蔭での斡旋によるものにちがいないと思われる）、そのときの五百円は拾円(イノシシ)札で五十枚。つまりおれは大黒さまをよく知らないのだ。大黒さまを知らぬ者に大黒さまの真偽がわかる道理はない。それでおれは大黒さまを借りてきたわけなのである。

だ。

「高田さんと同じように、世の中の大部分の人間は百円札を見たことがないのです」

おれにこの一件を依頼した日本銀行のお偉方がたしかこんなことを言っていたはずだ。

「ですから、偽造の百円札を受け取っても、本物を知らぬから比較のしようがありません。おまけに、こう言っちゃなんだが偽造はよく出来ています。したがって偽造札は越後屋呉服店の一枚だけではなく、相当数出まわっているものと予想されます。ひとつしっかりおねがいいたします……」

どう見較べてみても二枚の大黒さまは寸分ちがわぬ。歌川芳久の置いて行った百円札はどうやら本物のようだった。

「どうもありがとう」

ばあさんに礼を言っておれは外に出たが、おれの声には自分でもびっくりするほど元気がなかった。

「あのう……」

女がおれを呼びとめた。

「あの人がなにか仕出かしたんでしょうか?」

「それはまだわからない」

おれは女に言った。

「わたしのことは旦那には黙っていてください。別にどうってことはないのだから……」

「ええ」

うなずいた拍子に女の髪から簪がわりの躑躅の花が地面に落ちた。拾い上げると花はすでに生気を失ってすっかり萎れている。

「どうもすっかりお騒がせしてしまいましたな。では……」

花を女に手渡したが、そのとき花からはかすかに椿油の匂いがしていた。


銀座の事務所に着いたときは午後三時をまわっていた。ドアの隙間に差し込んであった東京日日新聞を持って事務所の内部に入り、それを机の上にひろげて、途中で買い求めた餡パンを齧った。新聞には、隅から隅まで、大津事件の記事がぎゅうぎゅう詰め込まれていた。第一面の上段には、天皇が京都河原町の常盤ホテルに、負傷のロシア皇太子ニコラス殿下をお見舞になったときの様子がこまかく報じられていた。その下には、下手人津田三蔵巡査を叩き斬り、また取りおさえてロシア皇太子の命を救った車夫の向畑治三郎と北賀市市太郎の二人に日本政府から勲八等白色桐葉章と年金三十六円、ロシアから勲章と賞金二千五百円が下しおかれることになったという記事がかなり大きく載っている。

（……二千五百円といえば大黒さまが二十五枚か。大したものだな）

溜息をつきながら新聞を引っくり返す。裏面には、このたびの大津事件が全国の各層にどのような衝撃を与えたかが、各地支局発特報特集と銘打って羅列されている。たとえば東京では、株式が休業、学習院と国学院は謹慎休校二日間、正則予備校はロシア皇太子に英文の見舞状を呈し謹慎休校一日、慶応義塾はロシア皇太子に仏蘭西文の見舞状を送呈、東京清酒問屋一同と新富座は謹慎休業一日、鐘淵紡績会社は第三回創業記念祝典を無期延期、赤坂の豊川神社、黒住教東京分教所ではロシア皇太子病魔降伏祈禱式、臨済宗はロシア皇太子平癒祈念の大般若会、天台宗は寛永寺で三壇の大秘法、ギリシャ正教徒は各教会で一週間の祈禱、プロテスタントでは東京の牧師数十名が銀座教会にこもってお祈り、吉原遊廓では娼妓は見世を張らず、音曲は停止、品川、新宿、板橋、千住の遊廓も吉原と同じく音曲停止。

全国各地の様子も東京とほぼ同じだが、山形支局発のがちょっと変っている。山形県金山村の村会は、「本村村民は以後、津田の姓、三蔵の名を付すべからず」と満場一致で決めたそうだ。いまの日本を覆っているのは「この大津事件が因で世界最大最強の陸軍国ロシアが日本に宣戦を布告してくるのではないか」という心配である。その心配が下手人の津田三蔵に対しては憎しみに変形して集中していて、たとえば裏面下段に「津田三蔵の容態持ち直す」という記事が出ているが、その書き方には、いっそ死んじまえばロシアに対してもいくらか申し訳が立つのに、といった気持が濃く滲み出ているようだ。

パンがのどにつかえそうになったので、薬罐から直接に水を飲んでいると、だれかがドアを叩いた。

「……だれです？」

ドアを引いて外を見ると、若い男が廊下に立っている。白麻の背広を着てリボンネクタイを頸の下に結んだ背の高い男だった。細面で目付が鋭い。

「あんたが高田さん？」

陰気な声だった。

「そうだが、なにか……？」

「私立探偵を募集中と聞いてきたんだ」

入れとも言わぬのに、男はすでに事務所の中、おれの机の前の丸椅子に腰をおろしている。

「ここが本邦最初の私立探偵事務所か。へえねぇ」

男は四坪の事務所をひと渡りぐるりと見廻してから、ポケットから舶来の紙巻烟草をとりだした。

「まるで物置だね」

「私立探偵は事務所で商売しているんじゃない。探偵の仕事は外だ」

「それにしてもひどい。机に椅子二脚、それにソファ、あるのはたったこれだけ？」

「用件はなんだ？」

男の小生意気な口を封じるために、おれはすこし大きな声を出した。

「仕事の依頼だったら悪いがすぐ帰ってくれ。いま大きなやまを踏んでいるところでね、当事務所としては手が塞(ふさが)っている」

「仕事を頼みに来たんじゃない」

男は天井に向けて勢いよく烟草の煙を吐き出した。

「仕事をしにきたんだ。おれを雇ってくれるかい？」

「ふうん、しかしなぜ私立探偵になりたい？」

「わからない」

男は痩せた頬に薄笑いを泛(うか)べた。

「先生がここへ行くように、とおっしゃったんだ。それで来ただけだ」

「……先生というと？」

「陸奥宗光のことだよ、農商務大臣の……」

おれは思わず椅子に坐り直した。明治十一年六月、先生が林有造や大江卓などの土佐立志社系の政府顚覆計画に加担したかどで逮捕されたときまで、おれは先生の家に寄食していた。同じ和歌山の出身だというだけで先生はおれを拾ってくださったのだ。「除族の上禁獄五年」の判決が下って先生は同じ年の九月に山形監獄に送られたが、そのときも先生は獄中からおれのために東京日日新聞へ紹介状を書いてくださった。その紹介状のおかげでおれは今年の三月まで、記者の真似事をしながら口を糊(のり)してこられたのである。そして、この私立探偵事務所も先生の後押しで開設したもの、先生は親のないおれにとっては親同様のお人であり、同時に師であり、恩人でもある。その先生がおっしゃることであればおれはどんなことでもするつもりだ。この男はあまり感じはよくないが、それでも先生の息がかかっているとなれば話は別である。

「よろこんで君を雇おう。ただし、月給は安いぜ。拾円札(イノシシ)が五、六枚というところだがどうだ？」

男は首をひとつ縦に振った。

「それできみの名前は？」

「中島康行」

答えて男は上衣の内ポケットから札束を取り出しておれの前に放り出すように置いた。

「拾円札（イノシシ）が五十枚。先生から預ってきた。なんでも新しい仕事をこの事務所に頼みたいそうだ」

「……新しい仕事？　なんだろう？」

「今夜、赤坂の春本へきてくれればわかると先生は言っていた」

今日はいやに拾円札（イノシシ）や百円札（ダイコク）に縁のある日だな、と思いながら、おれは男に向ってうなずいた。

二

新橋と柳橋を第一等の花街とすれば、二等が葭町（よしちょう）に日本橋、赤坂は下谷や浅草や外神田と並んで三等地である。ただ通人の間に「花にたとえりゃ新橋菖蒲、柳橋水仙、そして赤坂白牡丹」という歌のあるところからも知れるように、赤坂は万事が派手で陽気だ。先生はもの静かで無口なお方だから、その派手で陽気なところがお気に召すのだろうか、ちかごろは赤坂で寛がれることが多いようである。それに新橋や柳橋には薩長出身の顕官高官にあらずば客にあらず、という驕った雰囲気もなくはない。和歌山藩の御出身である先生にはそのへんのこともおいやで、赤坂をいっそう贔屓になさっているのではないかとおれは思っている。

溜池にかけられた日吉橋を山王社の方から赤坂田町三丁目へ渡ったところでちょうど日が暮れた。いつもなら日吉橋に立てば田町五丁目の花街のあたりから心が浮き立つような三味の音が聞えてくるのだが、今夜は何の音もしない。大津事件のせいで赤坂にもたぶん音曲停止のお触れが届いているのだろう。

「春本」と記した長暖簾をくぐると、線香場から女将が出てきて、

「御前がお待ち兼ねでございます」

と、挨拶もそこそこにおれの前に立ち、くねくねと曲った薄暗い廊下を歩き出した。春本へは先生のお供で何度も来ているが、ここの廊下は苦手である。西へ向っているのやら東へ進んでいるのやら、いつも見当がつかない。やがて盆栽を並べた廊下に出た。

「……高田さんがお着きになりました」

女将が廊下に片膝をついて座敷のなかへ声をかけた。

「入れ」

座敷のなかから先生の声がした。声のあとに力のない空咳が三つ四つ続いた。先生の宿痾は肺患である。以前はその空咳もひとつかふたつで止んでいたはずだが、このごろはきまったように三つ四つと続く。すこし心配である。

「ではどうぞ」

女将が襖を開けてくれた。おれは敷居の外に正座して座敷のなかに向って平伏した。

「おそくなりました」

「さぁ、入ってくれ」

先生は左手に持ったハンカチで口を抑えながら右手でおいでおいでをしている。

「今日、中島康行君からたしかに金を受け取りました」

おれは膝で畳を漕いで座敷へ入った。

「どのようなお仕事かは存じませんが、前金とは恐れ入ります」

おれの背後で襖が閉って、女将の立ち去る気配がした。座敷には芸妓がいなかった。これはどういうことなのだろうか。よほど内密な相談か。

「中島という男は役に立つだろうと思う。すこし生意気なところがあるが、おまえなら使いこなせるはずだ」

「彼は先生の書生かなんかでございますか？　先生のことをいやによく知っておりましたが」

先生はこの問には答えたくないらしかった。ハンカチでしきりに美髯（びぜん）を拭いているだけである。答がないということは、中島のことをおまえに話すために招んだのではない、という答でもある。おれは黙って先生を見ていた。やがて先生が言った。

「向畑治三郎という男と北賀市市太郎という男がいるが、知っているか？」

「大津の車夫ではありませんか？」

おれは今日の午後、事務所で読んだ東京日日の紙面を頭に思い泛べながら答えた。

「ロシアの皇太子ニコラス殿下に津田三蔵が斬りかかったとき、三蔵を抱きとめ、そして三蔵を叩き斬った車夫でございましょう？」

「うむ。おまえの答をもっと詳しく補うと、次のようになる。まず三蔵はニコラス殿下の御召車に進み寄り、己が帯剣で殿下の御頭部目がけて帽子の上から二太刀斬りつけた。殿下は叫び声をあげられ御召車から飛びおりられた。その殿下に三蔵がなおもう一太刀斬り付けようとしたとき、殿下の御召人力車の右側後押しをしていた和田彦五郎という車夫が素手で三蔵の右の脇腹を突いた。三蔵はそれに構わず帯剣を振り翳（かざ）しながらさらに二、三歩、殿下の後を追った。殿下の御召車のすぐ後には殿下の甥にあたらせられるギリシャの親王殿下の御召車が続いていた。ギリシャ親王殿下は携えられていた竹鞭で三蔵の頭を連打なさった。三蔵はわずかにひるんだ。そのときニコラス殿下の御召車の左側後押しをしていた向畑治三郎が三蔵の背後にまわって、彼奴の両足を抱いて引き倒した。三蔵は俯せに倒れた。そのとき三蔵は右手の帯剣を取り落した。この帯剣を拾ったのがギリシャ親王殿下の御召車の右側後押しをしていた北賀市市太郎だ。市太郎は拾った帯剣で三蔵の後頭部と背中とに斬りつけた……」

先生の記憶力のよさにはいつも驚かされる。「カミソリ陸奥」と綽名（あだな）されて薩長の連中から一目も二目も置かれているのもこの驚嘆すべき記憶力と、それに基いた深い洞察力のせいだろう。しかし、先生はなぜ向畑治三郎や北賀市市太郎にこだわっているのだろうか。その真意を計りかね、おれは先生の蒼白い、そして長い顔をただ凝（じっ）と見つめていた。

「……高田、いま日本でもっとも人気のあるのはなにかわかるか？」

先生の口調が柔かくなった。

「言っておくがそれは浅草千束町の凌雲閣でもなければ、ちかごろ大流行（おおはやり）のラムネとかいう飲料でもない。また七色の球を操る一高野球部の名投手福島金馬でもなければ、去年上野の山から風船を飛ばし、その風船に乗ってやんやの喝采（かっさい）を浴びた英国人のスペンサーでもない」

「オッペケペー節の川上音二郎でしょうか」

先生はおそらくそうではないと言うにちがいないが、おれもなにか言わなくてはならぬ。

「それから、人気といえるかどうかわかりませんが、吉原の五人斬りもたいへんな評判になっているようです。茨城県奈賀郡柳島村の日坂周助という男が、吉原京町の貸座敷梶田楼の下女との私通が発覚し、こっぴどく叱られたのを根に持って、梶田楼に暴れ込んだあの事件ですが……」

先生は黙ったままだった。

「……菊五郎も凄い人気です。歌舞伎座で塩原多助に扮した菊五郎が野州方言で『何々でガンス、云々でガンス』と連発したのが大当りで、日本全国で、このガンス言葉が流行っております」

「ちがうよ、高田」

先生は右手のハンカチを横に振った。

「いま日本で最も人気の高いのは、いま言った二人の車夫だ。向畑治三郎と北賀市市太郎だよ」

たしかに二人の車夫の評判は高い。この二人が津田三蔵の凶刃を身を賭して阻まなかったら、ロシア皇太子ニコラス殿下の命がどうなっていたかわからない。もしも、ニコラス殿下の命に万一のことがあったら、ロシアは日本に対して戦さを仕掛けてきたかもしれない。ロシアと日本が開戦するとなれば結果は目に見えている。向うは世界第一の陸軍国、こっちは六個師団の兵力しかない弱小国、相撲にたとえれば横綱に序二段が向って行くようなもの、どう転んでも勝目はないだろう。それを考えれば、たしかに二人の車夫の行動は、日本を救ったといっても過言ではない。しかし、二人にそれほど世の人気が集中しているかとなると、首を傾げざるを得ない。だいたい、大津事件が起ったのは一昨日のことである。向畑治三郎と北賀市市太郎の名前が知れわたったのは、昨日から今日にかけてで、人気が出るというところまではまだ行っていないのではないか。

「わたしの言い方はすこし先走りすぎたかもしれない。これから人気が出るのは、あの二人の車夫だと訂正しよう」

　おれの心中を読んだのだろうか、先生が言った。

「訂正ついでにもうひとつ、『これから人気が出るのは』というところを『これから人気を盛り立てるべきは』と訂正しようか」

「人気を盛り立てるべきは……？」

「そうだ。あの二人を国民の英雄に仕立てあげるのだよ。それも急いで、だ。すくなくとも、ここ数日のうちに」

「ど、どうやってでございます？」

「それはおまえの仕事だ。中島が持っていった五百円はその費用だがね」

おれは絶句した。ひとつのことに喰いついて、敵と根くらべをして、その正体を暴露くのは、性にも合うし、好きでもある。だが、国民的英雄を作りあげるなどはおれの手に余る。

「そう難しく考えることはない」

先生は削げ落ちた頰にかすかな笑みを泛べながら茶を啜った。

「おおよその方策をわたしが立てた。おまえはその方策を着実に、そして迅速に実行すればよろしい」

「それならばわたしにも出来そうですが、まず方策の第一は……？」

「小みね、小花、あだ吉の三人の連名で、二人の車夫に熱烈な恋文を送りつける」

小みね、小花、あだ吉の三人は赤坂を代表する美形である。さきごろ、或る花柳界雑誌が『東都名妓美妓百人大名鑑』なる特集を行ったが、その百人の殆どが新橋と柳橋の流行ッ妓で占められ、それ以外の花街からは七、八人、その七、八人のなかに前記の赤坂三人組が入っていた。

「向畑治三郎は妻帯者らしいが、北賀市市太郎は独身者だそうだ。恋文の宛名は市太郎ひとりにしぼった方がいいかもしれない」

「そういたします。しかし、先生、芸妓が恋文を送るぐらいのことで、たとえば北賀市市太郎が国民的英雄などというものになれるでしょうか？」

「お稽古や歌舞伎見物や客の品定めで日頃は頭がいっぱいで国家のことなど考えたこともない芸妓たちが、このたびの事件によって日本国民の一員であることに目ざめ、国の危急を救った車夫に熱い想いの手紙を書く、いや、書かざるを得なかった……、ここが大切なところだ。芸妓と同じようにこれまで国家のことなど考えもしなかった連中が、芸妓の手紙になるほどと喝采を送る。つまりそこに世論というものが生れる。車夫の行動を称える世論によって車夫たちが英雄になれば、ロシアに対しても面目が立つ」

「なるほどすこしずつわかってきました」

おれは先生に向ってうなずいた。

「ロシアの皇太子殿下を救った車夫が国民の英雄になるということは、日本人すべてが皇太子殿下を救った車夫の側にある、ということになるわけですね。つまり、津田三蔵の行動を日本人は誰一人として支持しているわけではない、やつは日本人というよりもひとりの気狂いにすぎないということをロシアに示すことにもなる……」

「そういうことだ」

こんどは先生がうなずいた。

「小みねたちと相談して手紙を書いたら、その写しを、東京日日新聞とめざまし新聞改め東京朝日新聞に届けなさい。大々的に扱ってくれることに話はついている」

「日日と朝日が協力してくれるなら鬼に金棒です」

やる気がすこし湧いてきた。

「手紙が功を奏して北賀市市太郎が上京したりしたら、これはますます評判になりますが、もっともそれぐらい説得力のある手紙をひねり出すことが出来ますかどうか……」

「向畑治三郎はとにかくとして、市太郎は上京する」

先生はずばと言った。

「市太郎はおそくも十七日にはこの赤坂へやってくるはずだ。接待役はおまえだ。やつに竜宮の楽しみを満喫させてやるがいい。乙姫を斡旋してやることも忘れるな」

「し、しかし、先生、わたしの筆は残念ながらそれほど万能ではありません」

「おまえと芸妓たちの合作した手紙が世間の噂になったところで、大津の警察署長あたりが『せっかくの芸者衆のお招きだから、二、三日、東京で遊んできてはどうか』と車夫をけしかける。どうだね、それなら来るだろう?」

「おそれいりました」

おれは頭をさげた。

「さっそく芸妓たちと逢って相談いたすことにします。しばらくお目にかかっておりませんが、亮子奥様や清お嬢様によろしくおっしゃってくださいまし」

と、頭を下げたまま敷居近くまで後退したが、偽造札のことを思い出し、おれは頭をあげて先生を見た。

「日本銀行から仕事を依頼されておりますが、あっちをどう扱えばよいでしょうか。帯勲車夫の接待にかかりきりで、しばらくあっちの手を抜かねばならなくなりそうですが……」

「なんのために中島をやとったと思っているのだ」

先生は不機嫌そうな表情になった。

「あっちは中島に委せるがいい。それから高田、十七日の夜、車夫接待の合い間にここへ顔を出してほしい。車夫を国民的英雄に仕上げたあとにもうひとつやってもらいたいことがある」

途中でまた先生はハンカチを口に当てた。空咳が五つ六つと続いた。そのたびに先生の背中がまるくなった。

おれは先生の咳にせき立てられるように襖を開け、廊下に出た。

線香場（ちょうば）の奥の小部屋に小みねと小花とあだ吉が待っていた。部屋の真中に小机があってその上に紙と硯箱（すずりばこ）が載っている。先生に言いつかって女将が用意したのだろうが、いかにも先生らしい手まわしのよさである。

「みんなにはすでに陸奥先生の方からそれとなく話があったと思うが、さて、手紙の出だしはどうはじめるかね」

机の前に坐って、筆に墨を含ませながらおれは小みねたちに訊いた。

「なにか腹案を持っている人はいないかい？」

小みねたちは申し合せたように首を横に振った。

「とっておきの殺し文句のひとつくらいはあるだろう？」

「全然ないんでガンスよ」

小みねが菊五郎の口真似をした。

「お兄さんが適当にやっつけてくださいな」

「あたしたち、三味線や踊りには自信があるけれど、手紙はまるでだめ」

小花は部屋の隅へ足を投げ出し、壁に凭れて眠そうな顔をしていた。

「おまかせします」

「すてきな手紙を書いてね」

あだ吉は立ち上った。

「お兄さんにはお茶を入れてあげるから」

赤坂の三名花とは言っても、三味や扇子を取りあげて、こうやって小部屋に叩き込んでしまえばどこにでもいるただの小娘だ。仕方がないから、おれはひとりで北賀市市太郎への恋文を書いた。それはざっとこんな調子である。


このたびの北賀市さまのお働き、万人のおよばぬ御勇気のほど、日本人として心より嬉しく存じあげ候。かつまた莫大の御褒美は当然のことにて、いますこし御頂戴なされてもしかるべきことと存じ候ほどにござ候。妾どもいまだお目もじは致さず候えども、北賀市さまあまりに懐しきまま、毎日毎夜お噂のみいたしおり、総代とか委員とか代表とか有志とか申すようなものを差しあげて御慰労申したきは山々(やまやま)に候えども、なんと申すも御承知の業体(ぎょうたい)、とかく心に任せず西の空のみ眺め暮し候。東京から大津まで百廿一里八丁、この百廿一里八丁が恨めしく存じ候。あわれ妾(わたくし)どもの心底お察し下され、チト御保養がてら東京へお遊びにお出(い)で下され候わば、妾どもの嬉しさは一方ならず、あるほどの限りお慰め申しあげて、月は嵐山のみならず東都八景はむろんのこと、池上晩鐘、芝浦晴嵐、羽根田落雁、玉川秋月、行徳帰帆、飛鳥山暮雪、吾嬬社夜雨、小金井橋夕照などの江戸近郊八景までも残らずご案内申し、さらには殿方ならのこらず御愛好の、芸妓の手水(ちょうず)、芸妓のお稽古、芸妓の行水、芸妓のお化粧、芸妓の酔い振り、芸妓のくだまき、芸妓の酔潰れ、芸妓の寐姿などの赤坂芸妓八景をもお見せいたすつもりにてござ候。出すぎたる真似は承知にござ候えど、この文と同時に、大黒さまをば一枚電報為替にてお送りつかまつり候故、それを旅費に、なにとぞ妾どものところへお越しくださいますよう心より御願い申し上げ候。

赤坂芸妓衆一同より

「……すこし言い方が激しすぎるみたい」

書き上げたものを読んでやったら、小みねがおちょぼ口をすこし尖（とんが）らかした。

「その北賀市って俥屋さん、きっと誤解するわよ。赤坂へ行けば、夜の相手はよりどりみどりだなんて思うわ」

「そこで相談がある」

おれは三人の顔をひとりひとり眺めまわして言った。

「この北賀市市太郎の赤坂妻になろうという篤志家はいないかね？」

「赤坂妻っていうと、つまり別室で朝までお相手する芸妓のことね？」

小花がうたた寐からさめたばかりの眼をこすった。

「市太郎さんがよほどの二枚目だったら考えてもいいけど」

「顔立ちについては何もわかっていない」

「なら、逢ってから決めるわ」

「それでは困るのだ」

おれは右手の親指と人さし指で丸（まる）をつくって三人に示した。

「金にはなる。大黒さまを二、三枚……」

「ばかにしないで！」

あだ吉がぷんと横を向いた。

「お金で寐る女をお探しなら、吉原や品川へ行けばいいのよ。あたしたちは惚れた相手としか、枕は交さないわ」

先生の威光をもってしても赤坂芸妓の心を買うのは難しいようだと思いながら、おれは新聞社に届ける写しを作りにかかった。

三

四日後の五月十七日の午後七時、小みねに小花にあだ吉の三人を連れておれは新橋駅へ出かけて行った。午後七時二十五分着の汽車で北賀市市太郎が新橋に着くので、その出迎えである。が、それにしても、東京日日と東京朝日に掲載された例の手紙に対する反響はおれの予想をはるかに超えてすさまじかった。

新聞社には「さすがは芸者、いいところへ気がついてくれた」という要旨の感謝の投書が何千通も舞い込み、なかには「市太郎さんの東京見物の費用のたしに」と、一円札や五円札を同封してきた読者もあった。またある彫刻家は市太郎の胸像を制作したいと投書してきたし、東洋烟草大王を自称する天狗烟草の岩谷松平は自社専属の楽隊を新橋駅のプラットホームに繰り込み、市太郎を賑やかに迎えたいと新聞社に申し出た。岩谷松平の申し出は受け入れられたらしく、プラットホームの一角を真紅(しんく)の制服に身を固めた天狗楽隊が占めており、よかちょろ節かなんかを騒々しく演奏している。

新橋駅前の広場には、この救国車夫であり帯勲車夫である市太郎を一目見ようと数百は人が出ている。先生の読みはずばりと当ったようである。

「どうやら帯勲車夫閣下のご入京に間に合ったようだ」

背後で声がしたので振り返ると、中島が立っていた。背広に帽子。帽子のリボンには入場券がはさんである。

「しかし、高田さん、車夫風情にはもったいないほどの人だねぇ」

「いまや市太郎は英雄だからな。ところで……」

と、おれは小声になって、

「歌川芳久の方はどうなっている?」

と、訊いた。

「やつはだんだんぼろを出しはじめたようだ。例の橋本和佳という女を大久保村の久右衛門坂から他所に移した。しかも、この数日、浅草馬道の家にも帰っていない」

「……逃げられたな」

「おれはそれほど間抜けじゃない」

中島はおれの顔にふうっと烟草の煙を吹きかけてきた。

「和佳の引っ越し先はつきとめてある。大久保村の大八車をしらみつぶしに調べあげたら、和佳に大八車を貸したという八百屋が出てきた。この八百屋がありがたいことにとんだ鼻下長で、和佳が結構ですからと辞退するのを構わずに、引っ越し荷物の後押しを買って出た。それで八百屋は和佳の新しい所書きを知っていたわけだ」

「和佳はどこへ移った？」

「四ッ谷坂町」

「歌川芳久は現われたか？」

「まだだ。明日の夜明けからまた張り込むことにしようと思っている」

天狗楽隊の演奏が急に勢いづきだした。闇の中を灯りがひとつこっちへ近づいてくるのが見える。市太郎を乗せた客車を曳く機関車の前照灯だろう。小みねたちがベンチから立ちあがって、障子紙に、

「歓迎！　帯勲車夫・北賀市市太郎様。赤坂芸妓有志」

と横書きしたのをひろげはじめた。

「いい男だったらあたしが赤坂妻よ」

小みねが小花とあだ吉に言った。

い。

「そんなのずるいずるい」

「いいこと？」

小花とあだ吉が口を揃えていやいやをした。その拍子に障子紙がふたつに切れたが、切れたところへ、轟然と汽車が入ってきた。おれは障子紙の切れたところを手で持って、前から後へ客車の昇降口をひとつずつ見ていた。むろん、汽車はこの新橋が終着であるから、次から次へと乗客が降りてくる。だれが市太郎やら皆目、見当がつかない。


「あれ？　あいつが市太郎じゃないかな」

突然、中島が後方の下等車を指さした。

「紺の股引をはいた背の高い男だ。」上半身裸で背中に車夫の制帽の饅頭笠をぶらさげているのがこっちへくるだろう？」

たしかに中島の言うとおりの風体の若い男がプラットホームを右によろけ左に傾ぎながらやってくる。男は左手に紺の法被を荒縄でくくったのをぶらさげ、右手に一升壜を鷲摑みにしていた。旅費として大黒さまを一枚送ってあるので、市太郎は上等車か、そうでなければ中等車か、そのどちらかに乗ってくるだろうと思っていたのだが、おれの勘は見事に外れたようである。市太郎はどうやらあらゆる出費を制して浮かせた金を、酒と女に注ぎこむという、そういう人種らしい。

「おう！　おれを迎えに来たやつはひとりもいねえのか」

市太郎は涎を右手の甲で拭きながらふらふら歩いている。口を拭うたびに一升壜の口から酒がプラットホームの床に降り注ぐ。

「おっとっと、もったいねぇ」

市太郎はどでんと床に坐り込み、背中を曲げながら己が口を床にこぼれてひろがった酒の方へ持って行った。が、そこではじめて天狗楽隊の演奏するよかちょろ節に気が付いたらしく、一升壜と荒縄でくくった法被を床に置いて、両手を打ちながら、野太い声で歌いだした。

「〽芸者だませば七代祟る、パッパヨカチョロ、祟るはずだよ猫じゃもの、ヨカチョロ、スイカズワノホホテ、わしが知っちょる、知っちょる、いわでも知れちょる、パッパ……」

こいつは飛んだ帯勲車夫だ、この醜態を大勢の人に見られてはせっかくこしらえた「国民的英雄」という評判が台なしである、とおれは思った。早いとこ、駅長室へでも担ぎ込もう。小みねたちに障子紙の歓迎幕を仕舞うように言い、おれは市太郎に歩み寄った。

「北賀市市太郎さんですね」

声をかけると、市太郎はじろりと上目遣いにおれを見て、

「市太郎さんとはなんだ」

と、怪しい呂律。

「勲章をもらってんだぞ、おれは。市太郎閣下と言え……、ああー」

ついでに酒臭い欠伸をした。

「高田と申します。東京での、あなたのお世話はこのわたしがいたすことになっておりますが……」

「芸者はどうした？」

市太郎は両手を前について辛うじて上体を支えている。

「芸者衆はあそこへきております」

「どこだぁ？」

市太郎はゆっくりと鎌首をもたげて酔眼を見開いた。

「ふわぁ、いい女だねぇ、おい」

市太郎はのろのろと立ちあがった。

「おれに今晩やらしてくれるなぁだれだ？」

両手で前を掻くようにして上半身を伸したがもう足がついて行かぬ。市太郎は床に俯けに倒れた。

「こんなところで寝ちゃあ困ります。ちょっと……」

と、市太郎を引き起そうとしたが、答はない。聞えるのは高鼾ばかりである。そしてそのうちに市太郎の腰のあたりで、しゃわしゃわしゃわという音がして、床の上を酒臭い液体が一条二条と流れ出した。

「小便の垂れ流しをする国民的英雄か。まるで判じものだ」

中島が寄ってきて、市太郎の肩を持ちあげた。おれは足を持った。天狗楽隊のよかちょろ節にもさっきの元気がなくなっている。おまけにプラットホームからは小みねたちの姿が消えていた。三人とも市太郎の赤坂妻になる権利をさっさと放棄したらしいな、と思いながら、おれは中島と二人でこの小便くさい英雄を駅長室へ運び込んだ。

市太郎を赤坂の春本へ連れて行ってからがまた大変だった。酒を飲むのはいいとしても、二言目には、

「やらせろ」

と大声でわめく。しまいには腹掛けから例の手紙を引っぱり出し、

「……チト御保養がてら東京へお遊びにお出で下され候わば、妾どもの嬉しさは一方ならず、あるほどの限りお慰め申しあげて……とここにちゃんと書いてあるじゃないか。このおれを女気なしで放っておいてなにが、あるほどの限りお慰め申しあげ、だ。おれが日本国を救ったんだぞ。そのお返しがこれじゃあんまり情けないじゃねぇか……」

と、泣き出す。男に泣かれるのも薄気味わるく、「不流行妓のでいいがだれか来てくれる妓はいないだろうか」と女将にかけあうと、女将の答は「あれじゃどんな妓でもよりつきません。いっそ今夜は酔い潰しておしまいなさいよ」とそっけない。ほとほともてあましているところへ、しばらくどこかへ姿を消していた中島が戻ってきて、「高田さん、この市太郎閣下はおれが引き受けた」と言った。

「外で女をあてがってくるよ」

「外にも女はいないだろう。吉原はもとより品川、新宿、板橋、千住どこの遊廓も、ニコラス殿下が日本をお離れになるときまで謹慎休業のはずだが……」

事件が起って二、三日はどこの遊廓も音曲を停止するだけで営業は続けていた。がしかしここ一両日のあいだに、また様子が変って、いまではどこでも見世を閉めている。これは日が経つにつれて事件の重大さがわかってきたためだろう。

「あてはある」

中島はにやっと笑って烟草を啣えた。

「おっとそうだ、この春本の奥座敷に先生がおいでになっている。高田には十七日の夜に此処で逢おうと言っておいたはずだが、と先生はおっしゃっていた」

「おれとしたことがあやうく先生との約束を忘れるところだった」

おれはあわてて立ち上った。

「悪いが、われらが英雄をたのむ」

言い置いて廊下に出て、こっちでもない、あっちでもないと迷いながら、ようやく先生の座敷に辿り着いた。

「市太郎にはだいぶ手古摺っているようだな」

おれが入って行くとすぐ先生が言った。

「女に逢わせてやれば大人しくなるのだろうが、いくらわたしでも赤坂の芸者を意のままに動かすことができない。はっきりしていることではここの女は新橋や柳橋に負けぬ」

卓子の上の灰皿に煙草の吸殻が二本ばかり見えた。烟草の銘柄は中島の常用しているものと同一だった。すると中島がしばらく姿を消していたのは先生のところへ来ていたからだろうか。

「ところで大津の膳所監獄には津田三蔵がいる」

先生がおれの方を向いた。

「これまで津田は膳所監獄で取調べを受けていたが、明日からは大津署へ引き出される。大津署で取調べを受けるのだ。監獄と署の間の往復は馬車だが、その馬車に乗り降りするときに隙が生じる……」

奥歯にものがはさまったような言い方だった。隙とはなんの隙なのだろう。

「道具は短刀がいい」

おれはしばらくの間、口がきけなかった。先生は懐中から預金通帳を一冊とり出して、卓子の上をおれのほうへ滑らせてよこした。

「二千円、預金してある。どう使おうとおまえの勝手だ。なお、おまえが捕まった場合、あらゆる便宜を計ることを約束する。それに、日本を危くした国賊に天誅を加えたと申し立てればそう重い罪にはなるまい。明朝の六時十分の汽車で発て。それだけだ」

「な、なぜ、津田三蔵を？　やつはどうせ裁判で死刑になるにきまっています。なのにどうして……」

「裁判所は三蔵を死刑にはしない。大審院長児島惟謙がはっきりそういっているのだ。わたしたちは児島に刑法第百十六条の『天皇三后皇太子に対し危害を加え、また加えんとしたものは死刑に処す』をあてはめよ、と言ったが彼はきき入れてはくれなかった。もしロシア皇太子にこの条文を適用すれば、理論上では、世界中の君主国の皇帝が同時に日本の元首となってしまう、と彼は主張するのだ。別にいえば、この条文をあてはめることによって、日本の天皇三后皇太子とロシアの皇帝皇后皇太子が同等となる。現人神が、そこらへんの君主国の皇帝に右ならえしてただの人間になってしまう。これではたしかに困る。かと言って、三蔵を生かしておいてはロシアに申し訳が立たない……」

「先生は昔、薩長の連中がただの人を現人神に仕立てあげてしまった、困ったことだ、とよくおっしゃっていたはずです。十四年前、土佐立志社の薩長政府顛覆計画に加担なさったのも、連中のそういう考え方に反撥があったからではありませんか。どうして急に薩長の連中と同じお考えになってしまわれたのです?」

「急に、とはおそれいったな」

先生は苦笑した。

「わたしはあれから五年も監獄で暮していたのだよ。そしてさらに十年、薩長の連中と一緒に仕事をしてきた。急に、ではなく、ひとつひとつ納得しながら、考えを変えてきたのだ。いいか、高田、わたしはかつて自由民権思想家だった。人々の選挙権拡大をもとめる声は普通選挙権を獲得するまでけっしてやむことはないだろう。これはおそかれはやかれ、どこの国をも訪れる不可避的な出来事である、とわたしは信じていた。いまでもそう信じてはいる。がしかし、それよりもっと重要な事柄があるのではないかとこのごろは考えている。それは日本人のひとりひとりに『自分たちには国というものがあるのだ』とはっきり知らせることだ。国家、国旗、国歌、国家の英雄、国家の敵、あらゆる機会を捉えて日本人に『国家』を叩き込む。そのために必要とあればこの手で事件を起す。そしてその事件を通して人々に『国家』というものがあることを教えて行く……」

先生はここで空咳を連発した。ハンカチで口を抑えながら、先生は言葉を続けた。

「……北賀市市太郎も、津田三蔵もそのための道具としてわたしは使うつもりだ。市太郎が芸者に懸想(けそう)され、三蔵が刺される。そのたびに人々は拍手をし、快哉を叫び、日本はこれですこしは危機から遠のいたのではないかと安堵(あんど)する。つまり、国家との一体感、この養成が目下の急務だ。自由なる民権はおそかれ早かれすべての人のところへ自然に訪れる。だが、国家との一体感は仕掛けなければ生れない。いまはその仕掛けの時代なのだ」

ここで先生はかすかに笑った。

「わたしがもうすこし遅く生れていたら、一個の自由民権派として死ぬまで貫き通せただろうが……」

と、言った。なんだか寂しそうな笑顔だった。おれは手を伸して卓子の上の通帳を摑んだ。

四

大津へ着いたのはあくる十八日の午後十一時すぎである。東京から大津へわずかの十六、七時間で来てしまうのだから、便利な世の中になったものだ。警察署の向いに、近江屋という旅館を見つけたので、ここに腰を落ちつけた。

十九日と二十日の二日間は旅館の窓にじっくり腰を落ちつけて署の様子をくわしく観察した。朝八時半に馬車がやってきて深編笠の三蔵をおろし、夕方五時には同じ馬車が彼を乗せて去った。馬車は箱馬車で、先生が言っていたように、ひとりではとても襲撃できない。やはり三蔵が馬車から降りて署の正面玄関に入るまでの間に突っ込まなければならないだろう。

三蔵の取調べが大津署で行われていると、いったいどこで知ったのか、署の前の空地には朝から夕方まで人だかりがしていた。その人だかりを目あてに、志士風の男たちが声をからして演説をしている。演説の要旨は、

「三蔵の凶刃は日本国を危機に陥れた。いわば彼奴は国賊である。その国賊に対して何の取調べか。取調べの必要などないし、また裁判の要もない。直ちに殺してしまうべきである」

というような、あまり変りばえのしないものであるが、群衆は弁士にいちいち熱心な拍手を送っている。弁士の中には大音声で「三蔵、日本人なら罪を恥じて死ね」などと、署内に直接に呼びかける者もあった。

三日目の二十一日から、おれは懐中に九寸五分を吞み、人だかりの中にもぐり込むことにした。だが、この日から弁士たちの演説の要旨に若干の変化があらわれはじめた。

「……本二十一日、ロシア皇太子ニコラス殿下は天皇陛下をお召艦アゾヴァ号上にお招きになり、なごやかに別れの宴をお催しになった後、神戸港を抜錨、帰国の途につかれた……」

前の日まで演壇がわりの木箱の上に乗ると、すぐきまって「三蔵、日本人なら罪を

恥じて死ね」を連発していた弁士が、今日は妙に穏やかな調子で喋っている。

「事件発生以来今日まで十日経ったが、その間、幸いにも憂うべき事態に突入せずに済んだことは大慶至極といわなければならない」

ここで聴衆から期せずして拍手が起った。

「つらつら思うに、ロシア国が、彼得堡（ペテルスブルグ）の宮廷が、わが国に対して何ひとつ強硬な申し入れをしなかったのは、いや、することができなかったのは、じつは非が彼等にあったからではないのか。ひょっとしたらこのたびのロシア皇太子の訪日は単なる漫遊ではなく、わが日本内地の地理形勢の視察に真の狙いがあったのではないか。だいたい御通過の道筋が異様である。ロシアは北の国である。北から日本を訪問するのだから、道順としては函館、新潟、あるいは横浜あたりに上陸すべきが本来であって、南の長崎、鹿児島に寄港し、神戸に上陸というのは解（げ）せぬ」

前日までとはがらりと趣きがちがうので、聴衆には戸惑いがある。弁士の顔を食いつかんばかりに見ているだけだ。

「どう考えても、わが国の軍備を観、険要を探り、他日、東亜蚕食の参考にせらるるためとしか思われぬ。この下心があったからこそ、強硬な申し入れができなかったのではないか」

ここで弁士は髯をしごいていきなりこう歌い出した。

西にイギリス　北にロシア
油断めさるな　同胞よ
表に結ぶ条約も
心の底ははかられず
万国公法ありとても
いざ事あらば腕力の
強弱肉を争うは
覚悟の前の事なるぞ……

聴衆の中には、弁士の声に合わせて手を打つ者もあるが、しかし、大部分はただぽかんとして立っている。おれにも彼の変りようがよくは理解できない。ロシア艦隊が神戸港を出て行った途端、ロシアに対する恐怖心もどこかへ出て行ってしまったのだろうか。それとも、日本人としてこれは当然の変化であって、ただおれたちが鈍いだけなのか。なお、この日の夕方、三蔵はおれの横、二間ほど離れたところを通ったが、さすがにひるんで手は出せなかった。

あくる五月二十二日、おれは朝早くから署の前の空地に出た。志士を気取ったいつもの男たちの演説はすでにはじまっていた。

「今年の三月四日、東京は駿河台の高台に巍然たる大伽藍が建った。この大伽藍の名はニコライ堂、ロシアの希臘正教の宣教堂という触れ込みだが、果してこれを信じてよいものかどうか……」

昨日よりもさらにその口調は激しい。聴衆にも昨日の戸惑いはなかった。「信じられるものか！」「欺されないぞ！」などという声がぽんぽんと弾むように聴衆の口から飛び出す。

「しかり！　彼等の言うことを真に受けてはならぬ。このニコライ堂の正体は皇居襲撃のための砲台なのだ。鐘楼の高さはおよそ二十間、この頂上からは皇居の御造営は眼下にある。鐘楼には八個の釣鐘が架っているというが、この釣鐘が砲弾に化けないとはだれも保証できない。まことに狡智にたけた連中ではないか。その狡智なる連中の親玉を斬って、いったいなぜいかんのか。いまではむしろ三蔵の勇気を称えたいような気がわたしにはするのだ」

聴衆のほとんどが弁士に拍手を送った。

「見よ、いま三蔵を乗せた箱馬車がこちらへやってくる」

弁士は木箱の上から空地の向うの通りを指さした。

「わしは諸君に提案したい。愛国の士、そして憂国の士である津田三蔵を、今朝は万雷の拍手で迎えようではないか」

ふたたび拍手が起った。そのなかを箱馬車が入ってきた。おれは懐中の九寸五分の柄に右手をやった。今朝こそは、という決心はもうとっくについていた。が、心のどこかではなんだか妙だな、という気もしていた。どうしてロシアの皇太子が離日したとたん、志士たちの演説が変ってしまったのか。志士たちはいわば三百代言のようなものだから、どう変ってもいいが、なぜ聴衆がそれに引き摺られてしまうのか、しかも、こんなに簡単に。これではまるで羊の群れではないか。どうして、……もう考えている時間はなかった。箱馬車が目の前に停ったのだ。後尾のドアが開いた。前で合わせた両手を縄で縛られた三蔵が馬車から降りてきた。巡査がその縄を引いて三蔵の先に立った。三蔵の顔は深編笠に遮(さえぎ)られて全く見えない。見えない方がやりやすい、と思いながらおれは三蔵をやりすごし、彼の背中が見えたところで九寸五分を抜いた。

だれかがおれの横から、

「やめろ!」

と、叫んでいる。きっと九寸五分を見つけたのだろう。おれはその叫び声でかえって弾みがついて、足早やに三蔵に近づいた。が、そのとき、おれよりも早い足どりで斜め後方から近づいてきたやつがいた。

「愛国の士に手を出すな」

　言いながらそいつはおれにぶつかってきた。どこかで聞いた声だった。だれの声だったろうか、と思ううちに腰のあたりが急にさっと冷たくなった。肌に直接に氷を押しつけられたような感じだった。署の正面玄関から巡査が数人、こっちへ向って駈けてくるのが見えた。巡査より先におれの方が三蔵に追いつかなくては、と思った。が、腰にまるで力が入らない。足がもつれた。地面が下から急速にせりあがってきて、おれは倒れた。

「……ロシアの皇太子は無礼である。日本内地に入りながら、皇居を訪れて天皇陛下に御挨拶もなさらぬとは何事か！」

　聞き覚えのある声が喚き散らしていた。

「三蔵がその皇太子を斬ったのは日本人として当然の行動ではないか」

　そいつはやはり短刀を振りまわしていた。

「つまり三蔵こそは真の日本人だ。そしてその三蔵を刺そうとした貴様は、見下げ果てた売国奴だ……」

巡査たちがそいつに一斉に組み付いて行った。するとそいつは急に大人しくなった。巡査たちのなすがままになっている。

「……中島だな」

怒鳴ったつもりだが声にはならなかった。あまり腰が冷たいので、手を腰に伸した。手が腰にべたりと貼りついた。これは血だな、と思ったとたん、おれは気を失ってしまった。


大津の病院でおれは一カ月近く寐て暮したが、入院して五日ばかりたってから、中島がおれの病室を訪ねてきた。

「先生が手を回してくれたのでね、別にお咎(とが)めはなしさ。悪く思わないでくれ」

中島は入ってくるなりそう言った。

「おれはこの足ですぐ東京へ帰る」

「おまえはずっとおれを尾行(つけ)ていたのだな？」

「そう。大津へ来るときも高田さんと一緒の汽車だったぜ」

「やはり先生の差し金か？」

「そういうことだ」

「ずっと尾行られていて気がつかなかったとは、おれも頓馬だった。私立探偵が泣くな。しかし、先生はどうしておまえにおれを……」

「よくわからない。ただ世論が三蔵を非難している間は高田の自由にさせておけ、世論が三蔵支持に変ったら、高田を死なないように刺して三蔵刺殺を食いとめろ、と先生は言っていた。おれは言われた通りにしただけだ」

「しかしそれにしても、なにもおれを刺させることはないと思うが……」

と、言いかけておれはふと先生の言葉を思い出した。先生はたしか事件を通して人々に国家というものがあることを教えて行く、といっていたはずだ。三蔵を刺そうとしたロシア贔屓があべこべに刺された、というこの事件については各新聞がこぞって書き立てたようである。おれの刺殺未遂で三蔵には《さまざまの迫害や危険にもめげず日本人であることを貫き通そうとしている愛国男子》という箔（はく）がついたようだ。先生はここまで先を読んでいたのだろうか。それに世論が三蔵支持に変った現在（いま）、例の帯勲車夫北賀市市太郎はどうなるのか。

「市太郎はどうしているだろう？」

おれが訊くと、中島はくすっと笑って、

「いまや国賊同様の扱いを受けているらしいよ」と、答えた。

「なにしろ、市太郎は三蔵の愛国的行動を途中で邪魔した不埒者ということになってしまった。外に出るたびに愛国者と称する連中につけ狙われ、二、三日前などは殴られて前歯を二本折ったそうだ。今日あたり大津へ舞い戻ってくるはずだ。これはこの新聞記者から聞いた話だが、記者たちは市太郎の前歴を洗っているというね」

「なんのために、だい？」

「前科を探しているのさ。現にもうひとりの帯勲車夫の向畑治三郎には、窃盗と賭博の前科があるということがわかったらしい」

「一週間前の英雄が国賊で、一週間前の国賊がいまや英雄か。よく変る世の中だ。東京へ帰ったら銀座の事務所に別の会社が入っていた、なんてことにならなければいいが……」

「事務所はとにかく、仕事はなくなってしまっている」

中島が珍しく坐り直した。

「……例の歌川芳久と橋本和佳は心中してしまった。こっちの新聞にも小さく記事になって出ていたが……」

「おまえに刺された傷が痛んで二、三日のあいだ、新聞を読むどころじゃなかったんだ」

「……原因はおれにあるのかもしれない。市太郎があまり女を欲しがるので、おれは彼を四谷坂町へ連れて行ったんだ。そして和佳に、この帯勲車夫の相手を一晩つとめてくれたら芳久を見逃してやってもいいが、と持ちかけたんだ。和佳は迷っていたが、とうとうおれの話を聞き入れた」

「彼女は芳久を本気で愛していたんだな」

「だが、芳久がそれを知って和佳を責めたらしい。で、その挙句……」

「もういい。帰ってくれ」

おれは枕を摑んで中島めがけて投げつけた。

「お前の顔は二度と見たくない」

枕の下に置いてあった例の二千円の預金通帳が中島の脚に当って、床に落ちた。中島は通帳を拾い、おれの胸の上に載せて、部屋から出て行った。おれは通帳を破ろうかと思った。だがやはりその勇気はなかった。それが自分でも情けなくて、おれはすこし涙を流した。

出典一覧

秘本大岡政談
(三作共、単行本未収録　井上ひさし短編中編小説集成第七巻　二〇一五　岩波書店所収)
花盗人の命運は『大明律集解』にあり(『オール讀物』一九八一年二月号)
焼け残りの西鶴(『オール讀物』一九八一年七月号)
背後からの声(『オール讀物』一九八二年一月号)
いろはにほへと捕物帳　藤むらの田舎饅頭(『別冊小説宝石』一九七八年十二月号)
(単行本未収録　井上ひさし短編中編小説集成第六巻　二〇一五　岩波書店所収)
質　草(『小説新潮』一九九〇年三月号)
(単行本未収録　井上ひさし短編中編小説集成第十一巻　二〇一五　岩波書店所収)
合牢者(『合牢者』一九七七年　文春文庫所収)
帯勲車夫(『合牢者』一九七七年　文春文庫所収)

本書はちくま文庫のためのオリジナル編集です。

解説　書物愛と戯作者の技

山本一力

始めに、独断を承知で申し上げる。

本書は日本の『白鯨』である、と。

多数の読者が読まれたかと思うが、『白鯨』は米国の作家ハーマン・メルヴィルが19世紀に著した、当時の捕鯨を描いた海洋冒険小説だ。

本書・井上ひさし著『秘本大岡政談』は、未刊行の短編を中心に編んだオリジナル文庫だ。

書名が示す通り、江戸南町奉行として人気の高い大岡越前守関連の三作が、収録七作のいわば主餐である。

ハーマン・メルヴィルの海洋小説とは、内容においては何ら相似性はない。

それを百も承知ながら一読後、わたしはこれぞまさに『白鯨』だと強く感じた。

その理由を記すことが、井上ひさし氏を語ることにつながる。そう確信して筆を開く。

小説でありながら特級資料・指南書

『秘本大岡政談』に入る前菜として、しばし『白鯨』にお付き合い願いたい。

ハーマン・メルヴィルの『白鯨』は、19世紀のアメリカ捕鯨実態の子細なデータが示され、同時に巧みな描写で物語は進む。

作者の筆力高きがゆえ、読者はまんまと捕鯨船に乗せられてしまい、作者とともにクジラを追うことになる。

動力といえば風と潮流のみという、航海時代のことだ。もしも船が凪の真っ只中に取り込まれたら、乗組員がいかなる目に遭うか。

航海中の食料や水は、どうなるのか。

クジラを発見したあと、どんな凄まじいクジラとの闘いが始まるのか。

列挙すればきりがない。

ハーマン・メルヴィルは物語にリアリティをもたせるために、膨大な資料を読者に提示している。

米国の海洋学者をして「資料の宝庫だ」と言わせたほどに、当時の捕鯨実態や、生きたデータが正確・子細に記載されている。

『秘本大岡政談』も同じだ。

読了されれば得心いただけるだろうが、大岡政談三作では、あの大岡越前守は主役ではない。

江戸城紅葉山御文庫（図書館）の書物同心（司書であり図書の修繕役）である奈佐勝英、通称又助老人が主人公だ。

物語は唐本（中国からの輸入図書）を扱う老舗書店の、新年初売りから始まる。

井上師の卓抜なる描写のおかげで、読者は一気に江戸時代の大手古書店へと誘われる。

間口も奥行きも六間（約10・8メートル）の古書店は、正月二日に限り、蔵書の安売りを行う。江戸市中各所から、本好きが群れを成して書店に集結する。

初春早々の大蔵ざらえで、破格値で図書が購入できるからだ。

足を急がせるのは三百石旗本・市川晋太郎という名の若者だ。

作者は軽い筆致で市川の禄高を紹介する。石高三百石は数千騎と称される徳川家旗本のなかでは、決して高くはない。

が、三百石は話が進行するなかで、大きな意味を持っていると分かる。このあたりはミステリー作家が重要な情報を、知らぬ顔でさらりと書いていることに通ずる。

やがて市川が本書主役の又助老人と対面する場面へと進む。

まだ第一話は始まったばかりだ。

しかしここまで読み進んだとき、わたしは冒頭に書いた通り『白鯨』だと痛感した。

登場する古書店が実在であるか否か、わたしは知らない。しかし第一話の始まり部分を読んだだけで、すでに古書店の土間に立っていた。

そして古書の山積みされた書店に特有の、図書から漂い出る、湿ってはいても文化を伝えようとする、あの香りまで嗅がされていた。

売りに出されている書籍の情報も、まことに多彩かつ緻密だ。

大岡政談の二作は、唐本の判例集が重要な役割を果たすことになる。

作者の巧みな構成の技は、物語のタネ本となる判例集の、読者への提示の仕方にある。

文献によれば……と物語を展開されては、資料の引き写しを読まされた気になり、読者は白けてしまう。

そこは芝居の戯作者である井上師だ。

人物の出し入れに留まらず、小道具にも重要な役回りを振り付けている。ゆえに読者への登場のさせ方が秀逸なのだ。

作中から漂う時代感

ハーマン・メルヴィルは『白鯨』の全編を通じて、19世紀のアメリカ東海岸、捕鯨船が寄港した港町などを描いている。

時代を感じさせてくれる描写ということでは、井上師も互角の筆力だ。縁ありとしか言いようのない出くわし方をした市川は、又助老人のあとを追う。その道筋で描かれた江戸町方の、正月風景の美しいこと。大した行数を費やすことなく、正月ならではの空気感、のどかさを読者に示してくれている。戯作者として舞台背景を指図される作者だからこそ、あの正月場面も描けたのだろう。

時代感をいうなら、ほかにも多々ある。

大岡越前を井上師は、よく知られたステレオタイプの人物には描いていない。周囲からは迷惑がられる、独尊者に近い扱いの部分も散見できる。

この大岡越前が巨体を雨避けとして、虫干し途中の蔵書を守る場面がある。御城内での蔵書虫干し。

その途中で、にわかに雨が襲来したとき、ひとはどう動くか。

大岡越前とて徳川家の家臣だ。

上様の図書に迫る難儀には、一身を賭して守護に回る。

この時代感を作者は、短いエピソードで活写してくださった。

言葉での説明ではない。登場人物の動きで、読者に提示する。まさに戯作者の技だ。

自虐的な描写

ハーマン・メルヴィルは実際に捕鯨船に乗船し、数年の航海を体験した。登場人物中、上級船員ではなく水夫の視点で、多数のエピソードを記している。

失敗談の幾つかは、メルヴィル当人の失敗談と思えて親近感を覚える。

『秘本大岡政談』には、新井白石が登場する。この登場のさせ方にも、本好きの新井白石を大事に思う箇所が幾つもある。

御文庫の同心が語る、新井白石像。

ひっきりなしに図書を借りだしていく。

返却された図書には、頁をめくるときにつけた、指の唾跡が多数残されている。

引用箇所に挟んだ付箋を、そのままにして、返却してくる……

文庫同心の口を借りて、新井白石の行状が語られる。文庫同心にしてみれば、迷惑千万な振舞いだ。しかし同心は、心底相手を嫌っているようには読めない。むしろ書物を活用し、手荒く大事にし、敬っている白石に親近感を抱いているように読めた。

井上師はまことの本好きであり、本に敬いを抱いておいでだと、読了後に確信した。挟んだままのしおり。指についた唾の跡。作者の膨大な蔵書を拝見した思いだ。

七作すべてが訴えかけてくる

収録七作中、最後の二作「合牢者」「帯勲車夫」は、時代が明治維新後だ。社会情勢は御維新を境として、激変する。

「合牢者」の主人公は巡査である。

江戸時代の奉行所役人は、新政府下では巡査などと名称も職分も変わった。しかし行政組織に属する司直、官吏であることは同じだ。

時代も組織も様変わりしても、組織の末端に位置する者は、上司の指示に従って行動するという、規範にも変わりはない。

さらに言えばこの構造は21世紀の今日でも同じだと思う。

不条理であるのを承知で、自己の価値観・信条を曲げて上司の指示に従う。

1948年生まれのわたしは、就職ではなく就社が社会通念の時代だった。

営業から経理に移るのも、会社の指示なら異を唱えずに異動を受け入れた。

当節は個人の主張が先、が主流に近い。

井上師が本書収録の七編を著されたのは、70年代後半から80年代初期だ。

社会通念としては、まだまだ上司の指示、会社組織の指示に従うを是としていた。

そんな時代にあって、七編のどれもが読者に問いかけてくる。

「本当にこれでいいのか」と。

個人主張に慣れた当節の読者には、不条理を承知で従うことは理解が困難かもしれない。

しかし井上師はあの時代にあって、これでいいのかと問いかけて物語を閉じた。

七作目の『帯勲車夫』に、師が際立たせている社会への恐さを感ずる。

『帯勲車夫』で師が描こうと試みられた、権力が秘めた恐怖感。発表された1970年代後期以上に、いまのほうが、より恐さをまして迫ってくる。

上司（組織の長と言い換えてもいい）が、意図をもって部下（機関）を動かす。同時に偽り情報の流布をも実行する。

古今東西を問わず、繰り返されてきた事実だ。現代でも、それは続いている。『帯勲車夫』は明治維新で誕生した、新規行政機構が背景だ。新規とはいえ人力が主体だったあのころは、偽情報を流布するにも、相応の人力が欠かせなかった。

インターネット出現で、事情は激変した。情報の受信者だった一般人が、簡単に発信者へと席を移せることになった。

しかも発信情報の信憑性チェックもされぬまま、瞬時に地球規模で拡散する。

『帯勲車夫』は、ローテク時代。偽情報流布の実行には、命じられた配下は身をさらし、現場へと向かわざるを得なかった。

いまは密室に座してのキーボード操作で、匿名のまま瞬時に完結する。

読後、当節に生きる恐さがじわり湧きあがってきた。

ちくま文庫

秘本大岡政談
井上ひさし傑作時代短篇コレクション

二〇二〇年四月十日　第一刷発行

著　者　井上ひさし（いのうえ・ひさし）
発行者　喜入冬子
発行所　株式会社　筑摩書房
東京都台東区蔵前二―五―三　〒一一一―八七五五
電話番号　〇三―五六八七―二六〇一（代表）
装幀者　安野光雅
印刷所　中央精版印刷株式会社
製本所　中央精版印刷株式会社

ISBN978-4-480-43661-0　C0193